张天翼 小说

浙江出版联合集团
浙江文艺出版社

出版说明

张天翼（1906—1985），中国现当代著名作家，主要以小说和童话作品著称于世。他1931年加入中国左翼作家联盟，抗日战争爆发后，一直在长沙等地从事抗日救亡工作和文艺活动。1949年后，历任中国作协书记处书记、《人民文学》总编辑等职。

本书收录了张天翼颇具代表性的14篇小说，包括《华威先生》《包氏父子》《陆宝田》等。张天翼擅长写讽刺小说，他勾勒人物线条明净而不驳杂，善于抓住人物的灵魂与细节，于细微中写出大的文化性格。他的作品不仅有紧凑的写实手法，更有一种严肃的道德意趣。夏志清在《中国现代小说史》中评价张天翼是1928年至1937年这十年里"最富才华的短篇小说家"，"我们几乎可以从张天翼身上，发现到一个莎士比亚式的创造者"。

本书所收作品，由张天翼后人亲自审定，同时我们根据目前通行的语言文字规范,对个别字词、标点做了适当的修改,以方便大众读者尤其是学生读者的阅读。就总体而言,我们尽可能地保留作品所体现的时代风貌。对于那些体现了作家鲜明创作个性的字词,也按张天翼其他著作的出版惯例予以保留。

  小说在编辑过程中难免存在不足,热忱欢迎广大读者继续提出宝贵意见。

浙江文艺出版社

目录

小彼得 …… 1

皮带 …… 14

包氏父子 …… 31

笑 …… 71

团圆 …… 88

出走以后 …… 106

砥柱 …… 123

旅途中	…… 140
陆宝田	…… 154
谭九先生的工作	…… 192
华威先生	…… 214
"新生"	…… 222
春风	…… 249
儿女们	…… 285

小彼得

遂生拍拍老八的屁股,眼睛瞧着那满地嗅着的小狗。

"老八你看,这是哪个养的畜生。"

老八对手板吐了口唾沫,抓住铁铲,铲了一把煤向火门里送。门里的火像恋人们的心似的正有着劲,火焰不服气想到处窜。一堆煤下去,红的里面有黑气向上冲一会儿。

"嘿。"老八掉转脑袋瞧那畜生。

那畜生好奇似的瞧他们俩。它像叭儿狗,不,毛比叭儿狗的长。脖子上扣上一圈皮带,花的。全身的毛放光,像搽过Stacomb[①]什么。

瞧呀瞧的它提起四条短腿溜过来,在他俩身上尽嗅。它能够嗅出每个人的气味。你走过什么地方,它会嗅着那条路跟你来。可是像这两个人,它似乎很难嗅出他们的分别:他们有同样的怪味,这

---

① Stacomb,一种发蜡的牌名,通称"司丹康"。

还是它有生以来第一次所闻到的怪奇特的味儿。

像看不懂直译论文就丢了手,它弯了后腿坐起来……

说是这么说,但或许看懂了也未可知:狗知道。

老八拿铲子在地上一顿:

"嗨,这畜生!"

"Vou。"它说。

"你爷要打死你!"铲子又一顿。

"Vou,Vou,Vou!"

遂生笑出了声音。

"你对它一点狠处也没有。"

"这狗入的,"老八也笑着,"你爷敢跟你打赌:这狗入的定是那些粉团子养的。"

厂里的办事人都给叫作"粉团子"。

遂生把狗抱起来,摸它几下:透过手板皮的神经末梢下,有一种光滑细腻的感觉。不知道怎么个冲动他又去嗅了一嗅。

"老八,正经话:香哩。"

老八凑过鼻子去。

"嗯。"

"怕是香水什么的。"遂生又嗅一下。

"那就是娘儿们养的,养来当作当家的。"那个用鼻孔短短地吸了几口气,"嗯,不对,这是肥皂香。"

狗轻蔑地瞧了他们一眼,跳下地来又坐着。把后腿举上来在脖子上一下下地刷着。

"狗入的,你嫌遂生脏,对不对?"老八吐口唾沫在手心上,又抓起铲子。

外面空地有谁在叫:

"彼得，彼得。"

小狗"Vou"了几声，吧嗒吧嗒地跑出去。

"小彼得，下回不要乱跑，晓得吧。"

遂生在门口张一下，他认识那个招呼彼得的是大老板的身边人。找了彼得去大概是给它吃什么。

"正经话，大老板养的，怪不得。"

"大老板养的？"老八皱着眉毛，"它叫什么啊？"

"像是彼得。"

"彼得，"那个像要记住它似的念着，"彼得，彼得。"

彼得在厂里就出了名。彼得是大老板最近在青岛八十两银子买来的。厂里的人在谈女人谈性交的空隙中老谈些新闻似的事，现在的新闻是以小彼得作焦点。

"八十两。八十两是几块钱？"

"这要请粉团子他们算。"

"我拿三个月贮金打赌，我说大老板把小彼得来做儿子：大老板没儿子。"

粉团子他们也说着千篇一律的话。

"我们总经理，将来遗产一定给彼得，信不信？"

"你赶快叫你夫人养个小姐给他吧。"

这还不算，茅房墙上添上新的木炭字了：在拥护什么，打倒什么的字样中，在色情化的幼稚绘画中，写上了彼得的名字。

"彼得灰孙子万岁万万岁。"

"大老板操彼得的屁股。"

"彼得同老板娘……"下面画了个简单的图。

"拥护小彼得做经理。"

小彼得自己一点也不知道自己已有了名流似的地位，被人那么注意着。不过小彼得的确有点了不起的劲儿,譬如是傲慢之类:也许这是下意识的。它本能地只对它主人柔顺,驯和,服从,而且又似乎瞧出了主人在人类间的地位,脸嘴间就表示得有点异样了,至少跟别人养的狗异样。

"小彼得,这里来。"一些比粉团子地位还低的人,在逗它。

它不来。

一个人吸着舌头叫:"作作作……"手里拿个馒头什么的去引它。

它不来。

旁边的人笑了。

"它一个月吃三十块钱的伙食,稀罕你的?"

"阿松你叫得它来,我们请吃小乐意。"

失败了两三次,阿松可动了火。

"这狗婆养的,看老子不揍死你。"捡起一块小石子,做着要扔过去的样子。

彼得偏偏头瞧他,并没怕的意思。

"怎么着,你?"

有人瞧见那块石子离开阿松的手,向彼得身上飞了去。有没有打中小彼得,大家没注意着,总而言之,小彼得尖叫了几声跑开了。

"嗓子倒脆哩。"

在场的人心头都感到点轻松,瞧着小彼得狼狈地跑着,他们从心底笑着。

小彼得那种似乎了不起的神气,使它自己老去受些皮肉的苦痛。以后这班人常捡小石子去掷它:看了小彼得就不自在的心情,他们用这方式去补足。

吃了些小石子,小彼得躺到主人的脚旁去补足。寸把厚的地毯上躺着,躺不到一分钟伸个懒腰。桌椅上的退光漆差不多照得见自己的脸嘴——那么光。气炉子里匀出的暖气也不像遂生他们屋子里那么热得不成话。

它摇摇尾巴,瞧瞧主人。

主人忽然想起了什么似的,按一下不知第几号的铃。主人脸子本是平板着的,一按铃就蒙上了一层威严。像个机器人,那第几号人一挺直地站在面前,主人就又在威严中透出点非常精明、机警的劲儿,像在说:"你们要好好的,我什么都晓得,你们什么都瞒不过我。"

"李先生那里通知过了没有?"

"通知过了。"那个肯定地点头,可是像鞠躬。

"他怎么说?"

"他说他对于……"

"好,不必说,我晓得。"摆摆手。

那人开了门要出去,主人又说:

"哦,不错,喂!"

"是。"

"没有什么,去吧。"

脸上恢复了活气。

"Peter,来。"

彼得上了主人的膝头。主人虽然那么威严,可是对彼得是怪多情,怪温柔。彼得得到了过剩的满足:尾巴不怕吃力地摇着,伸出舌子舐主人那只指挥着几万人的手。另外那只手是在抚摩着它。彼得显得伟大起来,尤其是主人才用过威权之后。彼得长得聪明,它看到了这一对比后衬出来的主人的恩惠。吃了别人的亏,现在想来几乎是所谓：隔世！

主人第二次按个什么铃。

彼得瞧见进来是谁，它知道这是为它的事，不，不完全是它的事：它跟主人同有的事。于是那恭恭敬敬走了进来的听差，在角落的架子上拿了瓶香槟酒，给主人倒了一杯，又注了小半杯放在地毯上。

"好，下去吧。"主人放了它。

不多大一会，彼得摇着尾巴瞧主人，舌伸着，口水滴在地毯上。

"还不够吗？"

主人给它倒些酒下去。

还没舐完，彼得忽然，不知酒醉了还是来了什么 Inspiration 还是怎么，它唱起来。

"呜呜，呜呜，呜呜。"最后一声由低而高，一个 arpeggio①。

又来了一声"呜"。那是个 trello②。

"怎么唱起来了，Peter？"

彼得还在地毯上打着滚，杯里剩着的几滴酒泼了出来。

"喂，为什么这样淘气，呃？"主人捉住了彼得，拍拍它的头。

它眼珠翻上去，甜美地睡着了，像在春天的南欧伏在爱人膝踝子上打盹。

彼得要是只到技师或课长他们那里去走走，它受不到委屈。岂但受不到，还被一点尊敬。像在主人房里的出纳课长，老是用了狂热似的调子去欢迎彼得的。

---

① 音乐术语，琶音，即一个和弦内的各音依次连续演奏出来，如：1—3—5—i。
② 音乐术语，颤音。

"Oh, little Peter!"非常亲爱的样子,而且把声音放大,附近的几间房子都听得见。

"来,到我膝头上来,我请你吃东西。"

给它吃椰子饼干,温存,巧克力糖,等等。

彼得不撒娇,像知道自己的身份似的。

"再吃点吧,Little Peter。嗯?不吃啦?"

不吃啦,彼得跳下来,头也不回地走向主人房里去。

课长瞧着彼得往外移去的屁股,又吊一回嗓子:

"哈哈哈,真好,Peter,你真好玩。"

主人的朋友也待彼得好。有时它对主人的朋友不敬,主人不怎么责备它,只是:

"Peter,你不看看是什么人就乱叫吗。下次不许,听见吧。"

彼得去嗅嗅那陌生人,记住他的气味。那人却一把举起彼得,夸它长得好,亲它,抚它,像一个男子吻着漂亮保姆怀中的孩子一样。

在这里虽那么幸福,可是叫它在这里待一整天可待不住的:它又到处跑了。它又跑到老八和遂生那里。

"老八,你把兄弟来了。"

"好哇,狗人的,你爷欢迎你。"

彼得不是要去找罪受,它似乎是想摆点得意的脸色给他们看看:"你们大老板都温存我哩。"要是它会说话的话。

"你去把门,"遂生低着声音,"我试点手法给你看看。"

老八在彼得身边走过,装作若无其事的样子。到了门边就突然回过脸来:把住门。

"Vou,vou vou vou vou。"彼得知道了这是什么意义。

遂生偷偷地捡起几块小煤块。第一块打着的腿。

彼得叫着审着。可是不敢向门口冲。

"别打着你爸啊。"

"不会的，正经话。"遂生第二块打中彼得。

第三块，第四块，第五块……

审着的小彼得最后鼓口气，用了最大的速度，从老八的胯下冲了出去。

他们俩舒畅地大笑起来。

"阿松真聪明，他发明的。"遂生说。

"总有天这狗人的给人打死。"那个在手心上吐唾沫，搓搓手。

阿松可另外打了个主意。他问人：

"有什么药一吃下就呕的？"

"不晓得。怎么？"

"哪个说得出这样药，我给他一个月贮金。不过要灵验。"

他认认真真地说的。他说他想把小彼得搞得呕吐一下，看它吃的是什么东西。

有人告诉他给它黄鱼吃，不用说多灵了。

"生的还是熟的？"

"都一样。……生的怕它不肯吃，还是熟的吧。"

第二天上班的时候阿松带了一块熟黄鱼来，而且不约而同，此外有三个人都带一片黄鱼，用荷叶包着。

"来，彼得，来吃鱼。"他们把黄鱼放在地上。

彼得只瞧瞧他们。

"我们躲开吧：我们在这里它不好意思吃。"

他们躲着窥看小彼得。小彼得似乎有点诧异，四面张望了一会。

"这畜生走过去了。"

"是不是一吃马上就呕的？"阿松问那说药方的。

"顶多三分钟。"

"三分钟里头它要是跑开去了，我们看不见怎么办？"一个多虑地说着。

可是小彼得对几块黄鱼嗅了一会就走了，舐也不去舐一下。

"他妈的！"

小石子像机关枪似的打着彼得。

粉团子们对小彼得也没有好心，不过，顶多是恶意地嘲弄嘲弄它，不扔石子。不，不是这么说的。要是其中有一个粉团子，头一个用石子打它，那全体粉团子就会来这么一手。现在呢，是那团人发明的：那团人发明了叫粉团子们去学样吗？不干。可是粉团子们欢喜瞧那团人给彼得罪受。他们幸灾乐祸地看着热闹，听着小彼得痛苦的尖叫声。

"哈哈，这回你吃了苦吧。"

"你看，彼得一吃了苦，就到干爷那里去弄点好处。"

那天，彼得后腿股上不知给谁弄的，去了一块皮，红肉露出了一平方英寸那么大小。

"乖乖隆咚，彼得受了重伤。"粉团子们说。

小彼得跑到主人面前去诉苦：呜呜地叫。

"怎么的，你！"主人瞧见了彼得的伤处几乎跳起来。

"呜呜呜呜呜……"

主人亲手给它涂了些油膏，贴上纱布，基督式地封上橡皮膏。

"Peter，告诉我，是你自己不小心，还是哪个欺侮你？"

彼得在这温暖的抚摸中，把被侮辱的悲哀全迸出来了，用头在主人胸口上揉着。主人瞧见它眼睛里似乎有泪水。

"真可怜，不会说话。"

只是不会说话，此外全明白。要是会说话，现在叫它说出两千打感伤句子来也不会困难。

彼得被那团人辱害的事，粉团子们天天谈着了：这些话传到了课长们耳里。课长去告诉大老板的"身边人"。身边人去禀告大老板。大老板像上半年他小姐要嫁给一个穷教员的事件那样地发怒。

"那还了得！……他们对Peter就一点同情都没有吗。"

说要密查，并叫人通知厂里的巡警，要有人危害彼得就抓起来。

"我要送他到警察局去：惩戒他们的不人道！"

这件事没给查出来。一个打红领结的粉团子很自信地说：

"想来呢，总经理讲过那样的话，他们不敢打彼得了。但我想来他们还是要打的，要抓是抓不胜抓。打了它，总经理这边面子又下不去。……"

粉团子们都好奇地等着：急切地要看看这件事怎样发展。

小彼得似乎要弄个缓冲局面：它一连几天不出来。

"怎么，那畜生不出来了？"阿松他们发着急。

他们已经商量过，而且预备好一些东西，想跟小彼得开个大点的玩笑。

"阿松，我们要时时刻刻都留意哩。"

"晓得的。"他笑笑。

"不要因为它不出来就懈下去。"

"不会的。"

老八和遂生也有些准备。

"遂生，拴狗脖子结怎样打的啊？"老八手里一根绳。

"你说彼得肯不肯吃屎？"那手打着结。

"狗谁不吃屎,只是它怕不吃。"停了一会又,"我们还要给它吃狗屎哩。"

他们因为彼得吃得好惯了,这回要给它点脏东西吃。

小彼得不出来。

沉闷地等呀等的。那天正是下班的时候。

"来了!"老八狂热地叫起来。

"哈,真是!"遂生张大眼瞧着进来的七八个人。

真是来了。可是老八预备的绳子没用得着。那小畜生是给抱在阿松手里,绑上了绳子,绑得怪周密,连嘴都扎上了,怕它叫。那许多人拥了阿松走进来:在此地开个把玩笑别人不容易瞧见。

"遂生你去把风。"阿松说。

那个走向门口。可是舍不得丢了里面的戏不看,就依在门边,里面外面都瞧得见。

"怎么办呢?"

"摔到粪缸里面去?"

"不好,"遂生低声叫着,"怕人看见,正经。"

"给它吃屎,吃狗屎。"

大家笑起来。

"谁去采办?"

老八想到一个主意:

"你爷把它打出屎来。……阿松,把它放到煤堆上。"

小彼得要挣扎无从挣扎,躺在黑煤堆上面,恨恨地呜呜着。叫也叫不出,否则许有救兵。光润的毛上沾了些煤屑。眼睛里充满了恐怖。彼得不知道自己的命运怎样,看来是很糟,因为老八对手心吐口唾沫,抓起了铲子。

"嗨!"老八使劲的呼声。

"糟糕!"他又说。

本来只是想把它打出屎来,可是——一个决定小彼得的命运的可是!——可是不知道是有点什么鸟气,还是用力用惯了,这一下不轻不重,小彼得的脑袋上迸出了红的和白的。

"啊!"大家迸出这一声,并没有惋惜的意义,只是一种觉得这事出乎意料,而且这所谓意外的事是有几分快意的。

其余没说什么:老八这一下是极自然的事。还有桩极自然的事!不必别人示意,老八还会来第二下子的。

嘎!——第二下。

彼得腿子抽了几下。彼得完了。

"老八,你犯了死罪。"一个笑着说。

"遂生,看住。没人吗?"

"没。"

"我们吃狗肉!"忽然有谁提议。

"见鬼,这样他们就晓得了。"告诉阿松药方子的反对了。"他们"二字特别说得重。

阿松抢过老八手里的铲子,把彼得的遗体铲起,向火门里一丢。红火里有一股黑烟了,喷出了些烧鸡毛似的气味。……阿松又把沾了血的煤块摔到火里去。

大块头的玉和尚忽然举起右手,向大家说:

"伙计,咱们开追悼会。……预备,来,一鞠躬,再鞠躬,三鞠躬。……静默五分钟。……"

"见鬼,只有静默三分钟,哪有静默五分钟的。"

"怎么不是……!"

"你爷敢打赌!彼得会升天的,你信不信?"

他们感到痛快。可是在回家的路上,各人也就闭了嘴。仿佛没吃饱似的沉着脸,脚底下懒懒地拖着步子。谁也没再想起刚才的惨案了。

(原载1931年10月10日《小说月报》第22卷第10号)

皮　带

一

一件成了白色的蓝竹布长褂,一双军用皮鞋,邓炳生先生到首善之区来找梁处长:请他"栽培栽培"。

把一只铺盖,一个网篮,用洋车拖进处长公馆里的时候,炳生先生袋里只剩了块把钱。他打算吃住在梁处长公馆里。可是梁处长抬起头,眼珠从鼻尖两旁射下来,眉毛中间打三条皱纹。

"嗯,本来呢,我这里可以住。嗯,但是呢,嗯,住了两个客。那,你住到处里去吧,我先通知梁副官,唔?横竖你不是外人。"

炳生先生的娘,跟梁处长太太是不大亲的表姊妹,所以他横竖不是外人。当天就搬进处里:那由梁副官编派,住在副官室隔壁的上士房里。

梁副官摸摸脑袋摆摆手，拿出几下办事精神指挥勤务兵替炳生先生铺床。

"江斌，褥单要铺平哪，你真是！……还要放下些。……唉，对了。"

房里很干净，朝南两扇玻璃窗，太阳射进两块光，倒在地板上。这房间睡两个人倒顶舒服。炳生先生很受用。

"梁副官是好人。"他肚子里说。

"上士虽然是上士，倒是读书人，人倒还不俗，不然我也不会。……对不对。……哈哈哈。"梁副官虽然是好人，笑起来可像坏鹅。

炳生先生就跟梁副官打得烂熟了。梁副官是梁处长的堂侄，炳生先生称作五哥。五哥跟他谈处里的情形，谈副官职务之难，谈吃喝玩乐，最后呢，照例是谈女人。……

"快看！"梁副官听到皮鞋响。

"什么？"炳生先生把窗幕掀起一角。

什么：两个娘们儿。

"好不好看？"梁副官忍不住地笑，"这两个都是处里的女同志。"

"干什么事的？"

"司书。女同志总是当司书，不晓得何解。……那个穿蓝袍子的是准尉，这边一个是少尉。……"

把眼睛盯着准尉少尉，一直到她们转了弯。炳生先生掉过脑袋瞧瞧自己的褪色蓝竹布袍，脸上发烫。他低着脑袋。脖子像是软的，几次想挺挺胸脯，昂昂头，老没办到。

"五哥看我这次事情找不找得成，你说？"

"慢慢地来，急什么？"

炳生先生要叹口气，可是把气拼命屏住，不叫给梁副官听了去。

"你愁什么，"梁副官舐舐手指，翻着账簿，"事情问姨爹要，要不到就住在这里吃，慢慢地来，哈哈哈。"

"说是这样说，不过……"

那个似乎一心在账簿上，嘴里慢慢地来：

"不要紧的，时气一来事情就钉着你来。急也没用：'欲速则不达'，哈哈哈。"

炳生先生打个哈欠，到新铺的床上躺着。

"女子也当少尉准尉。"对自己说。

少尉准尉虽然只是起码官儿，可总是官儿，不是士兵。炳生先生料不准他这回可以捞到个什么。起码得弄个准尉吧，可是也得碰"时气"。炳生先生兵是没当过，却当过士：传令中士。士跟兵差不离，腰上只配绑一条横皮带。而那俩娘们儿，要是一武装起来，是斜皮带。

"堂客们也吊斜皮带！"

一个劲儿跳起来，他在房里打旋，像要找一条斜皮带。

"这一次要做长官才好，当士兵真是……"

炳生先生倒不是要过什么长官瘾，只是家里穷了，他的娘老子靠他有事时接济。当长官比士兵多几个子儿，是一；二呢，是因为家里穷，给乡人族人都瞧不起，他就想争口气。

对窗子站住，瞧着太阳，打了个喷嚏。幻想也从喷嚏里喷了出来。他要是当了长官，就譬如说准尉吧，他得着上武装，吊着斜皮带，回乡去一转。他第一个去拜望那鸟七伯伯，把眼睛长在额头上的。他得在城里走走，那些绑横皮带的士兵瞧见他，就脚跟靠脚跟站直了，叫"敬礼"！于是所有的熟人都嫉妒地瞧着他。于是……

嗨嗨，那时候！

他又在房里打旋，旋一会又躺到床上。

幻想不大丰富，想了点儿再想不上了。总而言之想争气，想对他们来一种形而上的报复，他非爬上去做个"高"点的人不可。

他起来吐口唾沫又躺倒。他听着隔壁梁副官咯嗒咯嗒地在打算盘，打着打着梁副官用了九成鼻音喊人：

"江斌，江便。"

梁副官似乎在问着江斌一些什么事。接着梁副官走路的声音和拿皮带的声音：梁副官要出去。

炳生先生不知怎么个冲动，爬起来，走到门口，瞧梁副官出去。

皮鞋响，咳嗽一声，梁副官出来了，向炳生先生点点头就走。

武装整齐。斜皮带。符号上是，蓝边三颗星，三颗！……

这些印象的总和，使炳生先生觉得梁副官怪伟大起来。梁副官是上尉：尉官里第一个大的。这种伟大于炳生先生可还亲切：在这一辈子中不见得就爬不上一个上尉。……处长姨爹当然更伟大。可是伟大得不近人情，就是说炳生先生自量爬不上那么高。

"没有那个福分。"他自己说的。

他叹了口气。

二

日子走得比处长姨爹的汽车还快，炳生先生来这里已经有两个星期了。

家里来过一封信，两个明信片。他的老子以为找事不会比种白薯更难，所以叫他马上寄五六块龙洋回去，并注明不要钞票，他以为儿子早做上官了。又告诉他，族上七伯伯，乡里王九太公，对他家里的种种凌辱，轻蔑，嘲笑。他娘气得哭了三天，闹着要上吊。最后一个明信片上有责备的口吻：娘说再不寄钱来，娘就到城里做老妈子去。

炳生先生当时很愤怒，预备用很重的口气回封信。可是娘老子怪可怜，没见过什么世面，对儿子的期望又太奢。对儿子总是好意，虽然有了点牢骚。炳生先生回信，详细说了找事的难，现在还没找着。最后叫家里以后别写明信片，免得给人瞧了笑话。

想起家里的事，想到自己的事老没着落，淌起泪水来了。

"怎样办呢？"差不多每天要这么想一下。

目前没办法；处长姨爹叫他等机会。

意识渐渐地变，现在变成和一切都不融洽。梁副官那像鹅叫的笑，喊人时候的鼻音，炳生先生觉得怪讨厌，可恶，卑鄙：他们那一窠子人都这么着。处长姨爹也不是好人。炳生先生不过是要饭吃，不然——

"不然哪个高兴看他们那副脸色！"

炳生先生只有在必要时才到处长姨爹公馆里去，不然就躺在房里。上士在房里便跟上士谈谈。梁副官房里也少去。

上士以前当学兵，现在晚上没事就看些书。炳生先生对那些书毫没兴味。

"你天天发狠看书，预备升官吗？"炳生先生笑着。不过是随便说说，讽刺倒是没有的。

"我哪里想升官，我连希望都不希望。"

炳生先生突然歇斯底里地笑起来。

"笑什么？"

笑什么？炳生先生自己也说不出。十五秒钟后，他费了大劲去把笑收住。

他俩每晚上都谈得很多,尤其是隔壁梁副官出去了的时候。有时候那些传令兵和勤务兵也到房里来扯淡。他们大半是恶意地挖苦哪位长官,不管处长也好,副官也好,都谈。此外就用了些最老实,最干脆的字眼,来谈女人。上士是"读书人",可是也跟他们那么扯淡。那些兵并不怕上士。炳生先生起先很怕听那些个话,像一听就得失去身份或未来的斜皮带,但混上什么三四天就惯了。那些兵要是有事去,不能到房里来扯淡的时候,反而感到一种寂寞。他仿佛自己成了他们的一个分子:挂斜皮带的事不再去希望,这似乎是另外一种人的事。

那些士兵本来见了炳生先生有点拘束,因为炳生先生穿着竹布长衫,又是处长的亲戚。上士就给炳生先生解释。

"我们随便好了,邓先生是很随便的。"

"邓先生以前在哪里的?"

"我以前当传令中士。"炳生先生莫名其妙地感到快意。

"读过很多书吧?"

"哪里,我高等小学没有毕业。"

炳生先生接着说了点愤慨的话:"什么亲戚不亲戚,阔的还是阔人,穷的还是穷人。"

"那当然,"上士说,"而且不阔的想升做阔的,阔的想再阔。我却不想。"

"我们没有出路,"炳生先生红着脸,"来不得,当土匪都行,妈的。"

最后两个字说得不大顺口。

他们对炳生先生什么嫌也不避了。可是叫起来还是叫"邓先生"。邓先生要他们叫他"老邓",他们没改得过口来。

炳生先生并不是要适应他们，随随便便说说的：他对阔亲戚的确有点仇视。

　　有一个星期五处里开除了一个传令兵。处里的士兵都不平，炳生先生听了更有点那个。事情是，在办公厅里有个什么潘科长叫那传令兵倒杯茶，但茶壶里已经空了。

　　"怎么会没有茶的，你吃了饭全不管事吗！"科长说。

　　"报告科长，我不是勤务兵，是传令兵。"

　　这报告给潘科长的脾气加了劲。

　　"管你什么勤务不勤务，办公厅茶总得喝！……"想了一会儿似乎没话可说了，就说："混蛋！混蛋！长官受你们的气！……"

　　潘科长就开了个条子给梁副官。梁副官就叫那传令兵来"申饬"，算饷银：叫他走路。

　　"如今呢？"炳生先生问。

　　"当然走了。"副官的勤务兵江斌说。

　　"他们总不记得士兵也是人。"上士高声地。

　　炳生先生瞧了上士一眼。

　　"那个潘科长是怎样一个人？"

　　"天天打这里走过的，明天我指把你看。"

　　瞧见了科长一眼，炳生先生甚至于幻想着有一把手枪打死他。

　　和他们打在一起感到点快意，亲切，可是晚间上床以后就想起失业的悲哀，由这种悲哀又归到愤怒：他们升官，他们发财，撇下炳生先生。愤怒加一成，跟士兵们的友谊就深一成。他现在只想弄一个——好点是上士中士，再不然上等兵都行。

　　炳生先生那天见着当处长太太的姨妈，就说：

　　"我住在处里心焦死了，不晓得究竟有法子没有？"

　　"找你姨爹的人太多了，都是不大好设法。……不过一有事先尽你。横竖有吃有住，又有人照拂，总没有什么不便。……急也没有用的，不是吗？"

"但是我家里……"炳生先生脖子又是软的，低着脑袋。可是眼睛在看着处长太太，想她说"那我替你寄点钱去好了"。

但不这么说。

"不过你心焦也没用啊，"她轻松地说，"你姨爹那里我天天催他，他总说等等看。……他实在太忙了，公事又多应酬又多：差不多天天有人请。今天又有人请，就是那个司徒委员——现在姓司徒的人真少，我还当它是个名字哩，真笑死人。……"

"我是无论什么事也行的，就是当传令兵勤务兵也好。"

"勤务兵就……"她摇摇头，"十块五毛钱一个月，伙食吃自己的，忙又忙得个要死，外快一个也没有。还不也得看是哪个的勤务兵，像科长科员他们的勤务兵，就没有一点好处。你姨爹的勤务兵那就不同了，一个下士每个月也有五六十块，比当少尉都……"

回来后他问梁副官，处里可还有上士缺。梁副官告诉他处里只有两个上士额，一个是同房间的那位，另一个是处长的马弁，说了就学鹅叫。

这晚有个想头使炳生先生睡不着。他有种命运的经验：凡是希求着的，结果是达不到；反之，没想到的事倒会意外地来临的。这一向他都没想到斜皮带，也许……

"也许这一次竟吊得成斜皮带，我这一向都没想它。"

接着又想：

"狗婆养的，此刻不是又想到了？"

一想到斜皮带，斜皮带的事多半又没望。

"他们哪里会替我诚心找事。诚心找还找不成吗，一个中将处长？……我的事情，他们只说说风……风……风什么话的。"

炳生先生记得"下江人"对这些话有个专门名词,叫风什么话,但中间那个字怎么也想不起。

他叹了口气。

三

可纪念的一天。

这天天气不算好,可是时气好。梁副官告诉炳生先生:处里出了个司书缺额,处长说给炳生先生补。

"以后你就可以安心了。……拿到薪水不过要请客哩,哈哈哈。"

"五哥说的是真的吗?"炳生先生的声音打颤。

"狗哄你。……你快些写个履历吧,姨爹说的。履历片子这里有。"

炳生先生抖着手指接了履历片,逃似的出了房门。

忽然又站住:

"是准尉是少尉?"

"本来是个少尉,不过把你补起来还不晓得是少尉准尉。横竖……"

下面的话炳生先生没有工夫听,一腿跨到自己房里。他当然希望是少尉:比准尉多十块龙洋。但是,他又想,准尉也行,总而言之是斜皮带。……

一身的血在狂奔,心脏上有三百条蜈蚣在爬着的样子。额头上沁出了十来点汗。

"呃,真热!"

突然发现了手里拿着的件把东西:才记起是来写履历的。

"怎样写法呢?"

为郑重起见,先打个稿子给梁副官看。

出身:"高等小学堂肄业。"

经过职务:"曾任传令中士,须至履历者。"

"要不得要不得。"梁副官尽捧着肚子学鹅叫。

炳生先生茫然了。

"要怎样写呢,我不会写啊。"

梁副官给他改了一下:什么中学毕业,又是什么机关里的书记。又把学堂的"堂"改作"校"。

"人家不会查吗?"炳生先生问。

"哪里有人来查。"

"五哥你说咸板鸭好还是烧鸭子好?"

"做什么?"那个愕然地。

"我想送姨爹一点人情。"

"那又何必,不过烧鸭子比板鸭子好。"

炳生先生手发抖,履历写得怪费劲。

"五哥你说房子呢,房子怎样办?"

"你住的房子吗?自然把你搬到办公厅旁边职员室里去。"

"哎呀真热!"拿袖子揩揩额头。

就在当天,江斌把炳生先生的睡觉行头,从上士室搬进职员室。同房间的是薛先生,中尉收发。

"从此以后……"炳生先生老这么想着。

这么想着一直到夜里:老睡不着。外面下着毛毛雨。里面是薛中尉收发一个劲儿尽打鼾。炳生先生又觉得热,小褂裤像发霉似的潮着。

"从此以后……"

少尉还是准尉可不知道，可是为的怕希望太大而有幻灭的悲哀之故，炳生先生从准尉着想。三十二块钱：伙食十块，自己用十块，寄娘老子十块，还有两块——按月储蓄。不，这还不是急务。第一得支几块钱做套灰布衣，买根斜皮带，斜的！脚上这双军用皮鞋还是当中士时期穿的，太不成话，所以新皮鞋也是急务之一。军帽五毛钱一顶：可是踌躇着，是厚边的好，还是薄边的好。

"从此以后……"

从此以后，挂横皮带的瞧见自己就得"敬礼"。他回乡去的时候，也挂斜皮带，用额头看人。……一想起前几天还说过就是当传令兵勤务兵都行，脸上发起烧来。

第二天很疲倦。张开眼。薛先生已经在刷牙了。

炳生先生不大自在：薛先生是中尉；中尉与准尉之比，等于准尉与中士之比。……可是马上又想开了，薛先生起码有三十多岁，自己才二十七：到了三十几，不见得连一个中尉都爬不上。

"薛收发今年贵庚？"

"十八。"

"不是，我问你贵庚。"最后两个字说得非常响亮。

"是啊，我今年十八岁。"

炳生先生几乎跳起来。可是镇定住自己，打个哈欠，表示他没听见那句话。

下午三点钟，一个含有最重大的意义的三点钟，一个平常跟炳生先生打笑的传令兵到房里来，手里一个大信封。

"恭喜邓先生。请你盖个私章。"掀开一本簿子。

炳生先生先用发疟疾似的手去接了大信封，擦擦眼睛瞧它的左角上一条字。他集中全生命的力去辨"尉"字上面那两个字的差别。

右令少尉司书邓炳生准此

再瞧一遍："少"！——一点不含糊。

"怎么来得那样快，那东西？"他去问梁副官。

"这是处里的公事，你没看见吗。还要呈请部里正式下委。"

"呈请不准呢？"

"没有不准的。你放心到差好了。"

马上就到差，马上认得许多同事：自然都是挂斜皮带的。在办公厅里呢，有批士兵伺候着，这批士兵就是炳生先生以前在上士房里跟他们天天打在一起的。

"这有些讨厌。"炳生先生想。

他后悔他不该以前跟他们太放肆，失掉几成现在的斜皮带身份。还有更糟的是，他告诉了他们，什么高小没毕业的，什么当过传令中士。……

"他们一定看我不起，不当我长官看待。"

给士兵瞧不起的长官，做人是很难的：身份，面子，庄严，所有这些全扔在垃圾桶里了。

"真可恶！"炳生先生恨恨地竟说出了声音。

"什么？"同科的萧书记问。

"我说本处里的勤务老爷。"

一位科员独自地插嘴：

"无论哪个机关都是一样，勤务总没办法。军队里就好，管教严，不听话就打军棍，禁闭。这里是，哼。"

"有时候士兵还看不起长官哩。"炳生先生试探地一句。

"那倒他们不敢，长官究竟是长官。"科员说。

炳生先生下了办公厅，天天跟住在处里的同事谈，譬如梁副官,薛收发,还有几位司书和书记。除性的事件必须要谈的以外,就是电影哪家好,卖唱的女性谁屁股大,皮绑腿和马靴之比较,还有是,某人升级升得快,某人一辈子不升级,而且给撤了差等等。

"老熊真是糟糕,拚死命找人说话,嗯,倒撤了差。"

"哪个老熊?"炳生先生要表示自己跟在座的是一伙,装了很熟悉似的脸嘴问。

"你不晓得的。"

"一个人,"梁副官说,"什么都说不定,全靠个时气。一个人时气一来,从少尉一升就可升作少将的。"

"由上校升少将就难。"炳生很在行地插句嘴。

"无所谓,全在乎时气。"梁副官确信的样子。

炳生先生想:

"我日后会不会升?"

这还用说嘛。处长姨爹既然那么关切地给他找到事,当然还得关切地升他的级。一升:中尉书记。再一升:跟梁副官同等。再几升,嘿!……炳生先生预算着:在处里干十年,上校科长都可以希望到的,那时他不过三十七岁。

炳生先生心境很开阔,饭量增加三分之一。

四

现在炳生先生到差只三个月。可是我定得把炳生先生向读者再介绍一遍,因为你现在要是见了炳生先生,决不会认得他的。

炳生先生着上崭新的灰布衣,嫩黄色的斜皮带。脚上是黑色硬底皮鞋,走起路来嘎嘎嘎的怪响亮。胸脯子当然像军官样地挺起。脖子以前是软的,如今可硬得厉害,但对官阶比他高的是例外。本来怕处里的士兵瞧他不起，现在已经证实士兵不敢瞧他不起：士兵在路上遇见他还立正示敬哩。有时候他走路故意向有个士兵站住的地方冲去，士兵就很快地让在一旁。同事呢，同事没丝毫轻视他，即使是上校科长，也客客气气。

起居是有江斌伺候。照规矩炳生先生可以跟另一个尉官合用一个勤务兵，可是他没用，每月就能拿半个勤务兵的钱：五块两毛五。江斌服侍，每月给江斌两块大洋。所以炳生先生每月的收入一起有四十五块两毛五了：那三块两毛五是额外收入，炳生先生预备拿来看电影及其他娱乐的用处。

喊人的时候，炳生先生也学了梁副官的，用九成鼻音。

"江斌，江便。……喊你怎样总不来，嗯？……有的事情做惯了的，还是要嘱咐，真是！……"

于是昂着脑袋，硬着脖子，叫"江便"铺被，倒茶，等等。

其次是，炳生先生觉得自己知识差了点，很用着功。由薛收发的介绍，买了三部极切用的书：《公文程式大全》《秋水轩尺牍》《燕山外史》。他方面炳生先生也抓到些新知识：同科的赵科员定了几份白话文的杂志，炳生先生也借来看，炳生先生的谈吐也不同了。

吃稀饭的时候他问薛收发：

"你的政策以为成鸭蛋的趋势好，还是皮蛋的趋势好？"

"什么？我不懂。"

"不懂？"炳生先生轻蔑地，"我的计划，以为你一定了解的。"

在办公厅，他问萧书记：

"令爱人真来了吗？"

"嗯。"

"她来了之后，你的家庭范围还重心不重心？"

那个漫然地答：

"还好。"

"那真是能者多劳。"

有时炳生先生写点文章。这些用功并不耽误他的工作：他对于工作怪努力。为工作之故他每天早晨还习三张小楷。

科长是爱研究相法的，炳生先生在办公时间里一有空，就给科长抄着《麻衣相法》。科长满意地说：

"邓司书真努力，将来有机会，我保你升中尉书记。"

所以虽然在这大热天，炳生先生还是一刻也不休息地埋头抄麻衣什么，而且用恭楷。

炳生先生很乐观：前途无量。斜皮带只有愈吊愈稳固，地位一天天在爬高。炳生先生是幸运的。

可是同时又，炳生先生心上有个阴影，怎么也除不去，还是关于士兵，士兵现在对炳生先生，当然是跟对付一切长官那么有礼恭敬，但谁知道他背后谈的什么。以前是满不管身份不身份地跟他们打笑，那么随便，猥亵，坦白：炳生先生一想到这，脸就发烫，全身甚至于战栗。他极难堪，差不多想自杀的样子。有好几夜为这件事睡不着，像所谓逃了法网的罪人之受上帝的谴责。

"唉！"炳生先生捶捶自己的胸口，额头上鼻子上全是汗。

更使他内疚的是，跟他们说了处长姨爹的坏话：他真想不透以前为什么那么混蛋，糊涂。

"还说过，来不得就当土匪哩。"

心上像给谁打了一拳似的难受。

炳生先生常偷偷地跑到上士室的窗外去窃听，虽然是毫没结果。又常怀疑地瞧着那些士兵的脸，推测他们的肚子里可挖苦了他。

"这批东西要全都开除了才好。"炳生先生祝着。

"两个理想,"又自己商量着,"一个趋势使他们不重心,一个趋势是使自己同处长科长感情好起来。这样才能算是青年范围的政策。"

这样想了他才能安心地睡着。

五

处里起了点小小的不安定。

梁处长被派到哪国去考察什么,新处长有了人,而且到了差三天。

职员们小着嗓子谈着:揣测谁会掉饭碗,谁会升级。

"我当然是第一个滚蛋的喽。"梁副官说。接着满不在乎地笑了,不过笑得很紧张。

第二天有个大信封的东西到梁副官手里:叫他"毋庸"到处里办公了,叫他"另候任用"。

炳生先生说:

"另候任用,或者会给一个更好点的差使:这理想倒是很有希望的哩。"

"你阿木林,"梁副官学鹅叫了,"公事总是这样的,就是请你走路。"

炳生先生心脏一跳。他记得相书上说二十几岁的人是走额头运。他对镜子照照额头:额头很丰满。

说不定科长要趁此保他升中尉,他想。于是梁副官把行李搬走的时候,炳生先生用老板同情小伙计似的脸嘴送他到大门口。

又一天,那传令兵,还是那送好消息给他的那传令兵,走到房里来。

"请邓司书在这里盖个私章。"

邓司书直觉到这是个预兆：这个兵总是带好消息来的。

抖着手接过那大信封。

有五个人得"另候任用"，炳生先生的名字在第五。

再看一遍，再看一遍也是这样：又再看一遍，又再看一遍还是这样。

炳生先生眼睛花起来。一切在打旋，在跳动。挂在衣架上的斜皮带飞了起来，飞在半空，忽然裂成粉碎。灰布衣和军帽变成一团黑东西，上面有两只放光的眼睛。……一种有力的、几十万斤重的东西压着炳生先生，压得炳生先生神经都麻木了。最后炳生先生的泪腺里给压出了水。

炳生把脑袋倒在衣架前面的一张椅子上啜泣着。

那传令兵惊异地瞧着炳生先生，他怎么也想不透，为什么邓司书要跪在斜皮带面前哭。

傻了三分钟，那传令兵嗫嚅地说：

"邓司书，要请……要请邓司书盖个私章。"

（原载1931年7月《青年界》月刊第1卷第5期）

包氏父子

一

天气还那么冷。离过年还有半个多月,可是听说那些洋学堂就要开学了。

这就是说,包国维在家里年也不过地就得去上学!

公馆里许多人都不相信这回事。可是胡大把油腻腻的菜刀往砧板上一丢,拿围身布揩了揩手——伸出个中指,其余四个指头凌空地扒了几扒:

"哄你们的是这个。你们不信问老包:是他告诉我的。他还说恐怕钱不够用,要问我借钱哩。"

大家把它当作一回事似的去到老包房里。

"怎么,你们包国维就要上学了吗?"

"嗯。"老包摸摸下巴上几根两分长的灰白胡子。

"怎么年也不过就去上书房？"

"不作兴过年嘛，这是新派，这是……"

"洋学堂是不过年的，我晓得。洋学堂里出来就是洋老爷，要做大官哩。"

许多眼睛就盯到了那张方桌子上面：包国维是在这张桌上用功的。一排五颜六色的书。一些洋纸簿子。墨盒。洋笔。一个小瓶：李妈亲眼瞧见包国维蘸着这瓶酒写过字。一张包国维的照片：光亮亮的头发，溜着一双眼——爱笑不笑的。要不告诉你这是老包的儿子，你准得当他是谁家的大少爷哩。

别瞧老包那么个尖下巴，那张皱得打结的脸，他可偏偏有福气——那么个好儿子。

可是老包自己也就比别人强：他在这公馆伺候了三十年，谁都相信他。太太老爷他们一年到头不大在家里住，钥匙都交在老包手里。现在公馆里这些做客的姑太太，舅老爷，表少爷，也待老包客气，过年过节什么的——一赏就是三块五块。

"老包将来还要做这个哩。"胡大跷起个大拇指。

老包笑了笑。可是马上又拼命忍住肚子里的快活，摇摇脑袋，轻轻地嘘了口气：

"哪里谈得到这个。我只要包国维争口气，像个人儿。不过——唉，学费真不容易，学费。"

说了就瞧着胡大：看他懂不懂"学费"是什么东西。

"学费"倒不管它。可是为什么过年也得上学呢？

这天下午，寄到了包国维的成绩报告书。

老包小心地抽开抽屉，把老花眼镜拿出来戴上，慢慢念着。像在研究一件了不起的东西，对信封瞧了老半天。两片薄薄的紫黑嘴唇在一开一合的，他从上面的地名读起，一直读到"省立××中学高中部缄"。

"露，封，挂，号，"他摸摸下巴，"露，封，……"

他仿佛还嫌信封上的字太少太不够念似的，抬起脸来对天花板愣了会儿，才抽出信封里的东西。

天上糊满着云，白天里也像傍晚那么黑。老包走到窗子跟前，取下了眼镜瞧瞧天，才又架上去念成绩单。手微微地颤着，手里那几张纸就像被风吹着的水面似的。

成绩单上有五个"丁"。只一个"乙"——那是什么"体育"。

一张信纸上油印着密密的字：告诉他包国维本学期得留级。

老包把这两张纸读了二十多分钟。

"这是什么？"胡大一走进来就把脑袋凑到纸边。

"学堂里的。……不要吵，不要吵。还有一张，缴费单。"

这老头把眼睛睁大了许多。他想马上就看完这张纸，可是怎么也念不快。那纸上印着一条条格子，挤着些小字，他老把第一行的上半格接上了第二行的下半格。

"学费：四元。讲义费：十六元。……损失准备金：……图书馆费：……医……医……"

他用指甲一行行划着又念第二遍。他在嗓子里咕噜着，跟痰响混在了一块。读完一行，就瞧一瞧天。

"制服费！……制服费：二——二——二十元。……通学生除——除——除宿费膳费外，皆须……"

瞧瞧天。瞧瞧胡大。他不服气似的又把这些句子念一遍，可是一点也不含糊，还是这些字——一个个仿佛刻在石头上似的，陷到了纸里面。他对着胡大的脸子发愣：全身像有——不知道是一阵热，还是一阵冷，总而言之是似乎跳进了一桶水里。

"制服费！"

"什么?"胡大吃了一惊。

"唔,唔。唵。"

制服就是操衣,他知道。上半年不是做过了吗?他本来算着这回一共得缴三十一块。可是这二十块钱的制服费一加,可就……

突然——哪!房门给谁踢开,撞到板壁上又弹了回来。

房里两个人吓了一大跳。一回头—— 一个小伙子跨到了房里。他的脸子我们认识的:就是桌上那张照片里的脸子,不过头发没那么光。

胡大拍拍胸脯,脸上赔着笑:

"哦唷,吓我一跳,学堂里来吗?"

那个没言语,只瞟了胡大一眼。接着把眉毛那么一扬,额上就显了几条横皱,眼睛扫到了他老子手里的东西。

"什么?"他问。

胡大悄悄地走了出去。

老头把眼镜取下来瞧着包国维,手里拿着的三张纸给他看。

包国维还是原来那姿势:两手插在裤袋里,那件自由呢的棉袍就短了好一截。像是因为衣领太高,那脖子就有点不能够随意转动,他只掉过小半张脸来瞅了一下。

"哼。"他两个嘴角往下弯着,没那回事似的跨到那张方桌跟前。他走起路来像个运动员,踏一步,他胸脯连着脑袋都得往前面摆一下,仿佛老是在跟别人打招呼似的。

老包瞧着他儿子的背:

"怎么又要留级?"

"郭纯也留级哩。"

那小伙子脸也没回过来,只把肚子贴着桌沿。他把身子往前一挺一挺的,那张方桌就咕咕咕地叫。

老包轻轻地问：

"你不是留过两次级了吗？"

没答腔，那个只在鼻孔里哼了一声。接着倒在桌边那张藤椅上，把膝头顶着桌沿，小腿一荡一荡的。他用右手抹了一下头发，就随便抽下一本花花绿绿的书来：《我见犹怜》。

沉默。

房里比先前又黑了点儿。地下砖头缝里在冒着冷气，老包两只脚仿佛踏在冷水里。

老包把眼镜放到那张条桌的抽屉里，嘴里小心地试探着说：

"你已经留过两次留级，怎么又……"

"他喜欢这样！"包国维叫了起来，"什么'留过两次留级'！他要留！他高兴留就留，我怎么知道！"

外面一阵皮鞋响：一听就知道这是那位表少爷。

包国维把眉毛扬着瞧着房门。表少爷像故意要表示他有双硬底皮鞋，把步子很重地踏着，敲梆似的响着，一下下远去。包国维的小腿荡得厉害起来，那双脚仿佛挺不服气——它只穿着一双胶底鞋。

老头有许多话要跟包国维说，可是别人眼睛盯到了书上：别打断他的用功。

包国维把顶着桌沿的膝头放下去，接着又抬起来。他肚子里慢慢念着《我见犹怜》，就是看到一个标点也得停顿一两秒钟。有时候他偷偷地瞟镜子一眼，用手抹抹头发。自己的脸子可不坏，不过嘴扁了点儿。只要他当上了篮球员，再像郭纯那么——把西装一穿，安淑真不怕不上手。安淑真准得对那些女生说：

"谁说包国维像瘪三！很漂亮哩。"

于是他和她去逛公园，去看电影。他自己就得把西装穿得笔挺的，头发涂着油，涂着蜡，一只手抓着安淑真的手，一只手抹抹头……

他把《我见犹怜》一摔，抹了抹头发。

老包好容易等到包国维摔了书。

"这个——这个这个——那个制服费……"

没人睬他，他就停了一会。他摸了三分钟下巴。于是他咳一声扫清嗓子里的痰，一板一眼地说着缴学费的事，生怕一个不留神就会说错似的。他的意思认为去年做的制服还是崭新的，把这理由对先生说一说，这回可以少缴这意外的二十块钱。不然——

"不然就要缴五十一块半。这五十一块半——现在只有——只有——戴老七的钱还没还，这回再加二十……你总还得买点书，你总得……"

停停。他摸摸下巴，又独言独语地往下说：

"操衣是去年做的，穿起来还是像新的一样，穿起来。缴费的时候跟先生说说情，总好少缴……少缴……"

包国维跳了起来。

"你去缴，你去缴！我不高兴去说情！——人家看起来多寒碜！"

老包对于这个答复倒是满意的，他点点脑袋：

"唔，我去缴。缴到——缴到——嗯，市民银行。"

儿子横了他一眼。他只顾自己往下说：

"市民银行在西大街吧？"

二

老包打市民银行走到学校里去。他手放在口袋里，紧紧地抓住那卷钞票。

银行里的人可跟他说不上情。把钞票一数：

"还少二十！"

"先生，包国维的操衣还是新的，这二十……"

"我们是替学校代收的。同我说没有用。"

钞票还了他，去接别人缴的费。

缴费的拥满了一屋子，都是像包国维那么二十来岁一个的。他们听着老包说到"操衣"，就哄出了笑声。

"操衣！"

"这老头是替谁缴费的？"

"包国维。"一个戴压发帽的瞅了一眼缴费单。

"包国维？"

老头对他们打招呼似的苦笑一下，接着他告诉别人——包国维上半年做了操衣的：那套操衣穿起来还挺漂亮。

"可是现在又要缴，现在。你们都缴的吗？"

那批小伙子笑着你瞧瞧我，我瞧瞧你，谁也没答。

老包四面瞧了会儿就走了出来：五六十双眼睛送着他。

"为什么要缴到银行里呢？"他埋怨似的想。

天上还是堆着云，也许得下雪。云薄的地方就隐隐瞧得见青色。有时候马路上也显着模糊的太阳影子。

老包走不快，可是踏得很吃力：他觉得身上那件油腻腻的破棉袍有几十斤重。棉鞋里也湿漉漉的叫他那双脚不大好受。鞋帮上虽然破了一个洞，可也不能透出点儿脚汗：这双棉鞋在他脚汗里泡过了三个冬天。

他想着对学堂里的先生该怎么说，怎么开口。他得跟他们谈谈道理，再说几句好话。先生总不比银行里的人那么不讲情面。

老包走得快了些，袖子上的补丁在袍子上也摩擦得起劲了点儿。

可是一走到学校里的注册处，他就不知道要怎么着才好。

这所办公室寂寞得像座破庙。一排木栏杆横在屋子中间，里面那些桌旁的位子都是空的。只有一位先生在打盹，肥肥的一大坯伏在桌子上，还打着鼾。

"先生。先生。"

叫了这么七八声，可没点儿动静。他用指节敲敲栏杆，脚在地板上轻轻地踏着。

这位先生要在哪一年才会醒呢？

他又喊了几声，指节在栏杆上也敲得更响了些。

桌子上那团肉动了几动，过会儿抬起个滚圆的脑袋来。

"你找谁？"皱着眉擦擦眼睛。

老包摸着下巴：

"我要找一位先生。我是——我是——我是包国维的家长……"

那位先生没命地张大了嘴，趁势"噢"了一声：又像是答应他，又像是打哈欠。

"我是包国维的家长，我说那个制服费……"

"缴费吗？——市民银行，市民银行！"

"我知道，我知道。不过我们包国维——包国维……"

老包结里结巴说上老半天，才说出了他的道理。一面还笑得满面的皱纹都堆起来——腮巴子挺吃力。

胖子伸了懒腰，咂咂嘴。

"我们是不管的。无论新学生老学生，制服一律要做。"

"包国维去年做了制服，只穿过一两天……"

"去年是去年，今年是今年。"他懒懒地拖过一张纸来，拿一支铅笔在上面写些什么。"今年制服改了样子,晓得吧。所以——所以——啊——噢——哦!"

打了个哈欠,那位先生又全神贯注在那张纸上。

他在写着什么呢?也许是在开个条子,说明白包国维的制服只穿过两次,这回不用再做,缴费让他少缴二十。

老包耐心儿等着。墙上的挂钟不快不慢地——嘀,嗒,嘀,嗒,嘀,嗒。

一分钟。两分钟。三分钟。五分钟。八分钟。

那位先生大概写完了。他拿起那张纸来看:嘴角勾起一丝微笑,像是他自己的得意之作。

纸上写着些什么:画着一满纸的乌龟!

老实说,老包对这些艺术是欣赏不上的。他嘘了口气,脸上还是那么费劲地笑着,嘴里喊着"先生先生"。他不管对方听不听,话总得往下说。他像募捐人似的把先生说成一个大好佬,菩萨心肠:不论怎样总得行行好,想想他老包的困难。话可说得不怎么顺嘴,舌子似乎给打了个结。笑得嘴角上的肌肉在一抽一抽的,眉毛也痉挛似的动着。

"先生你想想:我是——我是——我怎么有这许多钱呢:五十——五十——五十多块。……我这件棉袍还是——还是——我这件棉袍穿过七年了。我只拿十块钱一个月,十块钱。我省吃省用,给我们包国维做——做……我还欠了债,我欠了……有几笔……有几笔是三分息。我……"

那位先生打定主意要发脾气。他把手里的纸一摔,猛地掉过脸来,皱着眉毛瞪着眼:

"跟我说这个有什么用!学校又不是慈善机关,你难道想叫我布施你吗!——笑话!"

老包可愣住了。他腮帮子酸疼起来:他不知道是让这笑容留着好,还是收了的好。他膝踝子抖索着。手扶着的这木栏杆,像铁打的似的那么冰。他看那先生又在纸上画着,他才掉转身来——慢慢往房门那儿走去。

儿子——怎么也得让他上学。可是过了明天再不缴费的话,包国维就得被除名。

"除名……除名……"老包的心脏上像长了一颗鸡眼。

除名之后往哪里上学呢?这孩子被两个学校退了学,好容易请大少爷关说,才考进了这省立中学的。

还是跟先生说说情。

"先生,先生,"老包又折了回来,"还有一句话请先生听听,一句话。……先生,先生!"

他等着:总有一个时候那先生会掉过脸来的。

"先生,那么——那么——先生,制服费慢一点缴。先缴三十——三十——先缴三十一块半行不行呢?等做制服的时候再——再……现在——现在实在是——实在是——现在——现在钱不够嘛。我实在是……"

"又来了,啧!"

先生表示"这真说不清"似的掉过脸去,过会儿又转过来:

"制服费是要先缴的:这是学校里的规矩,规矩,懂吧。总而言之,统而言之——各种费用都要一次缴齐,缴到市民银行里。通学生一共是五十一块五。过了明天上午不缴就除名。懂不懂,懂不懂,听懂了没有?"

"先生,不过——不过……"

"嗨,要命!我的话你懂了没有,懂了没有!尽说尽说有什么好处!真缠不明白!……让你一个人去说吧!"

先生一站起来就走,出了那边的房门,接着那扇门很响地一关——訇!墙也给震动了一下,那只挂钟就轻轻地"锵锒"一声。

给丢在屋子里的这个还想等人出来:一个人在栏杆边呆了十几分钟才走。

"呃,呃,唔。"

老包嗓子里响着,他自己也不知道在想着些什么。他仿佛觉得有一桩大祸要到来似的,可是没想到可怕。无论什么天大的事,那个困难时辰总会度过去的。他只一步步踏在人行路上,他几乎忘了他自己刚才做了什么事,也忘了会有一件什么祸事。他感觉到自己的脚呀手的都在打颤,可是走得并不吃力:那双穿着湿漉漉的破棉鞋的脚已经不是他的了。他瞧不见路上的人,要是有人撞着他,他就斜退两步。

街上有些汽车的喇叭叫,小贩子的大声嚷,都逗得他非常烦躁。

太阳打云的隙缝里露出了脸,横在他脚右边的影子折了一半在墙上。走呀走的那影子忽然缩短起来移到了他后面:他转了弯。

对面有三个小伙子走过来,一面嘻嘻哈哈谈着。

老包喊了起来:

"包国维!"

他喊起他儿子来也是照着学堂里的规矩——连名带姓喊的。

包国维跟两个同学一块走着,手里还拿着一个纸袋子,打这里掏出什么红红绿绿的东西往嘴里送。那几个走起路来都是一样的姿势——齐脑袋到胸脯都是向前一摆一摆的。

"包国维!"

几个小伙子吃一惊似的站住了。包国维马上把刚才的笑脸收回,换上一副皱眉毛。他只回过半张脸来,把黑眼珠溜到了眼角上瞧着他的老子。

老包想把先前遇到的事告诉儿子,可是那些话凝成了冰,重重地堆在肚子里吐不出。他只不顺嘴地问:

"你今天——你今天——你什么时候回家?"

儿子把两个嘴角往下弯着,鼻孔里响了一声。

"高兴什么时候回家就回家!家里摆酒席等着我吗?!……我当是什么天大的事哩。这么一句话!"

掉转脸去瞧一下:两个同学走了两丈多远。包国维马上就用了跑长距离的姿势跑了上去。

"郭纯,郭纯,"他笑着用手攀到那个郭纯肩上,"刚才你还没说出来——孙桂云为什么……"

"刚才那老头儿是谁?"

"呃,不相干。"

他回头瞧一瞧:他老子的背影渐渐往后面移去。他感到轻松起来,放心地谈着。

"孙桂云放弃了短距离,总有点可惜,是吧。龚德铭你说是不是?"

叫作龚德铭的那个,只从郭纯拿着的纸袋里掏出一块东西来送进嘴里,没第二张嘴来答话。

他们转进了一条小胡同。

包国维两手插在裤袋里,谈到了孙桂云的篮球,接着又扯到了他们自己的篮球。他叹了口气,他觉得上次全市的篮球锦标赛,他们输给飞虎队可真输得伤心。他说得怪起劲的,眉毛扬得似乎要打眼睛上飞出去。

"我们喜马拉雅山队一定要争口气:郭纯,你要叫队员大家都……"

郭纯是他们喜马拉雅山队的队长。

"你单是嘴里会说。"龚德铭用肘撞了包国维一下。

"哦，哪里！……我进步多了。是吧，我进步多了。郭纯，你说是不是。"

"嗯。"郭纯鼻孔里应了一声，就哼起小调子来。

包国维像得了锦标，全身烫烫的。他想起了许多要说的话，忍不住进出来：

"我这学期可以参加比赛了吧，我是……"

"那不要急。"

"怎么？"

"你投篮还不准。"

"不过我——我是——不过我pass还'pa'得好……"

"'pa'得好！"龚德铭叫了起来，"前天我pass那个球给你，你还接不住。你还要……"

"喂，嘘。"郭纯压小着嗓子。

对面有两个女学生走了过来。

他们三个马上排得紧紧的，用着兵式操的步子。他们摆这种阵势可比什么都老练。他们想叫她们通不过：那两个女学生低着头让开，挨着墙走，他们也就挤到墙边去。

包国维笑得眼睛成了两道线：

"啧，啧，头发烫得多漂亮！"

她俩又让开，想挨着对面墙边走，可是他们又挤到对面去。郭纯溜尖着嗓子说：

"你们让我走哇。"

"你们让我走哇。"包国维像唱双簧似的也学了一句，对郭纯伸一伸舌子。

两个女学生脸通红,脑袋更低,仿佛要把头钻进自己的肚子里去。

郭纯对包国维噘噘嘴,翘翘下巴。

要是包国维在往日——遇见个把女的也没什么了不起,他顶多是瞧瞧,大声地说这个屁股真大,那个眼睛长得俏,如此而已。这回可不同。郭纯的意思很明白:他叫他包国维显点本事看看。郭纯干吗不叫龚德铭——只叫他包国维去那个呢?

包国维觉得自己的身子飘了起来。他像个英雄似的——伸手在一个女学生的大腿上拧了一把。

女学生叫着。郭纯他们就大笑起来。

"包国维,好!"

三

一直到了郭纯的家里,包国维还在谈着他自己的得意之作。

"摸摸大腿是,哼,老行当!"

郭纯一到了自己家里就脱去大衣,对着镜子把领结理了一下,接着他瞧一瞧炉子里的火。不论包国维说得怎么起劲,他似乎都没听见,只是喊这个喊那个:叫老王来添煤,叫刘妈倒茶,叫阿秀拿拖鞋给他。于是倒在沙发上,拿一支烟抽着,让阿秀脱掉皮鞋把拖鞋套上去。包国维只好住了嘴,瞧着阿秀那双手——别瞧她是丫头,手倒挺白嫩的:那双手一拿起脱下的皮鞋,郭纯的手在她腮帮上扭了一下:

"拿出去上油。"

"少爷!"阿秀嘟哝着走了出去。

龚德铭只在桌边翻着书,那件皮袍在椅子上露出一大片里子——雪白的毛。

太阳光又隐了下去，郭纯就去把淡绿的窗档子拉开一下。

"龚德铭，你要不要去洗个脸？"

那个摇摇脑袋，把屁股在椅子上坐正些。可是包国维打算洗个脸，他就走到洗澡间，他像在自己家里那么熟。他挺老练地开了水龙头，他还得拣一块好胰子：他拿两盒胰子交换闻了一会儿，就用了黄色的那一块。

"这是什么肥皂？"

郭纯他们用的是这块肥皂。安淑真用的也准是这种肥皂。

这里东西可多着：香水，头发油，雪花精什么的。

洗脸的人细细地洗了十多分钟。

"郭纯，你头发天天搽油吗？"他瞧着那十几个瓶子。

外面不知道答应了一声什么。

包国维拿梳子梳着头发，吊嗓子似的又说：

"我有好几天不搽油了。"

接着他把动着的手停了一会：好听外面的答话。

"你用的是什么油？"——龚德铭的声音。

"我呀？我用的是——是——嗯，也是司丹康。"

于是他就把司丹康涂在梳子上梳上去。他对着镜子细细地看：不叫翘起一根头发来。这么过了五六分钟，梳子才离开了头发。他对镜子正面瞧瞧，偏左瞧瞧，偏右瞧瞧。他抿一抿嘴。他脖子轻轻扭一下。他笑了一笑。他眯眯眼睛。他扬扬眉毛，又皱着眉毛把脑袋斜着：不知道是什么根据，他老觉得一个美男子是该要有这么副嘴脸的。他眉毛淡得像两条影子，眉毛上……

雪花精没给涂匀，眉毛上一块白的：他搽这些东西的时候的确搽得过火了些。他就又拿起手巾来描花似的抹着。

凭良心说一句：他的脸子够得上说漂亮。只是鼻子扁了点儿。下巴有点往外突，下唇比上唇厚两倍：嘴也就显得瘪。这些可并不碍事。这回头发亮了些，脸子也白了些，还有种怪好闻的香味儿。哼，要是安淑真瞧见了⋯⋯

可是他一对镜子站远一点，他就一阵冷。

他永远是这么一件自由呢的棉袍！永远是这么一件灰色不像灰色，蓝色不像蓝色的棉袍——大襟上还有这么多油斑！他这脑袋摆在这高领子上可真——

"真不称！"

包国维就像逃走似的冲出洗澡间：很响地关上了门。

一到郭纯房里，那两个仿佛故意跟包国维开玩笑，正起劲地谈着衣料，谈着西装裤的式样。郭纯开开柜子，拿出一套套的衣裳给龚德铭瞧。

"这套是我上星期做好的。"郭纯扳开一个大夹子，里面夹着三条裤：他抽出两条来。

龚德铭指指那个夹子：

"这种夹子其实没有什么用处：初用的时候弹簧还紧，用到后来越用越松，夹两条裤都嫌松。我是⋯⋯"

"你猜这套做了几个钱。"

他俩像没瞧见包国维似的。包国维想：郭纯干吗不问他包国维呢？他把脑袋凑过去细看了一会，手抹抹头发，毅然决然地说：

"五十二块！"

可是郭纯只瞧了他一眼。

接着郭纯和龚德铭由衣裳谈到了一年级的吕等男——郭纯说她对他很有点儿他妈的道理：你只看每次篮球比赛她总到场，郭纯一有个球投进了对方的篮里，吕等男就格外起劲地"啦"起来。郭纯嘻嘻哈哈地把这些事叙述了好些时候，直到中饭开上了桌子还没说完。

包国维紧瞧着郭纯，连吃饭都没上心吃。可是郭纯仿佛只说给龚德铭一个人听：把脸子对着龚德铭的脸子做工夫。包国维的眼珠子没放松一下，只是夹菜的时候才移开一会儿。他要叫郭纯记得他包国维也在旁边，他就故意把碗呀筷子的弄出响声。有时候郭纯的眼睛瞥到了他，他就笑出声音来："哈哈，他妈妈的！"或者用心地点点脑袋："嗯，嗯。"有时候他就仿佛大吃了一惊似的——"哦？"于是再等着郭纯第二次瞥过眼来。

"你要把她怎样？"龚德铭问。

"谁？"

"吕等男。"

说故事的人笑了一笑：

"什么怎样！上了钩，香香嘴，干一干，完事！"

忽然，包国维大笑起来，全身都颤动着。

"真缺德，郭纯你这张嘴——你你！"

又笑。

这回郭纯显然有点高兴：他眼珠子在包国维脸上多盯了会儿。

那个笑得更起劲，直到吃完饭回到郭纯房里，他还是一阵一阵地打着哈哈。他抹抹眼泪，吃力地嘘了口气，又笑起来。

"郭纯你这张嘴！你真——他妈妈的真缺德！你……"

别人可谈到了性经验。龚德铭说他跟五个女人发生过关系，都是台基里的。可是郭纯有过一打：她们不一定是做这买卖的，他可也花了些个钱才能上手。有一个竟花了五百多块。

"别人说你同宋家璇有过……"龚德铭拿根牙签在桌上画着。

"是啊，就是她！"郭纯站了起来，压小着嗓子嚷，"妈的她肚子大了起来。她家里跟我下不去。后来软说硬做，给了五百块钱，完事。……嗨，我在我父亲那里骗这五百块的时候真不容易，妈的。拿到了手里我才放心。"

包国维打算插句把嘴，可是他没说话的材料。他想：

"现在要不要再笑一阵？"

他像打不定主意似的瞧瞧这样，瞧瞧那样。郭纯有那么多西装。郭纯有那么多女人跟他打交道。郭纯还是喜马拉雅山队的队长。郭纯问他父亲要钱——每次多少呢：三块五块的，或者十块二十块，再不然一百二百。

"一百二百！"

包国维闷闷地嘘了口气。他把脚伸了出去又缩回来。他希望永远坐在这么个地方，脚老是踏在地毯上。身上得穿着那套新西装，安淑真挨着他坐着。他愿意一年到头不出门，只是比赛篮球的时候才出去一下。

可是这是郭纯的家，包国维总得回到他自己的家里去的。

于是他把两只手插进裤袋里，上身往前面一摆一摆地走回自己的住处：把脚对房门一踢——哪！

屋子里坐着几个老包的朋友。包国维的那张藤椅被戴老七坐着。胡大在老包床上。他们起劲地谈着什么，可是一瞧见了包国维就都闭住了嘴。他们讨好似的对包国维装着笑脸。戴老七站起来退到老包床上坐着。

包国维扬着眉毛瞧了他们一眼，就坐到藤椅上，两条腿叠着——一摇一摇的。他拖一本书过来随便翻了几下，又拿这翻书的手抹抹头发。那本书就像有弹簧似的合上了。

什么东西都是黑黝黝的。熟猪肝色的板壁，深棕色的桌子，灰黑色的地，打窗子里射进来一些没精打采的亮，到那张方桌上就止了步。包国维的黯影像一大片黑纱似的——把里面坐在床上的几个人遮了起来。

沉默。

老包一个劲儿摸着下巴：几根灰白色的短胡子像坏了的牙刷一样。他还有许多话得跟戴老七他们说，可是这时候的空气紧得叫他发不出声音来。

倒是戴老七想把这难受的沉默打碎。他小声儿问：

"他什么时候上学？"

仿佛戳了老包一针似的：他全身震了一下。他那左手发脾气地用力扭着下巴，咬着牙说：

"后天。"

突然，包国维把翻着的书一扔，就起身往房门口走。

谁都吓了一跳。

老包左手停在下巴下面，嘴呀眼睛的都用力地张着。他觉得他犯了个什么大过错，对不起他儿子。他用着讨饶的声调，轻轻地喊着包国维：

"你不是在那里用功的吗，为什么又……"

"用功！屋子里吵得这样还用功！"

老头就要求什么似的瞧瞧大家。胡大低声地提议到他屋子里去，于是大家松了一口气，走出了房门。

包国维站在屋檐下，脸对着院子。

走路的人都非常小心，轻轻地踏着步：他们生怕碰到包国维身上。他们谁都低着脑袋，只有戴老七偷偷地在包国维光油油的头发上溜了一眼，他想：他搽的是不是广生行的生发油？

一到胡大房里，胡大可活泼起来。他给戴老七一支婴孩牌的烟卷，他自己躺到了板床上，掏了个烟屁股来点着，把脚搁在凳子上。

"我这公馆不错吧。这张床是我的。那张床是高升的。我要请包国维给我写个公馆条子。"

这间小屋子一瞧就得知道是胡大的公馆：什么东西都是油腻腻的。桌凳，床铺，板壁，都像没刮过的砧板。床上那些破被窝有股抹桌布的味儿。那本记菜账的簿子上打着一个个黑的螺纹印。

不知道为什么，大家都觉得坐在这儿倒舒服些。老包就又把说过十几遍的话对戴老七说起来。

"真是对你不住，真是。我实在是——我实在——你想想罢：算得好好的，凭空又要制服费……"

"我倒没关系。不过陈三癞子……"

"我知道，我知道，"老包嘘了一口气，"你们生意也不大好：剃头店太多嘛。人家大剃头店一开，许多人看看你们店面小，都不肯到你们店里剃头。我知道的。你们这几年——这几年——我真对不住你，那笔钱——我如今还归不拢。"

这里他咳嗽起来。

胡大的烟烫着了自己的手指，他就把烟屁股一摔：

"我晓得戴老七是不要紧：他那笔钱今年不还也没有什么，对不对？"

"嗯，"戴老七拼命抽了两口烟，"就是这句话。陈三癞子那笔钱我保不定，说不定他硬要还：我这个做中人的怕……"

"你去对他说说，你去对他说说。我并不是有钱不还，我实在是……"

"嗯，我同陈三癞子说说看。"戴老七干笑了一下。

老包紧瞧着戴老七：他恨不得跳起来把戴老七拥抱一回。

屋子里全是烟，在空中滚着。老包又咳了几声。

"小谢那十块钱打会钱也请你去说一说,我这个月——咳哼,我这个月真还不起,我实在——咳哼,咳哼。你先说一声我再自己去跟他——跟他求情。"

"唔,我一定去说。小谢这个人倒不错,大概……"

于是老包又咳几声清清嗓子,拖泥带水地谈着他的景况:他向胡大借了二十块,向高升借了七块,向梁公馆的车夫借了五块。学堂里缴了费就只能剩十来块钱;还得买书,还得买点袜子什么的。一面说一面把眼睛附近的皱纹都挤了出来。

"你看看:这样省吃省用,还是——还是——你看:包国维连皮鞋都没有一双,包国维。"

这么一说了,老包就觉得什么天大的事也解决了似的。他算着一共借来了三十二块钱,把五十一块凑足了往市民银行一缴,他就什么都不怕。过年他还得拿十来块赏钱,这么着正够用。他舒舒服服过了这一下午。

心里一快活,他就忍不住要跟他儿子说说话。

"明天我们可以去缴费了,明天。……钱够是够用的,我在胡大那里——胡大他有……"

包国维抹一抹头发站了起来,自言自语地说:

"我要买一瓶头发油来。"

"什么油呢?"

"头发油!——搽头发的!"包国维翻着长桌子的抽屉,一脸的不耐烦,"三个抽屉都是这么乱七八糟,什么也找不着!真要命!真要命!什么东西都放在我的抽屉里!连老花眼镜……"

老包赶快把他的眼镜拿出来:他四面瞧瞧,不知道要把眼镜放在什么地方才好。

四

第二天老包到市民银行去缴了费,顺便到了戴老七店里。回来的时候,他带了个小瓶子,里面有些红色的油。

公馆里的一些人问他:

"老包,这是什么?"

"我们包国维用的。"

"怎么,又是写洋字的吗?"

老包笑了笑,把那瓶东西谨慎地捧到了房里。

儿子穿一件短棉袄在刷牙,扬着眉毛对那瓶子瞟了一眼。

"给你的。"老头把瓶子伸过去给他看。

"什么东西?"

"头发油。问戴老七讨来的。……闻闻看:香哩。"

"哼!"包国维掉过脸去刷他的牙。

那个愣了会儿。拿着瓶子的手凌空着,不知道是伸过去的好,还是缩回来的好。

"你不是说要搽头发的油吗?"

那个猛地把牙刷抽出来大叫着,喷了老包一脸白星子。

"我要的是司丹康!司丹康!司丹康!懂吧,司丹康!"

他瞧着他父亲那副脸子,就记起昨天这老头当着郭纯的面喊他——要跟他说话。他想叫老头往后在路上别跟他打招呼,可是这些话不知道要怎么开口。于是他更加生气:

"拿开!我用不着这种油!——多寒碜!"

包国维一直愤愤着,一洗了脸就冲了出去。

老包手里还拿着那个瓶子:他想把它放在桌子上,可是怕儿子回来了又得发脾气,摔掉可又舍不得。他开开瓶塞子闻了闻。他摸着下巴。他怎么也想不出包国维干吗那么发火。

眼睛瞥到了镜子:自己脸上一脸的白斑。他把瓶子放到了床下,拿起条手巾来擦脸。

"包国维为什么生气呢?"

他细细想了好一会儿——看有没有亏待了他的包国维。他有时候一瞧见儿子发脾气,他胸脯就像给缚住了似的;他纵了他儿子——让他变得这么暴躁。可是他不说什么:他怕在儿子火头上浇了油,小伙子受不住,气坏了身体不是玩意账。他自从女人一死,同时也就做了包国维的娘,老子的气派消去了一大半,什么事都有点婆婆妈妈的。

可是有时候又觉得包国维可怜:要买这样没钱,要买那样没钱。这小伙子永远在这么一间霉味儿的屋子里用功,永远只有这么一张方桌给他看书写字。功课上用的东西那么多,可是永远只有这么三个抽屉给他放——做老子的还要把眼镜占他一点地方!

他长长地抽了一口气,又到厨房里去找胡大谈天。他肚子里许多话不能跟儿子说,只对胡大吐个痛快:胡大是他的知己。

胡大的话可真有道理。

"哎,你呀。"胡大把油碗一个个揩一下放到案板上,"我问你,你将来要享你们包国维的福,是不是?"

停了会他又自己答。

"自然要享他的福。你那时候是这个,"跷跷大拇指,"现在他吃你的。往后你吃他的。你吃他的——你是老太爷:他给你吃好的穿好的,他伺候得你舒舒服服。现在他吃你的——你想想:他过的是什么日子!他没穿过件把讲究的,也没吃什么好的,一天到晚用功读书……"

老包用手指抹抹眼泪。他对不起包国维。他恨不得跑出去把那小伙子找回来,把他抱到怀里,亲他的腮帮子,亲他那双淡淡的眉毛,亲他那个突出的下巴。他得对儿子哭着:叫儿子原谅他——"我对不起你,我对不起你。"

他鼻尖上一阵酸疼,就又拿手去擦眼睛。

可是他嘴里的——又是一回事:

"不过他的脾气……"

"脾气?哎——"胡大微笑着,怪对方不懂事似的把脑袋那么一仰,"年纪轻轻的谁没点儿火气?老包你年轻的时候……谁都一样。你能怪他吗?你叫高升评评看——我这话对不对。"

着,老包要的也不过这几句话。他自己懂得他的包国维,也希望别人懂得他的包国维。不然的话别人就得说:"瞧瞧,那儿子对老子那么个劲儿,哼!"

现在别人可懂得了他的包国维。

老包快活得连心脏都痒了起来。他瞧瞧胡大,又瞧瞧高升。

高升到厨房里打开水来的,提着个洋铁壶站着听他们谈天,这时他很快地插进嘴来:

"本来是!青年小伙子谁都有火气。你瞧表少爷对姑太太那个狠劲儿罢。表少爷还穿得那么好,吃得那么好:比你们包国维舒服得多哩。姑太太还亏待了他吗?他要使性子嘛。"

"可不是!"胡大拿手在围身布上擦了几下。

"嗯。"忽然,老包记起了一件事,把刚要走的高升叫住:

"高升我问你:表少爷头上搽的什么油?"

"我不知道。我没瞧见他使什么油,只使上些雪花膏似的东西。"

"雪花膏也搽头发?"

"不是雪花膏,像雪花膏。"

"香不香?"

"香。"

包国维早晨说的那个什么"康!康!康!"——准是这么一件东西。

下午听着表少爷的皮鞋响了出去,老包就溜到了表少爷房里。雪花膏包国维也有,老包可认识。他除开那瓶雪花膏,把其余的瓶子都开开闻了一下。他拣上了那瓶顶香的拿到手里。

"不好。"

表少爷要查问起来,发现这瓶子在老包屋子里,那可糟了糕。他老包在公馆里三十来年,没干过一桩坏事。

他把瓶子又放下,愣了会儿。

"康!康!康!"

准是这个:只是瓶子上那些洋字儿他不认识。

忽然,他有了主意:他拿一张洋纸,把瓶子里的东西没命地挖出许多放在纸上,小心地包着,偷偷地带到自己屋子里。

这回包国维可得高兴了。可是——

"现在他在什么地方?他还生不生气?"

包国维这时候在郭纯家里。包国维这时候一点也不生气,包国维并且还非常快活:郭纯允许了这学期让他做候补篮球员。包国维倒在沙发上。包国维不管那五六个同学怎么谈,他可想开去了。

"我什么时候可以正式参加比赛?"包国维问自己。

也许还得练习几个月。那时候跟飞虎队拼命,他包国维就得显点身手。他想象他们这喜马拉雅山队的姿势比这次全国运动会的河北队还好:一个个都会飞似的。顶好的当然是包国维。球一到了他手里,别人怎么也没办法。他不传递给自己人,只是一个人冲上去。对方当然得发急,想拦住他的球,可是他身子一旋,人和球都到了前面……

他的身子就在沙发上转动了一下。

那时候当然有几千几万看球的人,大家都拍手——赞美他包国维的球艺。女生坐在看台上拼命打气:顶起劲的不用说——是安淑真,她脸都发紫。正在这一刹那,他包国维把球对篮里一扔:咚!——二分!

"喜马利亚——喜马利亚——啦啦啦!"

女生们发疯似的喊起来:叫得太快了点儿,把喜马拉雅说成了"喜马利亚"。

这么着他又投进了五个球,第一个时间里他得了十二分。

休息的时候他得把白绒运动衫穿起来。女生都围着他,她们在他跟前撒娇,谁也要挨近他,挨不到的就嘟着嘴吃醋,也许还得打起架来……

打架可不大那个。

不打架。他只要安淑真挨近他。空地方还多,再让几个漂亮点的挨近他也不碍事。于是安淑真拿汽水给他喝……

"汽水还不如橘子汁。"

就是橘子汁。什么牌子的?有一种牌子似乎叫作什么牛的。那不管他是公牛母牛,总而言之是橘子汁。一口气喝了两瓶,他手搭在安淑真肩上又上场。他一个人单枪匹马地又投进了七个球。啦,啦!

郭纯有没有投进球?……

他屁股在沙发上移动一下,瞧瞧郭纯。

好罢,就让郭纯得三分罢。三分:投进一个,罚中一个。

赛完了大家都把他举起来。真麻烦:十几个新闻记者都抢着要给他照相，明星公司又请他站在镜头前面——拍新闻片子！当天晚报上全登着他的照片，小姐奶奶们都把这剪下来钉在帐子里。谁都认识他包国维。所有的女学生都挤到电影院里去看他的新闻片，连希佛来的片子也没人爱看了……

包国维站了起来，在桌上拿了一支烟点着又坐到沙发上。他心跳得很响。

别人说的话他全没听见，他只是想着那时候他得穿什么衣裳。当然是西装：有郭纯的那么多。他一天换一套，挟着安淑真在街上走，他还把安淑真带到家里去坐，他对她……

"家里去坐！"

忽然，他给打了一拳似的难受起来。

他有那么一个家！黑黝黝的什么也瞧不明白，只有股霉味儿往鼻孔里钻。两张床摆成个L字，帐子成了黄灰色。全家只有一张藤椅子——说不定胡大那张油腻腻的屁股还坐在那上面哩。安淑真准得问这是谁。厨子！那老头儿是什么人：他是包国维的老子，刘公馆里的三十年的老听差，只会摸下巴，咳嗽，穿着那件破棉袍！……

包国维在肚子里很烦躁地说：

"不是这个家！不是这个家！"

他的家得有郭纯家里这么个样子。他的老子也不是那个老子：该是个胖胖的脸子，穿着灰鼠皮袍，嘴里衔着粗大的雪茄；也许还有点胡子；也许还戴眼镜；说起话来笑嘻嘻的。于是安淑真在他家里一坐就是一整天。他开话匣子给她听：《妹妹我爱你》。安淑真就全身都扭了起来。他就得理一理领结，到她跟前把……

突然有谁大叫起来：

"那不行那不行！"

包国维吓了一大跳。他惊醒了似的四面瞧瞧。

他是在郭纯家里。五六个同学在吵着笑着。龚德铭跟螃蟹摔跤玩,不知怎么一来螃蟹就大声嚷着。

"那不行!你们看龚德铭!嗨,我庞锡尔可不上你的当!"——他叫作庞锡尔,可是别人都喊他"螃蟹"。

包国维叹了口气,把烟屁股摔在痰盂里。

"我还要练习跑短距离,我每天……"

他将来得比刘长春还跑得快:打破了远东纪录。司令台报告成绩的时候……

可是他怎么也想象不下去。司令台的报告忽然变成了龚德铭的声音:

"这次不算,这次不算!你抓住了我的腿子,我……"

龚德铭被螃蟹摔到了地下。一屋子的笑声。

"再来,再来!"

"螃蟹是强得多!"

"哪里!"龚德铭喘着气,"他占了便宜。"

包国维大声笑起来。他抹抹头发,走过去拖龚德铭:

"再来,再来!"

"好了好了好了,"郭纯举着一只手,"再吵下去——我们的信写不下去了。"

"写信?"

包国维走到桌子跟前。桌子上铺着一张"明星笺"的信纸,一支钢笔在上面画着:李祝龄在写信。郭纯扑在旁边瞧着。

"写给谁?"包国维笑得露出了满嘴的牙齿。

钢笔在纸上动着:

"我的最爱的如花似月的玫瑰一般的等男妹妹呵。"

接着——"嚓嗒"一声，画了个感叹符号。

嗨，郭纯叫李祝龄代写情书！包国维可有点儿不高兴：郭纯干吗不请他包国维来写呢？——郭纯觉得李祝龄比他包国维强吗？包国维就慢慢放平了笑脸，把两个嘴角往下弯着，瞧着那张信纸。他一面在肚子里让那些写情书用的漂亮句子翻上翻下：他希望李祝龄写不出，至少也该写不好。他包国维看过一册《爱河中浮着的残玫瑰》，现在正读着《我见犹怜》，好句子多着哩。

不管李祝龄写不写得出，包国维总有点不舒服：郭纯只相信别人不相信他！可是打这学期起，郭纯得跟他一个人特别亲密：只有郭纯跟他留级，他俩还是同班。

包国维就掉转脑袋离开那张桌子。

那几个人谈到一个同学的父亲：一个小学教员，老穿着一件蓝布袍子。那老头想给儿子结婚，可是没子儿。

"哦，他吗？"包国维插了进来，扬着眉毛，把两个嘴角使劲往下弯——下嘴唇就又加厚了两倍，"哈呀，那副寒碜样子！——看了真难过！"

可是别人像没听见似的，只瞟了他一眼，又谈到那穷同学有个好妹妹，在女中初中部，长得真——

"真漂亮！又肥：肥得不讨厌，妈的！"

包国维表示这些话太无聊似的笑一笑，就蹩到柜子跟前打开柜门。他瞧着里面挂着的一套套西装：紫的，淡红的，酱色的，青的，绿的，枣红的，黑的。

这些衣裳的主人侧过脸来，注意地瞧着包国维。

看衣柜的人噘着嘴唇嘘口气，抹抹头发，拿下一条淡绿底子黄花的领带。他屁股靠在沙发的靠手上，对着镜子，规规矩矩在他棉袍的高领子上打起领结来。他瞧瞧大家的眼睛，他希望别人看着他。

看着他的只有郭纯。

"嗨，你这混蛋！"郭纯一把抢开那领带，"妈的把人家领带弄脏了！"

包国维吃力地笑着：

"哦唷，哦唷！"

"怎么！"郭纯脸色有几分认真。他把领带又挂到柜子里，用力地关上门，"你再偷——老子就揍你！"

"偷？"包国维轻轻地说，"哈哈哈。"

这笑容在包国维脸上费劲地保持了好些时候。腮巴子上的肌肉在打颤。他怕郭纯真的生了气，想去跟郭纯搭几句，那个可一个劲儿扑在桌上瞧别人代写情书。

"他不理我了吗？"

包国维等着，看郭纯到底睬不睬他。他用手擦擦脸，又抹抹头发。他站起来，又坐到靠手上。接着他又站起来踱了几步，就坐到螃蟹旁边。他手放在靠手上，过会儿把它移到自己腿上，两秒钟之后又把两手在胸脯前叉着。他脚伸了出去又退回来。他总是觉得不舒服。手叉在胸脯上似乎压紧着他的肺部，就又给搁到了靠手上。那双手简直没有什么地方可以放下。那双脚老缩着也有点发麻。他眼睛也不知道瞧着什么才合适：龚德铭他们只顾谈他们的，仿佛这世界上压根儿就没长出个包国维。

他想，他要不要插嘴呢？可是他们谈的他不懂：他们在谈上海的土耳其按摩院。

"这些话真无聊！"

站起来踱到桌子跟前。他不听他们的，他怕有谁忽然问他："你到过上海没有？进过按摩院没有？"没有，"哈，多寒碜！"

他只等着郭纯瞥他一眼。他老偷偷地瞅着郭纯。到底郭纯跟他是要好的。

"喂,包国维你来看。"

叫他看写着的几句句子。

包国维了不起地惊叫起来:

"哦?……嗯,嗯……哈哈哈……"

"不错吧?"郭纯敲敲桌子,"我们李祝龄真是,噢,写情书的老手。"

郭纯不叫别人来看,只叫他包国维!他全身都发烫:郭纯不但还睬他,并且特别跟他好。他想跳一跳,他想把脚呀手的都运动个畅快。他应当表示他跟郭纯比谁都亲密——简直是自己一家人。于是他肩膀抽动着笑着。

"哈哈哈,吕等男一定是归你的!"

还轻轻地在郭纯腮帮子上拍拍。

那个把包国维没命地一推:

"嗨,你打人嘴巴子!"

包国维的后脑勺撞在柜子上。老实有点儿疼。他红着脸笑着:

"这有什么要紧呢?"

郭纯五成开玩笑,五成正经地伸出拳头:

"你敢再动!"

大家都瞧着他们,有几个打着哈哈。

"好好好,别吵别吵,"包国维仿佛笑得喘不过气来似的声调,"我行个礼,好不好……呃,说句正经话:江朴真的想追吕等男吗?"

郭纯还是跟他好的,郭纯就说着江朴追吕等男的事。郭纯用拳头敲敲桌子:要是江朴还那么不识相,他就得"武力解决"。郭纯像誓师似的谈着，眼睛睁得挺大：这双眼总不大瞥到包国维脸上来。

不过包国维很快活，他的话非常多。他给郭纯想了许多法子对付江朴。接着别人几句话一岔，不知怎么他就谈到了篮球，他主张篮球员应当每天匀下两小时功课来练习。

"这回一定要跟飞虎队拼一拼，是吧，郭纯你说是不是。我们篮球员每天应当许缺两个钟头的课来练习，我们篮球员要是……"

"你又不是篮球员，"龚德铭打断他，"又用不着你去赛。"

包国维的脸发烫：

"怎么不是的呢，我是候补球员。"

"做正式球员还早哩。要多练习，晓得吧。"

"我不是说的要练习吗？"

郭纯不经心地点一点头。

于是包国维又活泼起来，再三地说：

"是吧，是吧，郭纯你说是不是，我的话对吧，是吧。"

包国维一直留着这活泼劲儿。他觉得他身子高了起来，大了起来。一回家就告诉他老子——他得做一件白绒的运动衫。

"运动衫是不能少的：我当了球员。还要做条猎裤。"

他打算到天气暖和的时候，就穿着绒衫和猎裤在街上走，没大衣不碍事。

"要多少钱？"老头又是摸着下巴。

"多少钱？我怎么知道！我又不是裁缝！"

"迟一下，好不好，家里的钱实在……"

"迟一下！说不定下个星期就要赛球，难道叫我不去赛吗！"

"等过年吧，好不好？"

老包算着过年那天可以拿到十来块钱节赏。他瞧着儿子坐到了藤椅上，没说什么话，他才放了心。这回准得叫包国维高兴：这小伙子做他老包的儿子真太苦了。

包国维膝头顶着桌沿，手抹着头发，眼盯着窗子。

老头悄悄地拿出个纸包来：他早就想要给包国维看的，现在才有这机会。他把纸包打开闻一闻，香味还是那么浓，他就轻轻地把它放到那张方桌上。

"你看。"

"什么？这是？"

"你不是说要搽头发吗？就是你说的那个康——康——"

包国维瞧了一个，用手指拈拈，忽然使劲地拿来往地下一摔：

"这是糨糊！"

可是开课的第二天，包国维到底买来了那瓶什么"康"。留级不用买书，老包留着的十多块钱就办了这些东西。老头一直不知道那"康"花了几个钱，只知道新买来的那双硬底皮鞋是八块半。给包国维的十几块，没交回一个铜子：老包想问问他，可是又想起了胡大那些话。

"嗯，还是不问吧。"

五

过年那天包国维还得上学。公馆里那些人还是有点奇怪。

"真的年也不过就上学吗？"

"哦，可不是嘛。"胡大胜利地说。

老包可得过年。这天下午，陈三癞子和戴老七来找老包：讨债。

"请你别见怪，我年关太紧，那笔钱要请你帮帮忙。"

"陈三，陈三，这回我亏空得一塌糊涂，这回：包国维学堂里……"

陈三癞子在那张藤椅上一坐，把腿子叠起来。他脸上的皮肉一丝也不动，只是说着他的苦处：并不是他陈三不买面子，可是他实在短钱用。那二十块钱请老包连本带利还他。

外面放爆竹响：噼噼啪啪的。

老包坐着的那张凳子像个火炉似的，他屁股热辣辣地发烫。他瞧瞧戴老七，戴老七把眼珠子移了开去。

那讨债的说不说得明白？要是他硬逼着要……

咳了一声，老包又把说过的说起来，他亏空得不小。本来算着钱刚够用，可是包国维学堂里忽然又得缴什么操衣钱。接着谈到送儿子上学不是容易的事，全靠几位知己朋友成全他。他说了几句就得顿一会儿，瞧着陈三癞子那个圆脑袋，于是咳清了嗓子又往下说。过会儿又怕两位客人的茶冷了，就提着宜兴壶来给倒茶：手老哆嗦着，壶嘴里出来的那线黄水就一扭一扭的，有时候还扭到了茶杯外面去。

那个只有一句话。

"哪里哪里。不论怎样要请你帮帮忙。"

老包愣了会儿。他那一脸皱纹都在颤动着。

屋子里有毕剥毕剥的响声：戴老七在弹着指甲。戴老七显然有点为难：他跟老包是好朋友，可是这笔钱是他做的中人。他眼睛老盯着地下的黑砖，仿佛没听见他们说话似的。等陈三癞子一开口，他就干咳几声。

三个人都闭了会儿嘴。外面爆竹零碎地响着，李妈哇啦哇啦在议论什么。

"怎么样？"陈三癞子的声音硬了些，"请你帮帮忙：早点了清这件事，我还有许多地方要走哩。"

"我实在……"

接着老包又把那些话反复地说着。

胡大走了进来，可是马上又退出去。

"胡大，进来坐坐罢。"

可是陈三癞子并不留点地步：他当着胡大的面也一样地说那些。他脸子还是那么绷着，只是声音硬得铁似的：

"帮个忙，大家客客气气。年三十大家闹到警察那里去也没有意思，对不对。老戴，大家留留面子罢：你是中人，你总会——我只好拜托你。"

戴老七把眼睛慢慢移到老包脸上：

"老包……"

叫老包还怎么说呢？那二十块还不起是真的。他嘴唇轻轻地动着，可是没发出一点儿声音。肚子里说不出的不大好受，像吃过了一大包泻盐似的。

讨债的人老不走，过了什么两三分钟他就得——

"喂，到底怎样？请你不要开玩笑！"

这么着坐到四点钟左右，忽然省立中学一个校役送封信来：请包国维的家长和保证人马上到学校里去。

"什么事？"

"校长请你说话。"

可是陈三癞子不叫老包走。

"呃呃呃，你不能走！"——揪住老包的膀子。

"我去去就来，我去一下就……学堂里……学堂里……"

"那不行！"

那位校役可着急地催老包走。

陈三癞子拍拍胸脯：

"我跟你走！老戴你自然也要同去！"

他俩跟着老包到了学校里。那校役领老包走进训育处办公室。戴老七在外面走廊上踱着。陈三癞子从玻璃窗望着里面，不让眼睛放松一步：他怕老包打别的门逃走。

老包一走进训育处，可吃了一惊。

包国维和一个小伙子坐在角落里，脸色不大好看。包国维眼珠子生了根似的盯在墙上，耳朵边一块青的。可是头发还很亮：他搽过那什么"康"，只是没有那么整齐。

屋子里有许多人。老包想认出那注册处的胖子来，可是没瞧见。

校长在跟一个小伙子说话，脸上堆着笑。那小伙子一开口，校长就鞠躬地哈着腰："是，是，是。"可是他把老包从脑袋到破棉鞋打量了一会，他就怕脏似的皱着眉：

"你就是包国维的家长吗？"

"嗯，我是——我是——"

校长对训育主任翘了翘下巴，又转过脸去跟小伙子谈起来。训育主任就跨到老包跟前，详详细细告诉他——包国维在学校里闯下了祸。一面说一面还把眼睛在老包全身上扫着，有时候瞟那边的包国维一眼。

"事情是这样的——"

他们几个同学在练习篮球，江朴打那里走过，郭纯讥笑了他几句什么，他俩吵起嘴来，不过训育主任不大明白吵些什么，据说是为了爱人的事。

"于是乎庞锡尔——"训育主任指指包国维旁边那小伙子。

于是乎庞锡尔喊"打"。包国维冲过去撞了江朴一下。江朴只是和平地跟庞锡尔说好话。

"我是同郭纯吵嘴,你来多事干什么?"

包国维跳了起来:

"侮辱我们队长——就是侮辱我们全体篮球员!打!"

"打!"郭纯在旁边叫,"算我的!"

真的打了起来。包国维像有不共戴天之仇似的跟江朴拼命,庞锡尔也帮着打。江朴一倒,他俩的拳头就没命地捶下去。许多人一跑来,江朴可已经昏了过去,嘴里流着血。身上有许多伤:青的。校医说很危险,立刻用汽车把江朴送到医院里,一面打电话告诉江朴的家长。

"这位是江朴的家长。"训育主任指指那位小伙子。

江朴的家长要向法院起诉,可是校长劝他和平解决。于是……

"于是乎提出三个条件,"训育主任用手指数着,"第一个是:要开除行凶的人。其次呢:江朴的医药费要包国维和庞锡尔担负。末了一个是:江朴倘有不测,他是要法律解决的。"

训育主任在这里停了会儿。

老包眼睛跟前发了一阵黑,耳朵里嗡地响了起来。他一屁股倒在椅子上。

所谓开除行凶的人,郭纯可没开除:要是开除了郭纯,郭纯的父亲得跟校长下不去。打算记两大过两小过,可是体育主任反对,结果就记了一个大过。

不过训育主任没跟老包谈这些,他只说到钱的事。

"庞锡尔已经交来了五十块钱——预备给江朴做医药费:以后不够再交来。现在请你来也是这件事,请你先交几个钱,请你……"

"什么?"

"请你先交几个钱，做江朴的医药费。"

老包的舌头仿佛不是他自己的了，他喃喃着：

"我的钱……我的钱……"

许多人都静静地瞧着他。

突然——老包像醒了过来似的，瞧瞧所有的脸子。他要起来又坐下去，接着又颤着站起来。他紧瞧着训育主任，瞧呀瞧的就猛地往前面一扑，没命地拖着训育主任的膀子，嘎着嗓子叫：

"包国维开除了！包国维开除了！……还要钱！还要钱！我哪里去找钱呢！我……我我我……我们包国维开除了！我们包国维……"

几个人把他拖到椅子上坐着。他没命地喘着气。两只哆嗦着的手抓着拳，一会儿又放开。嘴张得大大的，一个嘴角上有一小堆白沫。脑袋微微地动着，他瞧见别人的脑袋也都在这么动着。他觉得有个什么重东西在他身上滚着。他眼泪忽然线似的滚了下来，他赶紧拿手遮住眼睛。

"喂，"校长耐不住似的喊他，"你预备怎么办呢？……流眼泪有什么用。医药费总是要拿出来的。"

老包抽着声音：

"我没有钱，我没有……我欠债……我……我们包国维开除了……"

"你没钱——可以去找保证人。保证人呢，他为什么没有来？"

"他到上海去了。"

"哼，"校长皱皱眉，"这么瞎填保证书！——凭这点就可以依法起诉！"

"先生，先生，"老包站起来向校长作揖，可是站不稳又坐倒在椅子上，"我实在——我实在——钱慢点交吧。"

"那也行，那么你去找个铺保。"

"我去找。"

"我们派个职员跟你去。宓先生。"翘翘下巴。一位先生就赶快戴上帽子起身。校长点点头："好，把包国维领走吧。"

可是老包到了门口又打转。他扑下去跪在校长跟前，眼泪像流水似的：

"先生，先生，为什么要开除包……包……叫他到哪里去呢，他是……他……不要开除他吧，不要开除他吧。……先生，先生，做做好事，不要……不要……"

"那——那是办不到的。"

"先生，先生！……"

这件事可说不回去的。老包给拉起来走了两步，他又记起了学费。

"学费还我吗，学费？"

学费照例不还。二十块钱制服费呢？制服已经在做着，不能还。其余那些杂费什么的几块钱是该退还的，可是得扣着做江朴的医药费。

老包走了出来：门外面瞧热闹的学生们都用眼睛送他走。他后面紧跟着几个人：陈三癞子，戴老七，那位宓先生，包国维。

"戴老七做做好事，给我做个铺保吧。"

"哎，你想想，陈三这二十块我做了保，现在还没下台哩。我再也不干这呆事了。"

往哪里找铺保？他出了大门就愣了会儿。他身子摇摇的要倒下去。可是陈三癞子硬得铁似的声音又刺了过来：

"喂，到底怎样？我不能跟你尽走呀！"

包国维走到了前面：手插在裤袋里，齐脑袋到胸脯都往前一摆一摆的。发亮的皮鞋在人行路上响着,橐,橐,橐,橐,橐。

老包忽然想要把包国维搂起来:爷儿俩得抱着哭着——哭他们自己的运气不好。他加快了步子要追包国维,可是包国维走远了。街上许多的皮鞋响,辨不出哪是包国维的。前面有什么在一闪一闪地发亮:不知道是包国维的头发,还是什么玻璃东西。

"包国维!……包……包……"

陈三癞子拼命揪了他一把:

"喂,喂,到底怎样!要是吃起官司来……"

那位宓先生揩揩额头,烦躁地说:

"你的铺保在哪里呀,我难道净这样跟你跑,跟你……"

老包忽然瞧见许多黑东西在滚着,地呀天的都打起旋来,他自己的身子一会儿飘上了天,一会儿钻到了地底里。他嘴唇像念经似的动着,嘴巴成了白色。

"包国维开除了,开除……开除……赔钱……"

他脑袋摇摇的,身子跟着脑袋的方向——退了几步。他背撞到了墙上:腿子一软,一屁股就坐到了地上。

(原载1934年4月1日《文学》月刊第2卷第4号)

笑

"强三你看,发新嫂这张脸倒白漂哩。"

强三大笑起来,一面跷起个大拇指:

"九爷你眼界高,眼界高!嗯,我说的。"

"田夸老家有这样一位嫂子真是奇怪。……这块白漂肉叫发新衔在口里,鲜花插在牛屎堆上。我们发新嫂是……发新嫂你说是不是?……"

九爷那张脸渐渐往发新嫂跟前靠近——灯照得他的脸子半面黑半面红,那上面的又粗又大的汗毛孔也瞧得清清楚楚。两个嘴角给腮帮上的纹路扯了开来,规规矩矩露出了他那排歪头孔脑的牙:陷进去的几颗是黑的,突出来的几颗是黄的。闪着亮的是那两颗金牙——古铜色。据李道士说,这并不是真金,只是洋鬼子包粽子糖的纸,九爷打什么地方捡着就拿来贴在牙上了。

不过这是从前的话。现在谁也不敢说九爷一句闲话。就是李道士也改了口气:

"九爷手上那个金戒指是真赤金哩。"

跟着就叹了一口气,谈到村子里不太平:

"这几年真是!唉,劫数!我们大家还能够勉强过日子,全靠九爷,要不然的话……"

"九爷倒有几手。他从前……"

他从前——可没谁瞧得起他。可是不知怎么一来给他混出了一条路:他手下有几十个打手。他们包运着全县的特货。去年死了那个抽一辈子"高射炮"①的老陈,可没见着他那尸身——听说是九爷他们偷去卖给东洋人的。

民团也在九爷手里。

九爷神通大着哩。要不然的话怎么明举人那么相信他——他俩还拜了把。明举人当着这团总,可是不管事,把什么都交给了九爷。

"有我,"九爷拍了拍胸脯,"你放心,地方上要是出了事——问我!"

不是夸口的话:九爷觉得这地方上的人不难对付,不论女的男的。杨发新那混蛋——九爷已经对付下了。发新嫂也不费什么劲:只不过叫强三去跟她说上了几句话,她就上了钩。

于是九爷把眼珠子冲着发新嫂——越盯越近。眼球上涂着红丝。左眼只有右眼一半那么大。

发新嫂不敢看他的脸,只把眼睛对着他那大绸夹袄的扣子。

可是一只手抓住了她肩膀。接着一条冰冷的舌子舔到了她腮帮上——凿刀似的。

---

① 原注:抽海洛因的人,把这白粉装在纸烟头上,点着一抽,就了事。因为怕药粉掉下来,故抽时必须把纸烟竖着,那不像高射炮吗?

"不要……不要……"

她一抽身——退了几步,挨近着那扇门。她那褪了色的蓝竹布衣衬在门上就显得格外分明。

强三正端着那碗烧酒送到嘴边去,这里突然大笑起来,差点儿没把碗摔到地上。

灯在冒烟:天花板那儿像有黑云压着。

九爷可一下子把脸绷了起来,右眼更大了些。他尖着嗓子,拖长着声音——

"咦——!"

老实说,他十几年来没碰过这么个钉子。

女的颤声说:

"九爷九爷,我求求你老人家……"

"怎么,你不干了吗?"

"九爷你老人家是……"

屋子里只有这么三个人。强三觉得再笑下去没什么意思,他就正正经经呷了一口酒,用手背擦擦厚嘴唇,偷偷地瞧到了九爷脸上。

"不对劲,不对劲。"他想。

九爷的脾气他知道,做一桩什么事——顶怕的是扫兴。要是这回发新嫂不识抬举,叫九爷扫了兴,他强三可得挨骂。

"呃,发新嫂。"强三站起来往她那儿走过去。

她那张"白漂"的脸带点青色。

"发新嫂你自己想想,自己想想。唵,我说的,你还是好好伺候九爷一晚,免得……"

他打了个嗝儿,偷偷瞅了九爷一眼。

"唔。哼。唔。"

九爷鼻孔里响着：像在咳清嗓子里的痰，又像是冷笑。

"本来是她自己愿意的。我九爷还怕没有雌头！我不在乎她这……"

三个小老婆，再加上城里包定的几个花姑娘，还有零买的。发新嫂真不算什么，九爷只是想尝尝新，并且——

"并且叫杨发新晓得我九爷的厉害！杨发新不过是个田夸老，他竟敢到我头上来动土——哼，老实不客气，叫他吃点王法！还叫他老婆也上我的钩！看他姓杨的斗不斗得过我！……"

可是发新嫂把汗漉漉的手按着门，瞧这劲儿她是想跑。

九爷坐了下来，右眼角一抽一抽的。他那大影子把全屋子都挡得漆黑。

那第三个瞧瞧九爷又瞧瞧发新嫂。他打了个嗝儿，有些东西冒出了食道，可是马上他把它咽了进去。

"发新嫂你要看开一点，看开一点，不要……"

突然——门一开，发新嫂一抽身就跑掉了。

强三马上冲出房门——一把拖住她：

"跑不得跑不得！"

她挣扎着。

"呃呃呃！"强三警告她似的压着嗓子，"你们发新还要命不要，要命不要？"

沉默。发新嫂僵了似的站着，有点喘不过气来。

"九爷的脾气，你晓得的。"强三把喷着酒味儿的嘴凑过去，拼命压低着嗓子，可是震着对方的耳朵，"九爷把你们发新抓了来，你们发新的性命，就在九爷手里，你要是不依……"

"我是……我是……"

"呃，听我说听我说。"

于是他四面瞧瞧，怕谁偷听了去似的。这时候他忽然打了个嗝儿，叫他自己吓了一跳，就赶紧用右手把嘴掩住了一会儿。

"九爷要把发新当土匪办，嗯，我说的。他会……"

发新嫂尖叫了起来：

"他怎么是土匪！"

"嗨，不要叫！"

闭了会儿嘴，强三的话就来得慢条斯理的：

"你听我说。九爷跟明举人常说——常说——近来乡下人都不大安分，都是发新带头，他带头，我说的，呃，九爷说的。我看……我看……呃，那天发新竟敢顶九爷几句，还骂九爷是什么什么的，还动手动脚，嗯，我说的，呃，九爷自然要抓他。……发新在民团里吃王法，你是晓得的。要是你好好伺候九爷，我说的，九爷一定放掉他，一定放掉他。要是……"

强三紧瞧着她的脸。

打门缝里射出了一条亮，在发新嫂身上转了弯。

"你想想吧。"强三说。

发新嫂瞅一眼那扇门。

房里那位九爷在干什么？也许已经安安静静坐在那儿喝烧酒，满不在乎地微笑着，右眼角在一抽一抽的。可是也说不定他在发脾气，嘴角边那两条皱纹一直拉到鼻子边，眼球上涂着红丝，想着要给发新吃点苦，然后咬一咬牙说他是土匪：砍他的脑袋。

一到第二天，发新的脑袋就得挂在树枝上。明举人他们准会请九爷吃酒席，拍拍他的肩膀——

"全靠你，为地方除一大害。"

明举人跟发新本来是对头。

于是发新嫂一家人——那又瞎又聋的老太婆，那两个孩子，连发新嫂自己，他们都得……

强三知道发新嫂全明白这些事，他就又打个嗝儿，咽下一口唾涎，三遍四遍五遍地说着：

"你想想吧，你想想吧：嗯，我说的。"

他安然自在地等着，只要她身子动一动，或者嘴动一动，他就容易向九爷交差了。

可是那个只咬着嘴唇。

房门里面忽然訇的一声响，把门外面的人都吓了一大跳。

四只眼睛盯着那扇门：听着看有没有下文。

静悄悄的。

强三用手背抹了抹嘴，就怪体己地跟发新嫂谈起来。他觉得屋子里那么訇的一响了之后，他就非赶紧办完了这件事不可。他叫发新嫂知道九爷是个大方人，只要她肯依他——

"九爷是不在乎钱的。"

他问她现在是不是要钱用，接着打了个嗝儿，像代替她回答了一声。

"你正短钱用吧，是不是，是不是，嗯，我说的？——噢！"

她家里是怎么个情形——强三当然明白，并没"噢"错。她那两个孩子在等着她给吃给喝，嘎着嗓子哭着喊妈妈。那两岁多的小丫头在地上爬，拖着寸来长的鼻涕，把泥土抓着往嘴里塞。老太婆也等着她去照应，张开干瘪的嘴，一天到晚嘟哝着——谁也没去听她胡说些什么，她也要填饱肚子。她还不知道儿子给九爷抓去吃王法哩。

民团里那些副爷那里也得使钱，塞几个到他们手里——好叫发新少吃点苦……

这里强三叹起气来，好心好意地再叫发新嫂想一想。

"想想吧,想想吧。"他学着明举人那年劝说灾民出境的那种劲儿,哭丧着腔调,似乎一个不留神就得淌下眼泪来的,"你也真可怜,唉!你是——喷!"摇摇脑袋,伤心得连脸都抬不起来,"不过九爷是肯救发新的,肯救的,唵,我说的。你要是依他——好好伺候着他……他又肯花钱,又肯救你们发新。你要是不——不——不那个的话……"

只要九爷横一横心,就什么都完了。

发新嫂打了个寒噤。可是那些利呀害的她都想不上来。她眼面前只显出九爷那张嘴,闪着那两颗古铜色的牙,那张嘴要是肯动一动,发新就能够自由自在地回家。

她害怕地四面瞧一眼,又回到了屋子里。

"九爷,九爷,发新是……你老人家放了他吧……"

九爷高兴地叫道:

"哈哈,我晓得你要回来的,我晓得的。……喷,怎么要扮这样一副苦脸:快活一点呀。"

那双一大一小的眼睛就往房门口瞟了一下:那儿站着强三。

强三知道那个在夸奖他,可是他拼命装着个满不在乎的劲儿。

女的脸发青,眼睛里泡着泪水。

"你老人家高抬贵手——放了他。……他脾气不好,冒犯了你老人家,他是……一个种田人总是……"

"来,香一个嘴!"

墙上那大黑影子一晃,就举起了起重机似的东西:九爷两手捧着她的脸。

她没挣扎。眼泪淌到了腮帮上,在灯光下面闪亮。

"九爷你老人家……"

"呃,呃,呃,"九爷他老人家警告似的叫着,可是声调还算客气,"你来到了我这里,就要好好的,我花钱买你一张哭脸吗!……你要的是钱。我要的是快活。……呃,呃,呃……"

房门口那个人瞧着他俩,一等他们有谁拿眼睛扫过他身上,他就赶紧把视线移开。他两只脚在地上轻轻擦着:他不知道还是走近他们跟前的好,还是退出去好。

九爷嘴角往下弯着,那两条纹路给灯光照成一大条黑的像用墨笔勾了一下。

强三就叹了一口气说:

"唉,发新嫂你想想吧,你想想吧,我说的。"

可是发新嫂只瞧着那双涂满了红丝的鸳鸯眼。

"九爷九爷……"

"不要这样,不要这样。……呃,笑一个看看,笑一个。"

"九爷你老人家总要……"

"不行!你先笑一个给我看看!"

"他是……他是……"

"先笑一个再说!无论如何要笑一个!"

两双眼对着。两张嘴闭着。

平日九爷有什么心腹事总叫强三办:强三挺能干,九爷有什么麻烦他都解得了的。于是他就插了嘴,一面挺挺胸脯,似乎在办地方上的一件大事:

"发新嫂你就笑一个吧:这又不是赔本的事。笑一个啰,笑一个啰,我说的。你想想吧,你是……噢!"

他赶紧咽下一口唾涎,抹抹嘴。正打算再往下说,可给九爷抢说了去——

"笑一个!——不笑不行!"

发新嫂喘着气。

楞了这么分把钟,发新嫂就咬着牙,吃力地笑一下,跟着一大颗眼泪滚到了脸上。

那个把这张水漉漉的脸拧了一把:

"哎,这才像样!"

强三瞧得有点不好意思似的,低着脑袋,把又短又粗的脖子害臊地扭了一下,仿佛是个十七八的闺女。这时候他脖子里猛地爆出了一声嗝儿——

"噘!"

那边那个男人冲着发新嫂的脸笑着,挤出他那歪头孔脑的黑牙和两颗金牙。

女的嘴唇用劲地动了几动,可是声音给哽住了出不来。她拼命忍住哭,装个挺卖好的脸色对九爷仰着。

"九爷你老人家晓得发新是……发新是……"

"什么?"

"你老人家放了发新吧,他是……"

"发新?"九爷似乎吃了一惊:到这里,他才知她跟他谈着的是发新的事,"发新,哼!"他停了会儿,瞟强三一眼,"老老实实告诉你:我九爷就最讲究个礼数,他这回——他竟敢……"

"发新是好人,不过脾气……放了他吧,放了他吧,他实在……"

"那——"九爷摇摇脑袋,"哼,没有这么容易。"

他用指节敲敲桌子。他脸上刚才那副嬉皮笑脸劲儿给收拾掉一点儿,只把肌肉绷得不松不紧。

不用说,这里该来一套正经话。

"现在呀,哼!"他右眼皮在抽动,嘴角下面裂着两条短短的皱纹,"现在这批乡下人简直不成话。发新是——发新是——我晓得的，许多坏事都是发新领头。这些事我九爷都明明白白……你们这些田夸老……"

"阿弥陀佛，你老人家不要冤枉他……"

"呃，呃，冤枉？他有意跟我作对，跟明举人作对。他竟冲撞我：骂我祖宗，还动手动脚要打我！这简直是土匪！——我对土匪是一点不留情面的：我自然要抓他！……王家的抢案一定有他，他跟他们……"

"你老人家……"

九爷可微笑了一下。右眼张大得关不住眼珠：让它突得高高的。嘴一动一动的像在吃什么东西。

"呃呃呃，不要着急，不要着急。发新只要吃点王法就会放的。……不管它，你好好伺候我一晚——包你有好处。九爷是明白人，我九爷。"

他拍拍胸脯。

强三呃呃嘴，想插句把话，可是没什么说的：要说的也不过是翻来覆去那几句。

九爷眼珠那么一旋——左眼全露了白，右眼眼黑可还没挨着边。然后这双眼珠停到了强三身上。

"真奇怪，发新嫂嫁了这么个男人——又粗又蠢又混账。要是这位嫂子跟了我九爷，那——强三你说是不是。"

那个赶紧大笑起来。

"九爷你的话不错，你的话不错。唵，我说的。……发新嫂你看？"

发新嫂用手抹抹脸上的泪水，用力地瞧了九爷一眼。

可是九爷一把搂住了她，左眼眯着，右眼角在一抽一抽的，用着温柔透了的声调说：

"不要这样不要这样，好嫂子。"

接着——一把凿刀似的舌子舐到了发新嫂脸上。

强三把个嗝儿闷在嗓子里，"咕"的一声。他装作没看见他们似的，脖子一扭，轻轻退出了房门，脸上堆着微笑。房门关上之后，他还在门缝里张了会儿。

房里的那一套——是他强三的得意之作。

于是他轻松地透了一口气，回到了自己的房里。

"九爷会给她多少钱？"他消遣地问自己。

乡下货比不上城里货，总得便宜点儿。

不过九爷并不在乎钱，九爷只要叫杨发新受点儿气。一到明天，他强三就得叫杨发新知道这回事。

"好，你跟九爷作对吧，只要你斗得过。……老实告诉你，连你的老婆都跟上九爷了。……你这土匪，你这你这你这……"

还得骂句把什么，可是他想不出：没有比骂他作"土匪"再适当的。

"土匪要砍脑袋，要砍脑袋，我说的。"

杨发新那家伙当然也逃不了这一着，九爷跟他说过。老实说，发新嫂好好伺候了九爷一晚——也救不了她男人。

"留着这土匪叫地方上遭殃吗，唵？"

强三爬上床，伸长着脖子把灯吹熄。

他眼睛一阵花。

忽然——杨发新的影子蠢在面前。身上一条条青的红的。两条腿因为上过了踹棍，有点站不住。

"不要找我。"强三镇静地说。

这家伙离死不远，灵魂脱了窍。可是他能怪别人吗。

"善有善报，恶有恶报。……这是数，我说的。……谁叫你跟好人作对,谁叫你犯法?"

那天强三去派团防捐,杨发新他们硬说没钱,还和强三顶嘴。强三吃打了一拳。现在肋子骨还有点疼哩。

"嗯,看吧。"

他放心地把被窝蒙上了脑袋。

外面有个女人在叫魂,声音发抖,不像人类的嗓子。叫人听着汗毛直站起来。

一只狗嘎声叫着,像有什么大祸就要到来似的。

这年头真奇怪:就是有九爷那么个能干人,可是地方上也还不安静,明举人还时时刻刻怕有什么大乱子。

强三就轻轻嘘了一口气。

不知道睡到了什么时候,可连这所房子里也不安静了。

九爷在他屋子里大声嚷着,像老虫发了脾气。

訇!敲着桌子什么的。訇,訇!

"怎么。"强三赶紧坐了起来,连呼吸都屏得紧紧的。

"你你!"——九爷似乎咬紧了牙,"今天这一晚是我包定了的……你随我摆布!……"

过了会儿——

"你敢!……看你逃到哪里去!……"

轰隆轰隆轰隆!——一阵乱步子!

女人的尖叫。

强三把衣一披,两只脚移到床下找鞋子——脚板就在泥地上乱擦着。右手伸到桌上,摸洋火。

这会儿没一点声音。

突然——九爷的大笑声,像鸭子叫似的。

"呃呃,这样……乖乖地伺候我九爷……"

强三右手放在桌上没动，侧着脑袋听着。

只有狗叫：听不出一声一声的"汪汪汪"，而是联成一整片——拖长着叫着，声音还带颤，仿佛有个女人在凄厉地哭。

这叫声使强三不舒服起来。

"操你娘的！"他又躺下去，把被窝蒙着脑袋。

过了十分钟他就打起鼾来，这么舒舒服服地睡着一直到天亮。这中间只给九爷吵醒过一次，可是也不是什么乱子，九爷只叫了一句——

"呃呃，怎么！我告诉你——今晚是我包定了的！"

强三起来的时候，九爷已经要打发发新嫂走了。九爷在荷包里拣了老半天，掏出了一块钱。

一块龙洋。擎在九爷手里——亮闪闪的。

"发新嫂你笑一个：笑一个才给你。呃，笑呀！……哎，这才对！"

叮！——那块龙洋扔到了桌上。

九爷瞅了强三一眼，嘴角上的皱纹动了几动。

发新嫂抓着那块钱，手哆嗦着。

"谢谢九爷呀。"强三带五成鼻音叫。

突然，发新嫂痛哭起来，全身都发抖。

"哪，哪，哪，"九爷把嘴唇撮着，右眼皮抽动了一下，"我不欢喜看人哭：你不要在这里哭。"

女的一转身就走，可是九爷揪住她膀子：

"来来来，我们到底还是有恩情的，让我……"

她咬紧着牙，用力挣开他的手。

九爷跳了起来。

"不行！——我花了一块钱哩！……你晓得我九爷的脾气是拗

不得的!"

一把拖了她过来,用右手在她大腿上扭着。

发新嫂全身一震,尖叫了一声。扭第二下的时候她可没再开口——扭一下她就颤一下,九爷膀子上的肌肉也就跳一下。

强三瞧着他自己的左手背,像看西洋镜似的那么出神。

最后九爷扭到了发新嫂脸上——扭了两把,她腮帮上就有两块紫红的。

"滚吧!"——一推,让发新嫂跌出了房门。

房里两个人大笑起来。

"九爷你花了一块花边……"

"嗯,这是吴八杆子那块钱。"九爷扣着扣子,一面忍不住又要笑,露出那排五颜六色的歪牙齿,右眼皮也抽得更厉害了些,"她会来换的,她。"

一点也不错。下半天发新嫂到清风阁找着了九爷,请九爷换一块钱给她。

"请你老人家换一块钱给我吧,这一块是……"

发新嫂脸子成了灰白色,腮帮上有两块紫的,还透着青,肿着。

九爷那对鸳鸯眼打发新嫂脸上移开,把茶店里的人都瞧了一遍,又盯到了原处。大声说:

"为什么?"

"这块钱是铜的,我给许多人……"

她给许多人看过:铜的。可是发新在牢里等着钱去救命,家里那老太婆和几个小鬼也等着米下锅。

"我怎么会给你假洋钱?"九爷的眼睛又四面扫了一圈。

发新嫂咬着牙。身子摇了几摇,她就用手撑着桌椅角。

"你老人家早晨给我的那……"

九爷眼珠子旋了一转,眯着个左眼,嬉皮笑脸地把脖子扭了一下:

"我九爷怎么要给你钱?我欠了你什么不明白的账?你说出来,当大家的面说,我马上换一块给你。我怎么要给钱给你?"

大家都打起哈哈来。

"真的,九爷为什么凭空给你一块钱?"

"风流债,风流债。九爷欠了她的……"

"呃呃呃,其中必有道理。九爷你……哈哈哈哈哈!"

"九爷倒喜欢乡里货,嗯。"

"有其夫必有其妻。"一个老头说完了瞧瞧大家,可是大家在笑着嚷着,于是他把这句话说了七遍。

强三笑得差点儿没昏过去,一口气笑完就捧着肚子喊"哎哟,哎哟",跟着就提高着嗓子——把一切声音都压倒:

"她跟九爷是有缘分的,有缘分的。唵,我说的。"

发新嫂哭着,一个劲儿求九爷换一块钱给她。

"九爷你老人家修修好……"

"啧,又来了!……哭脸我是不高兴看的,你要……"

"喂喂,"强三插了进来,"还是笑一个,还是笑一个,我说的。"

"哎,强三对。……好嫂子你就笑一个罢。"

大家又哄出了笑声。

茶客全都拥到了这儿。

"她问九爷要钱,叫他……"

"她男人就是那个,就是杨……杨……"

"杨发新。"

"嗯,杨发新。如今乡下人都不安分,他是……"

九爷掉过脑袋去插嘴:

"上次王家的抢案就有他。"

"好买卖,好买卖:男人当土匪,堂客卖娼。"

话声笑声打成了一片:清风阁从没这么热闹过。

九爷一会儿摆摆手叫大家听他说话,一会儿扭扭发新嫂的腮帮子。

"笑一个笑一个!我九爷只要……"

"九爷你告诉我,她要几个钱一晚?"

"嗨,你要割九爷靴子吗?"

又一阵雷似的哈哈。

"杨发新还要跟九爷作对哩,连他堂客都……"

九爷呷了一口茶,右眼皮没命地抽动着,把黄牙黑牙都笑得露到外面,摆摆手叫:

"办了杨发新——叫这小寡妇怎么挨呢,这样白漂的脸……"

"跟你九爷,跟你九爷,我说的。"

"跟我九爷吗,那是……"

忽然——一把茶壶飞了过来。

九爷眼面前那么一闪,他赶紧让开:没打着。这点本领在九爷并不算稀罕。

哗啦!——茶壶在地上摔个粉碎。

一下子把笑声话声都打断。五六十只眼睛都盯着发新嫂。谁都紧张着脸子。

这茶壶是发新嫂摔过来的。她脸色发青,腮帮上那两块又紫又青的疤——似乎更肿得厉害了点儿。她没命地咬着嘴唇,手抓着拳,身子哆嗦得像要倒下去。

九爷一跳：

"嗨！"

发新嫂又抓起一把茶壶来要摔，强三他们可揪住了她的膀子。

"嗨，这年头连堂客们都……"

发新嫂腿子一软，脑袋倒了下去。脸成了石灰。嘴里像螃蟹似的冒出许多白沫来。

(原载1934年8月10日《现代》月刊第5卷第4期)

团　圆

满天的云。满天的蜻蜓。这天是好日子。

这天好日子老是要下雨。这天好日子大根的鼻孔也老是要下雨。大根吸着鼻涕；鼻涕太多了就拿脏手撮掉它；撮得不耐烦，他就骂起来。

"×你妹子的哥哥，鼻涕那么多！"

二根瞧了大根一眼：

"哥哥有鼻涕，我没有鼻涕。"

"有鼻涕才能当大总统。"

二根不相信，又瞧了大根一眼。二根把眼睛溜了开去，就忽然——

"小狗子同癞痢！"指指河边上。

两个孩子在河边打水漂漂。这两个是大根的平民夜学校里的同学。这两个是坏蛋。

癞痢一听见二根嚷，马上把他那花脑袋扭了过来。

"哦，杂种来了。我水漂漂打不好，我倒霉：我一看见这两个杂种来了我就倒霉。他们娘是烂污货。"

大根放了二根，吸一下鼻涕走了过去：

"你说什么？"

"我没跟你说。"

"我×你妹子的哥哥，你……"

"你骂人！"

"骂你！"

小狗子横了大根一眼就拖瘌痢走开河边，嘴里嘟哝着：

"你妈妈的，我们说话也要你来管！你妈妈的……"

"我不要我不要，你的妈妈我不要！你妈妈是老货，我知道的。"

蜻蜓到处飞。有风。大根衣襟上破了个大洞，风刮来怪凉快的。嘴上像长了胡子：用手再撮一把鼻涕，嘴上就又多一绺胡子。

"二根，我们走。"

小狗子和瘌痢走前面。大根和二根走后面。那对和这对——中间隔这么丈把远。

瘌痢回脑袋来瞧了一下，就对小狗子大声说起故事来：

"有个人的妈妈是烂污货。豆腐店里的连司务一个月同她睡四五回觉：睡一回，就给四毛钱……"

"嗯。"小狗子拿鼻孔应一声，回头瞟一下。

"这个人你晓不晓得？"

"不晓得。嗯，后来呢？"

"后来……后来……哦不错，还有阿水也同她睡过觉的。还有老牛。还有许多人——许多许多许多。……这个人的妈妈是靠卖……"

突然，大根冲了过去。大根左手抓住癞痢的肩膀，右手撮着鼻涕。

癞痢一掉转脸来——一把鼻涕给抹在嘴上。

"干什么！"

"打你！"——劈！

两个扭了起来。

小狗子要送大根几拳，可是大根踢着腿子，不能挨近他。小狗子卷起衣袖，捞起竹布长衫的衣襟，一左一右地蹦着嚷着：

"你打人，你打人！晚上告诉先生，晚上……"

大根把癞痢抱住摔到了地下，就往小狗子跟前跳过去。

"你打人，你打人！你妈妈的，你……"小狗子抓着衣襟拼命逃，顺手还在二根脑顶上打了一下。

二根哇的一声哭起来。

"×你妹子的哥哥！"——大根追。

太阳打两堆云中间挤了出来：地下奔着两个人影子。跑一步，他们的脚就和影子的脚相拍一下。这么着小狗子跑得更远了。

没追着。

大根站住。大根喘着气，对后面的二根招招手，接着就用这只手撮鼻涕。

"来，二根！"

"哥哥，癞痢哭了。"

"癞痢是哭死宝……×你妹子的哥哥，快！"

前面柳树下有些女孩子在叽叽呱呱的。大根吐口唾沫，拿出一副大人的架子。

"你去瞧瞧圆姐姐可在那里。……我叫她别跟阿巧玩的。我×你妹子的哥哥！"

圆姐姐的确在那里。圆姐姐跟她们在跳房子。圆姐姐抱着三根，旁边挨着小圆，尖声嚷着：

"阿巧你抱着三根，让我来跳。"

"桂圆！"大根叫。

她掉转身子来愣了不到一秒钟，就跑了过来。她靠近大根——正正经经告诉他一件事：

"爸爸回家了。"

"什么！？"大根惊了一跳。

二根张大了眼睛瞧着圆姐姐。二根就简直记不上他们还有个爸爸。他把食指塞到嘴里，怕人听见似的小声儿问：

"爸爸是不是跟吴三公公一样？"

圆姐姐可提起一条腿来要跳房子。

"爸爸什么时候回家的？"大根绷住脸。

"你们出去了一会儿就……"

唔，算起来爸爸已经到家了两三个钟头。

大根撮一把鼻涕撒到地上，在衣襟上抹抹手。

"我×你妹子的哥哥！"

那边女孩叫了起来：

"桂圆，快来跳。你不跳我跳了。"

"来了来了。"

大根手还在衣上抹着，眼瞧着桂圆。桂圆一个劲儿在跳房子，头发一飘一飘的。小圆在后面要扯她的腿，可给别人拉开了。

天上靠西的两堆云并在一块，太阳又给埋了进去。

忽然，二根叫起来：

"哥哥，一个蜻蜓！"

大根瞧二根一眼，脸上的肉没动一动。鼻涕偷偷地淌到嘴上，大根没理会它。

后面癞痢揩揩眼泪爬起来，小声儿骂着，就远远地逃掉。癞痢跑几步就得侧过脸来瞧瞧大根的动静。

大根没追。大根舐舐嘴唇：咸的。大根用手在嘴上狠命地一抹。大根有心事似的。大根觉得他爸爸有点……

爸爸从前在奉天兵工厂做活。后来一个炮弹落到宿舍的过道里，就跑到南方。后来没饭吃。后来出去找活做。一出去就是那么久：一年多。人也没回来，信也没回来。可是今天忽然这么一下子——爸爸回了家！

就是这么个爸爸。爸爸这回也许发了洋财。爸爸也许年轻了点儿。爸爸也许老了点儿……

"我去瞧瞧。"——就跑。

"爸爸出去了。"桂圆叫。

可是大根一口气跑到了家。

爸爸不在家。妈妈在家：在抹眼泪。

吴三姥姥坐在板床上，那张瘪嘴颤动着。她瞧着妈妈那块发青的脸，用鼻孔嘘了口气，就谈到爸爸。

"长寿也不是个糊涂人，他总……他总……"

妈短促地呼吸着气。突出的颧骨上全是水。脸绷得像一面鼓：手一抹上去，脸上的肌肉一动都不动。

"对他……对他……我对不住……"

大根走到桌子边，装作找什么东西。他撮一把鼻涕抹在桌子腿上，桌子腿就叽咕一声。他眼睛在桌上扫一转。他那本千字课压在一只饭碗下面：他把它抽了过来。

沉默。

吴三姥姥瞧着妈妈：像是可怜妈妈，又像是瞧不起妈妈。她眼睛和妈妈的一对着,就移开去盯着席子。

"顶好瞒着长寿,我们大家都……"

席子上爬着一个臭虫。吴三姥姥就没往下说,只把手指在嘴上蘸蘸唾沫,拈起那个臭虫抿死它,还送到鼻孔边闻闻。

"瞒不住的。"妈妈声音发抖。

"实在瞒不住就拉倒,"那个像生了气,"长寿是明白人。这一年多,这一年……有一年多了吧?他是前年……"

"前年十一月出门的。"

"嗯,一年多。……他没寄一个钱。你拖着五个小鬼,你去……你做这……哼,你还对不起他?"

门口有三个孩子在张望着,叽里咕噜地说着。

大根跳起来。

"滚!"

不动。

可是大根一奔出门来,那三个赶紧就跑。

"大根你不要神气:你爸爸回来了,你妈妈卖不成了。哎呀,卖不成了。哎呀,哎呀!……"

"×你妹子的哥哥!"——大根追。可是大根还得听听妈妈跟吴三姥姥说什么。他抓一把泥使劲摔过去:也不管摔着没有,就回到了屋子里。

"干吗去撩他们!"妈妈拿手巾擦着脸。

"活该。"

"下回不许!"

吴三姥姥把瘪嘴咂了几下,还是说着那么句话:

"长寿是明白人,他出去了这些年……他是……"

大根拿着千字课本坐在小板凳上翻着,眼睛可溜着她们俩。鼻涕差不离要淌到了书上。他赶快吸一下,可是马上又往下流。

"×你妹子的哥哥!"——手捏着鼻子一揎。

鼻孔空了:一股烂腌菜似的味儿就向鼻孔里钻。

风从门外流进来。天上的云慢慢地织成一片。

一阵脚步声音给风从门外送进来:像给云压住了似的,闷闷地响着。

怕是爸爸。大根站了起来。

不是。

妈妈一瞧见走进来的两个人就着了慌:

"连司务你快走,你别……你别……"

"怎么?"

"长寿回来了,长寿!"

连司务手里拿着一瓶酒。和连司务一块进来的还有一个人。连司务对那个人笑一下,满不在乎地把腰板挺了起来:

"我不怕。你卖——我就买。我花了钱的。反正同你做这买卖的不止我一个。"

"修修好,修修好,连司务!……你是……"

吴三姥姥又像是生气,又像是特别要好似的瘪瘪嘴,用右手打着手势:

"连司务你也是明白人。长寿嫂是没法子才来……才来这个……她男人回了家,你总要……你总放明白一点,连司务你说……"

"放明白一点?"连司务把那瓶酒在桌上一顿,瞪着眼,"老子不明白吗!"

"你喝醉了酒别在我面前使性子!"

两个就吵了起来。妈妈哆嗦着嘴唇,挺快地说上一大串好话请连司务走。连司务捞起袖子跟吴三姥姥哇啦哇啦，唾沫星子直溅。和连司务同来的那个拉连司务走，可是——

"不行！老子花了钱的。老子还有钱放在她那里……"

"钱我还你，钱我还你……修修好，修修好，连司务连司务！"

大根叫了起来：

"滚！×你妹子的哥哥，你到我们……"

"小鬼，你！……老子偏不走，看你们怎样！"

"还你钱不就好了吗！"吴三姥姥嗓子尖得刺人。

"好，就还来！——还得找回我一块现洋带两毛钱。"

"我明天就还你，我明天……修修好，请你就……"

连司务可一屁股坐上板床：

"嘿嘿，那不行。……老应，我们今天乐他一乐。"

大根偷偷地摸着了一根劈柴。

可是，他妈妈向连司务扑过去：两手抓着连司务两个膀子，膝髁屈在泥地上，脸仰着，颤声说着好话：

"修修好，你快走，你做做好事。……连司务连司务！"

"笑一个，笑一个！我花了钱总不能看你绷住脸呀：笑一个！老子今天总得在这……"

突然——嘎！连司务脑顶上吃了一棍。

连司务一把推开地下的女人，跳起来对付大根。一手抓去——抓个空。

"×你！"大根冲过去抱住连司务的腿子咬起来：那腿子肉硬得像牛筋，可是牙齿也陷进去了分多深。

不知怎么一来大根给拖了开去，大根就老实不客气对连司务小肚子送了一拳。接着马上往外跑，顺手拖一条板凳挡住门：连司务差点儿没摔一跤，就没追出来。

大根边跑边嚷：

"×你妹子的哥哥，待会儿我得摔你到粪缸里——淹死你！"

这会儿他忘了撮鼻涕——它给糊在嘴上：一说起话来，两片嘴唇中间就扯动着橡皮似的鼻涕带子。他举起袖子把嘴呀鼻子的擦了一下，仍是往下骂着。

往日他也骂着连司务那些人，可没当面骂过。这一年多妈妈老是哭着，老是说着爸爸，可是连司务或者阿水那些人一来，她就得苦着脸笑：不笑——他们就使性子。大根不爱瞧妈妈那种笑，宁可叫妈妈哭。有时候他们搂着她摸着揉着。有时候叫大根他们五个小鬼到外面去待那么两三个钟头才开门放他们进去。有时候那些人拖她出去整晚整晚地不回家。有时候她病在床上也给拉起来。这么着妈妈就能拿几毛钱来叫大根去量米，去买腌菜，买萝卜干。没人来的时候她就又哭，又谈着爸爸，还埋怨五个小鬼累着她。

这么着就活过了一年多。

"×你妹子的哥哥，他们……他们……"大根放慢了步子。可还喘着气。

飞着的蜻蜓少了下去，只有四五个还在空中荡着。风吹得柳树轻轻地摇头。太阳斜在西边的云堆里。

一瞧见柳树下一团人，大根可就愣住了。

桂圆他们不跳房子，只围着个男子汉叽叽呱呱说笑着。

谁呀，这男子汉？大根睁大了眼。

身坯像爸爸，不过瘦了点儿。脸子像爸爸，不过老了点儿。

那男子汉抱着三根逗他玩。三根不要那人抱，嚷着。

大根忽然不舒服起来，像有什么戳着他身子似的。

"桂圆快来！……来呀！"他压着嗓子叫，"快去告诉妈妈——爸爸回来了。快！"

"妈妈早就知道爸爸回来了。"

"别管！快去告诉，快！"

大根一个人往柳树跟前走。

那男子汉张大了眼瞧着大根，忽然叫了起来：

"嗨，小鬼！我回来的时候你死到哪里去了，呃？……嘿，长高了许多！认识我吗？"

"爸爸！"

爸爸手里的三根向阿巧伸着手要她抱，嚷着"姐姐"。阿巧一抱过来，他就伏在她怀里偷偷地对爸爸溜着眼睛。

二根把手塞在嘴里，张大了眼傻笑着。

小圆拉拉爸爸的腿。爸爸一瞧她，她就咯咯地笑着逃了开去，躲到别人后面。

爸爸蹲了下来，两只手搁在大根肩上。

"我当你是个老矮子哩。嘿，竟长高了，这小鬼！……怎么，脖子上抓破了吗，呃？"

"抓痒抓的。"

前面又溜出了那两个小鬼：小狗子和痢痢。他俩不敢走近来。

大根瞪着眼远远地盯着他们。

爸爸没注意。爸爸瞧瞧大根的脑袋，又瞧瞧大根的脚。

"你惦不惦念我？……瞧你！——这许多鼻涕！"

"妈妈惦念。妈妈每天说着爸爸什么时候回来，怪爸不给信。"

"你呢？"

大根笑，手在鼻子上撮了一把。

那男子汉轻轻地叹了口气，接着就啰里啰唆地问了起来。他嗓子有点异样，像怕冷似的。眼睛有时候盯着大根，有时候瞧着地下。他问妈妈骂他没，他问他们挨饿没挨饿；他听说妈妈给人缝补衣裳过日子，这么着一家六口子可吃不饱的，并且妈妈身体那么坏——撑得住吗？

问呀问的，爸爸就拿手指揉揉眼睛。

"妈妈没吃药吗？"

"没。"

妈妈晚上睡不睡得着觉？臭虫多不多？那两张板凳什么时候买的？妈妈常打小鬼吗？小鬼老哭脸吧？——那么一大堆。

癞痢和小狗子在前面大声说起话来，爸爸就住了嘴。那两个小鬼像玩把戏的人那么着——一个说一句，一个跟一句。

"那个乌龟！"

"乌龟。"

"长寿的老婆——睡一觉四毛钱。"

"嗯，四毛钱。"

"长寿的老婆，天天卖×——烂污货。"

"烂污货。"

爸爸陡地一抬头，两个小鬼就跑了两步。

"他们说什么？"爸爸问大根。

"屁眼里说的没好话，我×你妹子的哥哥！"

他们爷儿俩面对面愣了会儿，左眼对着右眼，右眼对着左眼。

可是那边的两个又那么叫着：

"长寿的老婆四毛钱睡一觉：卖给阿水，还卖给老牛，还卖给许多人，许多许多许多。哦，不错，还卖给连司务。"

"是呀，还卖给连司务。"

爸爸站起，脸子沉了下来。

孩子们都瞅着爸爸。只有二根一个人瞧着紫灰色的天。

大根咬着牙，又热又透不过气来：仿佛有滚烫的布条捆住他似的。他对那两个小鬼瞪着眼,瞪呀瞪的——一蹦就冲了出去。

揪着小狗子往地下一摔。吐些唾沫在小狗子脸上。拗着小狗子的脑袋在泥地上擦着。

一回头——不见了爸爸!

"×你妹子的哥哥,糟!"——放了手就跑。

小狗子哭着嗓子嚷:

"你敢再来!"

"你骂谁?"大根一面跑一面叫。

"骂你!"

"骂了我。"

"骂你!你妈妈的,你……"

"我不要我不要!老货!"

小狗子还嚷着些什么,可是大根渐渐跑远,耳朵边那些叽里呱啦的声音就小下去,小下去——听不见了。

爸爸的背影!

连司务那两个!

"×你妹子的哥哥,×你!"大根偷偷地捡了一块大石头:他准备帮爸爸打架。

爸爸手抓着拳。

连司务怪丑的样子对爸爸笑一笑,说了几句什么。他客气地点点头就走。他怕爸爸。爸爸瞪着眼瞧他们走了,就一直往前冲。

大根用手背抹抹鼻涕:他奇怪自己的手干吗一下子那么重了起来;他忘了自己手里有块石头。

一到家——爸爸正抓住妈妈两只手。

吴三姥姥仿佛不知道要怎么着才好:又想笑,又想不笑。她眼睛在席子上找着看有没有臭虫,一面拖泥带水地说上许多话。

桂圆站在门口，慌张着脸。

爸爸咬了会儿嘴唇，对妈妈瞪着眼。

"我心里不舒服，我怪……我怪……我问你，我问你：你骗了我没有？你……你……我走了这一年多……"

妈妈哭起来。

那个把大拇指的指节狠命地按着她的手背，她疼得尖叫。他可轻轻地问，声音颤着：

"你骗了我没有，你骗了我没有？"

"长寿你！"吴三姥姥拖他，"今天你回家，你们两口子团圆，你有什么……"

"爸爸，我不准你打妈妈！"大根跳着。

那个可没理会，只对着吴三姥姥下气不接上气地说：

"干妈您知道，您干女儿……您干女儿她……"

"爸爸，我不准你打妈妈！"大根拿着那块石头在门板上敲着。

"干妈您在这儿。……她骗了我，她说缝补衣裳过活，我……我……这不是冤我？——缝补衣裳养活六口子吗！……你告诉我，你告诉我！……"

"×你妹子的哥哥，爸爸！"

"小鬼你走！"

"我不准你……"

阿巧他们拥在门外。桂圆接过三根来抱着，可是三根向门里伸着手嚷着要妈。

小圆靠在吴三姥姥跟前，脸子躲在吴三姥姥腿上。吴三姥姥摩着她。

二根在门外，背贴着墙蹲缩成一团。他撒了一泡尿，他自己还不知道哩。

爸爸脸子发青。

"明明是冤我,明明是冤我:缝补衣裳养活六口子,她自己又……"

"你知道养不活,你出去那么……你……我拖着五个小鬼,我……我我……"

"自己的媳妇……自己的媳妇……干妈您给我想想!"

忽然,妈妈又尖叫起来。爸爸在打她。

大根跳过去。

可是爸爸给吴三姥姥拖开了。爸爸坐在那张小板凳上,吼着气,牙齿把下唇咬得雪白。吴三姥姥就说了,说上许多时候,告诉他——妈妈这一年多过的是什么日子。

"五个小鬼不能让他们活饿死,她身体那么糟,那么……那么……她一个娘儿们,她……"

爸爸傻似的瞧着墙。

其实墙有什么好看!——糊了些报纸。有糨糊的地方给蛐蜓啃成几千几万个小洞,还弯弯曲曲地扭着几条发亮的东西,那是蛐蜓爬过的路。报纸发黄。报纸上缀满着臭虫血——给手指抹的:像图画里画的竹叶子。

吴三姥姥还是说着。说呀说的,糊墙的纸渐渐变成了灰色,渐渐成了黑色。小圆靠在吴三姥姥身上打盹。

门口三根哭起来,吴三姥姥就把说话的声音提高一点。

二根做贼似的溜进来,凑到大根耳朵边:

"什么时候吃晚饭?"

妈妈伏在铺板上抽着肩膀。

吴三姥姥把小圆费劲地抱起来,放她睡在铺板上。小圆醒了一下,叫几声什么。吴三姥姥拍拍她。嘴里可没停过:

"从前我也怪她,到后来……到后来……你叫她怎么办——一家大大小小的……这能怪她吗……她其实……她其实……你自己想想:你一年多没睬她,连信也……连你的……"

爸爸轻得听不见地说:

"我找不到活,我找不到活:怎么能怪我……"

"谁怪你。不过你给她想想,你说她……"

大家闭了会儿嘴。只听见小圆抓痒,接着她翻了个身。

屋子里瞧着瞧着黯了起来:似乎上下四面都一阵一阵冒着黑雾。仿佛还听得见冒出来的声音。

忽然,爸爸小声说起话来:嗓子不是爸爸的嗓子。

"我知道她……我知道她……"

大根连出气也不叫放出一点声音,拼命听着。可是爸爸没往下说。可是过会又——

"干这些事的都是没办法,都是……我明白,我明白。可是……可是……干妈您想我多难受,多那个:这些事出在我自己家里——就是她!……这一年我老是想着……想着……"

那么大一个爸爸——可哭起来了。

"长寿,长寿!"

"我……我……"——一下子爸爸站了起来,咬着牙齿,说起话来就有点含糊,"我在外面钉心地惦念她。……我没办法。……她冤了我!……她干这……她干这……你说话,你说,你说!你,你你!"

大根像有个什么重东西压在身上似的。他叫:

"爸爸你!"

"我没话说,我没……"妈妈说不下去。

"长寿,长寿!长寿你……"

"哇!"——二根害怕得哭起来。

"你说,你说!——我不能让我的人干这……!"

桂圆可抱着三根奔到妈妈跟前,隔在爸妈中间。她尖着嗓子发慌地嚷:

"你们……你们……! 三姥姥您……您……!"

"干妈您给我想想,给我想想,她……我我……"

"谁都不准动妈妈! 谁要是……"

"你! 你你! 你说!"

"哎哟,干妈干妈!"

"长寿你怎么!"

铺板骨碌骨碌一阵响。

桂圆尖叫了几声,尖得戳到了别人心窝里。

小圆醒了——把脸躲在吴三姥姥脊背上哆嗦着,发疟子似的哼着。小圆不敢哭。

"你说,你说!——我要你说!……"

"长寿!"

"×你妹子的哥哥,爸爸!"大根两只手在地下乱摸:想摸一根劈柴。他又记起先前那块石头。鼻涕拖了下来,他又想拿鼻涕来用一用。他打不定主意。

"长寿!"吴三姥姥推开爸爸。

"妈!……妈!……"

妈哭得更厉害:

"不怪长寿:不怪……是我错,是我错,我……"

爸爸像水牛那么叹了一口气。

"冤孽呀!……"

黑雾里动着妈妈那身子:瞧过去像是隔了一层毛玻璃。

妈妈用肘撑住身子。妈妈用手撑住身子。妈妈爬了起来。

"是我错。……我没办法:没吃没喝的。……五个小鬼……"

她停了会儿匀匀气。她站着:

"今天你回来,今天你……五个小鬼我交给你,长寿。……我对得住你。你……你……"

突然——妈妈往外面飞跑:快得连脚步声都叫人来不及听明白。

屋子都给她震得一跳。

大根跳起来。

"妈妈……妈妈你到……"

"妈!"

"×你妹子的哥哥!"大根奔出门去。

吴三姥姥乱喊一气:

"呃,你你你!……长寿你瞧!长寿!……"

爸爸冲到吴三姥姥跟前,尖着声音,说得像电铃那么快:

"干妈我不怪她我不怪她……我不能怪她我不能……"

吴三姥姥起身就追,伏在后面的小圆一倒——仆在铺板上哭起来。谁也管不了她。

爸爸着慌地抢出了门。

二根跳着,害怕地叫着。

桂圆放下三根往外面跑。

铺板上的小圆和三根哭成一堆:要妈妈,要姐姐,要姥姥。

外面黑地里乱七八糟的脚步响。

爸爸跑得比谁都快,嘎着嗓子:

"大根妈!……大根妈!……"

"妈!……妈!……"桂圆哆嗦着叫。

他们不管地上有什么，只是跑着嚷着。脚尖踢着石头也不疼。踏到水荡里也不知道。

大根摔了一跤。

"×！"——只来得及骂一个字，爬起来又跑。鼻涕淌得嘴上痒痒的，也没工夫揩它。

可是爸爸赶过了大根。

"大根妈！……大根妈！……"

"妈妈！……"

"大根妈！……我没怪你，我没怪……干妈您……干妈您……我没了她我活不成，我不能……"

他怎么也得追上她。他怎么也得叫她回去。他怎么也得跪在她跟前——叫她别埋怨他：这一年多苦了她。他怎么也得……

没有月亮。没有星星。轻轻的风在地面上流着。漆黑的几个人影在地面上奔着。

"×你妹子的哥哥！"大根骂自己的腿子——摔得有点疼。

"妈！……妈！……"

"大根妈！……"爸爸哽咽着嗓子，"好像是，好像是，前面……大根妈！……"

乱七八糟的脚步子就响得愈加快起来。

(原载1934年11月1日《现代》月刊第4卷第1期)

出走以后

何太太忽然回到了娘家,脸色很难看。

"姑太太回来了!"那个老王妈一开门就嚷,"一个人回来的呀?"

的确一个人回来的。只带了一只精致的小提箱。其余照道理要带的都没带。譬如听差,奶妈,孩子等等。只有她这么一个人——没有第二个照应着,就坐了两个钟头火车回来了。

可是这位姑太太没答腔,一个劲儿跨过那院子,两只鸡就咯咯咯地逃了开去。

"爸爸。"她颤声叫,她头一个瞧见的是一位老太爷。

堂屋里空空洞洞的,只有那张歪站着的八仙桌孤零零待在两张骨牌凳中间。老太爷正一个人坐在那里喝虎骨酒,面前摊着一张粗草纸——垫着些花生米。他一瞧见那位来客,就赶紧把捻掉了皮的一粒下酒菜放下,弯着腿子站了起来,两手合在了一块儿——像是在搓手,又像是拱着作揖。

"回来了?……怎么,一个人吗?你一个人——不要照应就……"

那个不热不冷地笑了一声,不耐烦地说:

"爸爸真是!你看得我这么无用!一个人又怎样!"

爸爸是爸爸,可是待他这位女儿很客气,还夹着五成不安的样子,像遇见了长官似的。这里他就瞟她一眼,抱歉地赔着笑脸。

老太太也打里面屋子里跑了出来,头上包着一块灰色布,身上束着围裙,满身的土。

"怎么信也不写一个就回来了?"

她取下头上那块布,不等别人回答就又想到了许多事:

"吃了饭没有?……唉,你何必自己来接呢。七叔会送我们的。就不然——打发杨再升来接也就……"

"来接!"那个退了一步,发脾气似的说,"哼,连我自己也不回去了!"

"什么!?"

两位老年人成了化石:四只眼睛死盯住了他们姑太太。倚在堂屋门边的老王妈也张大了嘴——撑着了一根洋火棒似的。

姑太太也没管骨牌凳脏不脏,一屁股就坐了下去。

"我要离婚!"

她母亲脸子成了灰黄色,一下子发作了她那老毛病:伏在桌子上哭起来,弄翻了那杯虎骨酒也没在意。一面就拿手里那块灰色布抹着眼泪。

老太爷不知道要怎么才好:愣着瞧着桌上那些花生皮。他肚子里在喊冤:

"又交了暮苦运,又交了暮苦运!恰恰等我辞了职她就……"

可是他没说出来,只把嘴唇哆嗦着。

真糟糕：他才辞了那差使没有几天！他在县衙门里吃了二十几年公事饭，历任的县长都没换掉他。去年女儿嫁给了那何伯峻，他才苦出了头：大儿子有了个好差使，带着媳妇孙儿女去吃饭。老二老三也能升了学。女儿女婿还要接他们两老到上海去享福哩。

"爸爸那差使何必干呢。并且住在这里也没个人照应。"

可是老太爷一下子不忍心辞职，那位金县长待他挺客气，夸他公事办得老到。一直等那位知己长官交卸，他才脱离了那把坐了二十几年的椅子。于是把家具卖掉，把衣裳什么的都收拾起来。老太太还亲自拣那些东西，给弄得满身是灰。

这趟姑太太回来——他们还当是来接他们的哩。可是……

于是老太爷瞅了老太太一眼，把那双没光彩的眼睛又回到女儿脸上。老半天他才似乎鼓起了勇气，全身的劲都给聚到嘴里，声音可轻轻的：

"为什么呢，为什么你要……"

"我要离，就是！"那个粗暴地抢白着，这种劲儿跟她的装饰很不调和。

她衣裳的那件料子——全屋子只有她自己叫得出这名目。全身缀满着并不怎么好看的花：像小孩子画的。头发烫得一折一折的，罩在那张涂着黄粉的脸上。指甲油油地发着亮。可是今天她算是没有打扮，气都来不及怄，谁还有心思顾到美不美的！

咬着牙喘了一会气，她想到了她脾气发过了火，于是又给刚才的话下个注脚：

"我再也不能跟伯峻待下去！我到现在才明白了他！——他简直恶化，腐化，……自私自利……国家社会上的罪人……"

老太太抬起她那揉红了的脸来：

"小夫妻吵嘴是常事。怎么……怎么……唉，你离了婚，叫我跟你爸怎么办呢,叫我跟你爸……"

爸也照样嘟哝着:

"小夫妻吵吵嘴是常事,小夫妻……"

他们的女儿跳起来顿着脚。

"烦死了,烦死了!什么小夫妻小夫妻的,真是!……我跟你说不明白:我只要告诉七叔。……你们都不懂!"

她只相信七叔。于是老太爷似乎有点伤心自己的攀不上,小声儿叹了一口气,肚子里说:

"他们是新派人,唉!"

七叔是老太爷的堂房弟弟。他们感情好是好,不过谈到有许多事他俩可不能同意。譬如那天说起金县长,七叔就一口咬定这父母官是个坏蛋:一点也不顾民间痛苦,只知道刮地皮——该杀!他说起话来老这么带点危险性,可是这也许是他年纪太轻的缘故:才三十几岁,并且是在县里顶爱出风头的一个中学里当国文教员的。

那位姑太太可一直等到七叔来了她才开话匣子。她打有知识的时候起——就一直跟着七叔的路线走:他叫她知道女人是个"人",他叫她放眼去看这世界到底有多么大,他教会她怎样用她的脑筋。还有呢——何伯峻也是七叔介绍给她的。现在她要脱开伯峻的这理由——当然也只有七叔懂得。

七叔比前两个月胖了些,还那么有兴致,对她像逗孩子玩似的:

"怎么,闲得没事做了就闹离婚玩吗?"

接着他自己一个人大笑起来。

那位姑太太抽了一口气:

"唉,我跟他再也不能一起生活下去了。"

"咦咦,怎么呢,怎么呢!"

女的用力地瞧她七叔一眼，把视线移到了院子里：两只鸡在啄食，一只在路中间拉了一堆烂屎。

"他呀，哼哼！自私自利到了极点，简直是！"

老太爷在七叔耳朵边轻得像蚊子哼，仿佛不想叫别人听见似的：

"七弟你开导开导她吧，她要是……"

姑太太可烦躁地跳起脚来，发红的脸皱着：

"哎呀哎呀！我不说了我不说了！真要命，别人说一句你就要插嘴！……七叔我跟你出去说！……"

"呃呃呃，"那个摆摆手，"好，姆妈爸爸都不许插嘴，让我们姑太太一个人说，好不好？"这里又大笑了几声，"来，只告诉你七叔罢。……唉，我们姑太太肝火真旺。"

老太太在一刻钟以前就停住了哭：没个人来劝——老这么鼻涕眼泪的没多大意思。这里她又把那块灰布扎上了脑袋，一面嘟哝着：

"我们不开口就是。我只……"

"姆妈你走开吧：你做你的事去。我不要你听！"

姆妈一离了堂屋，爸爸可就把手按在那把烫壶上打不定主意：他不知道他该不该留在这儿。

可是那叔侄俩已经走到了隔壁厢房里。

这屋子光线不大好。两老向来没打开了窗子生活过：阳光好容易穿过皮纸糊的格子，就蚀了许多。板壁都漆成黑红色，瞧去就像是个无底洞——很可怕似的。

姑太太皮肉紧了一下，她脑子里闪了一下从前的生活。这里什么东西她都摸得很熟：她知道哪一条地板宽些，哪一条狭好多——她滚在这上面哭过。

胸脯觉得给紧束着,她嘘了一口气,瞧瞧母亲那张旧得不成样子的宁波床——靠在墙边二十几年没移动过的。她忽然发怒地想:

"为什么这张床没卖掉!"

七叔拿出一支烟来抽着。洋火一亮,照见他脸子庄严了点儿。他一双小眼睛正盯着她——等她开口。

"你跟伯峻到底闹了些什么事,呢?"

女的往床上一坐,两手撑在床沿上,对地板瞪着眼。牙齿咬着嘴唇,呼吸得很急:看劲儿是悲哀的成分少,愤怒的成分多。

沉默了会儿她才抬起脸来,于是把屁股坐正一下,预备要长篇大论的样子。

"嗯,还说什么呢……伯峻倒并没跟我闹翻,他仍旧爱我,我知道。可是他这个人哪,哼!我到现在才知道他这个人……"

那个可摸不着头脑:

"他没得罪你,那么?"

"哎呀真是!"她发了急,"他得罪我做什么!他得罪了我倒是小事了。懂了吧,懂了吧——真是!他仍旧爱我,他还是很那个,很……可是我现在不能接受他的爱!"

她跟七叔眼对眼瞧了会儿,她兴奋地站了起来:

"七叔你告诉我的:他有救中国的大志,他要振兴实业,一回国他就开了那个公司。哼,说得倒好听。其实啊——其实他是要发财!……你知不知道他钱是怎么赚来的,你知不知道?"

七叔满不在乎地盯着她,拿微笑着的嘴抽了一口烟,拍拍烟灰。

"嗯,怎样呢?"

"他呀,他呀……"她全身的血在狂奔着,声音发了颤,"他借口不景气,他说去年蚀了二十来万,放出谣言去说公司要关门。他其实……他其实……你知道他怎样,你知道他?"这里稍微顿了一下,两手抓着拳,用力地哆嗦着,"呵,这样一来他就可以减少别人的工钱!——做工的时间倒多加两个钟头!他们……他们……那些工人要是不依——他就拿关门来吓他们!你看他……你看……"

"这些事跟你有什么关系呢?"

他这种慢条斯理的口气跟她那愤激劲儿简直太不相称。

姑太太可发了狂似的。她觉得全身的血管都会爆破。她觉得脑袋在一阵阵地发胀。她恨不得一个炸弹把周围的东西都炸了个粉碎。她向七叔面前抢出一步,叫嗄了嗓子:

"什么关系不关系,什么关系不关系!……他欺骗他的工人,叫人家当他的奴隶,不管人家死活!——他赚钱!他……他他……"

七叔决意想叫她安静点儿,就一句口也不开,只在屋子里来回地踱着。不慌不忙地抽着烟——火一亮,照见他嘴角上那个微笑还挂在那里。

这么闭了分把钟嘴,那个真的平下了一点气。她又坐到了床上,仿佛剧烈运动了之后那么疲倦。手贴到了额上,指甲在暗地里闪亮。

"唉,陆子根家里我知道的!真惨!"她自言自语说着,又颤声嘘了一口气。

"什么陆子根?"

"在公司里做活的。"

停一会她把贴在额上的手放下来。

"他们已经吃不饱,现在更加……真惨无人道!……他们要求米贴,伯峻也硬着心肠不许,还说:'我不怕他们风潮,我有法子对付!只要他们敢!'你不知道他那时候那副脸色——简直是个野兽！简直要吃人！……我现在才知道他自私自利到这样子！——腐化！恶化！守财奴！禽兽！国家社会的罪人！……"

她嗓子又越提越高起来。

七叔停住了脚，嘴张一张要说话，她可抢着说了：

"现在完完全全明白了他的为人：'哦，你只要发财，只要发财，别人的死活就一点不管！……太惨无人道！'……他还说这是为了生活！——为了我们的生活！……造孽钱！骗来抢来的钱！哼，我让他拿这些钱来养我吗！他……他他……哼，现在公司里加入了那个什么死卖死①的股子——他更可以仗外国人势，更可以……更可以……"

这里——七叔趁着把刚才要问的话问了出来。

"那你有没有把伯峻的秘密告诉陆……陆……陆什么呀，那个工人？"

"陆子根。"

"嗯，陆子根。那你有没有告诉他这……"

"那没有，"她抽了一口气，"我本来还希望伯峻改过的。"

于是七叔又跨起他的大步子：打这边踱到那边，他想着什么，用劲抽了两口烟，就把烟屁股摔掉。他问：

"那你打算要怎样？伯峻是……"

"离婚！"那个斩钉截铁的，"我有我的思想：我不能跟一个吃人的野兽生活在一起！那些穷人的痛苦——唉，真是！……我决定了就出走，等办好了离婚再去接孩子。我跟辜宝珠谈过的：她也说我的话对……"

隔壁有轻轻的脚步声，接着听见她母亲急促的呼吸声。

---

① Smith（史密斯）的谐谑性音译。

七叔可笑了笑,一面掏出一只表来看了一下。

"你根据民法第几条跟他离婚呢?"

"什么根据第几条?"

"我是问你提出什么理由来离婚。他并没有不养你,他还养了你一家人哩。还有呢:他没有姘头,没有停妻再娶。他也没有虐待你过。再呢……"

"他的思想!他的行为!——他是——"

那个大笑起来,这声音似乎在板壁上碰了一下就有力地弹了回来,满屋子跳着。

"孩子话,孩子话!"他又笑,"你法律知识真太欠缺了:什么思想,什么行为——唉,我的姑太太……"

姑太太倒给愣住了:不错,离婚没理由。她眼睛生了根似的盯着她七叔,脑筋里一些东西乱七八糟在翻上翻下。可是她替那些穷鬼不平:她不能那么腐化恶化,那么落伍——还跟那个吃人野兽待下去。于是她把身子一伸:着,不一定要什么法律手续也可以离!

"我总而言之不干了!我要像《玩偶家庭》里那个女主人公一样!"

要谈这一套——是七叔的拿手:这些书还是他介绍给她看的。他就上了讲台似的严肃着脸,可是还带着三五成俏皮劲儿——不然学生子不欢迎。

"《玩偶家庭》的那位太太是自己的事呀——她丈夫亏待了她呀。你呢——其实事不关己,你本可以……"这里又掏出表来瞧了瞧,送到耳朵边听听,又放到眼面前,"哎呀,三点了。"

她身子不动,眼睛也不动,很固执地说:

"事情当然不关我的事。可是我有我的人格,我有我的思想!"

"唉,真孩子气!——做事全凭一个冲动,一点不相干的事也闹得这样……"

姑太太猛地站了起来，几乎要打架似的：

"不相干的事！不相干的事——看到那些穷人那么痛苦也是不相干的事，……我的思想不是受你的影响的吗——你叫我用用脑袋，你叫我睁开眼睛来看这世界，你叫我想到民众的痛苦。……什么，你现在倒说是不相干的事！"

七叔可没想到她有这一着：他用拿过表的那只手搔搔头皮，舌子也打起结来。

"这是……这是……我们所以要有这种思想——无非是怕我们自己落伍，我们……我们……"

"我也为的怕落伍——所以要离开伯峻！"

"呃呃，呃呃。"他像赌输了钱似的脸色，那些眉飞色舞的劲儿不知逃到哪儿去了，"呃，你听我说。像伯峻……像伯峻……唉，他有什么办法呢：这是生活。你跟他是……"

"可是……"

"是啊，是啊，你的意思我明白：我还不了解你呀？……不过生活是……生活是……呃，我们不妨把生活跟思想——解释成两回事。思想归思想，生活归生活。"

他舐了舐嘴唇，注意地瞧一下她面部的表情，于是咳清了嗓子，头头是道地说了起来：

"当然——做人只好这么个做法。譬如你们那位胡老师——他口口声声诅咒封建势力，口口声声希望农人抬起头来，可是他每年秋天就回他乡下收租，少一颗都不行：他在他乡下很有势力。这是没办法的：他生活靠的是这个。不然叫他怎样呢，把田都分给佃户吗——像《复活》里那个少爷一样：笑话！就是托尔斯泰自己——哼，托尔斯泰正是个小气鬼，半个锄子都要计较的。"

这里他打定主意要说一句发松的话来开开胃,就又——"托尔斯泰跟屠格涅夫闹别扭——说不定还是为了——柯贝克稿费的事哩。"

于是放着嗓子大笑。

女的可没有笑:她给弄得糊涂了。生活——不错,她先可没想到。她太同情陆子根他们,就激起了她的义愤。可是她现在该怎么办呢?她叹了一口气。

七叔又正正经经把刚才的话说了一遍。瞧着姑太太似乎没先前那样肝火旺,他就第三次掏出表来:已经过了三点,他得到学校里去开教务会议。临走的时候他还叫她静心想一想。

"你该仔细想一想,别凭一时的冲动,别那么任性。这是大事:我们得拿出理智来,耍不得孩子脾气。……好,回头我再来跟你谈一谈。"

她追到门口:

"七叔!"迟疑了一下,"没什么。……回头一定来吗?……呃,给我一支烟。"

屋子里只有她一个人:像七叔那么踱着。烟有股臭味儿,抽了两口舌子就发辣。这种烟她抽不来。

"这总是毛把钱一盒的坏烟!"她生气地把它摔掉。

老太太跟老王妈在别的房间里找剪子,一面嘟哝着些什么——似乎在互相埋怨。堂屋里可响起老太爷抽旱烟的声音,那么没劲儿,那么单调,仿佛人类一辈子只配抽旱烟——一面抽着一面安心地等着老死。

这一切——对姑太太当然非常熟悉。她仿佛觉得自己一直生活在这里,并没遇见那个何伯峻,并没结婚。似乎她还才打学校里回来哩。

不过也有点不同：那时候她只穿着破棉袄，罩着补了又补的蓝旗袍。脚上老是一双胶底鞋：夏天泡着脚汗，冬天就冷得像冰。

"唉，这生活！"

这算什么生活！——没一点活气，没一点热闹，没一点乐趣。

二十来年的日子刻板地过了下去。老太爷下了衙门回来就苦着脸诉穷。计算着自己哪一年才可以出暮苦运。他那么自言自语地嘟哝好一会，接着就叹口长气说他累了孩子们，孩子们也累了他。于是老太太又发了老毛病——伤心地抽咽着，一直要等到老王妈问她豆腐预备怎么吃法，她才停了嘴。

姑太太那时候就简直不知道一个家庭会有欢笑。家里的事虽然不用她操心，可是总有说不出的忧郁钉在她心底里。一到了天黑还没点灯的时候，她听着爸爸的边抽旱烟边叹气，姆妈跟老王妈的嘟哝，院子里那些鸡咯咯地叫，天上的风声，远处军营里的吹号。她不知怎么就感到太凄凉，她常常无缘无故哭了起来。

只有在七叔那里得到一点安慰——那些书，那些思想。他还介绍了伯峻给她。

现在七叔也还是那个，告诉她生活是……

她心脏上感到一阵冷。她踱得累起来，很想在那张有弹性的铜床上躺一会；可是这儿只有那张破旧的宁波床。

她可没坐下，只瞧瞧没有天花板的屋顶，瞧瞧糊着皮纸的窗格子。自己忽然有点奇怪起来：她居然在这潮湿的黑屋子里住着到长成大人。她打了个寒噤，觉得有垃圾堆上那些小蚊子叮满在身上似的。

一下子她不知道要怎样才好：走着腿太酸，坐下吧——她似乎有点怕那张床。站在这里也不是个劲儿。她希望七叔快点儿来。

"这种生活简直是！"

自己也莫名其妙自己说的是哪种生活,一双脚可不知不觉移到了房门口。

外面那位老太爷还坐在桌边:他是待在一个地方可以几十年不动。可是这时候似乎吃了一惊,迟缓地抬起屁股要站起来。

姑太太可又转过了身去。她跟两老都没话谈:老太爷只会一个人嘟哝着自己命苦,老太太只会跟老王妈吵嘴。

现在她俩正哇啦哇啦着:老太太怪王妈不小心丢了剪子,王妈可一口咬定是老太太自己拣进了箱子里。

于是姑太太又烦躁得脖子都发了红。跳着脚嚷,声音像是压榨出来的:

"烦死了,烦死了!……为了一把剪子这样吵,真是!"

她听了会儿,就靠着床站着。一下子又像怕有什么东西咬她似的赶快挪开了身子,用手轻轻在靠过的地方掸几下。她又踱起来,身上总有一种说不出的不舒服。平日这时候她正用开水冲着肝精喝——比牛肉汁还好吃。有时候还得吃一片面包。然后伸手去拿剥好了伺候着的花旗橘子过来。没有朋友来热闹,就逗着孩子玩。晚上呢——更不用说,伯峻忠实地陪她坐上车子,开足马力上回力球场,上百乐门。总而言之,生活得一点不寂寞……

可是她心一跳。接着就仿佛闯了一件祸事似的想:

"还回到他那里去吗?"

七叔的话不错:不妨把生活跟思想解释成两回事。她咬着嘴唇,到现在她似乎彻头彻尾知道了这句话对她不是没好处的。

天慢慢黑了下来,屋子里就只有窗上泛着白色。

远远的军营里的号声沉着地吹了起来:打顶低的音进行了三度又进行三度,一直吹到高得打颤的音。每一个音都像一条细铜丝似的穿过她的心脏,波动着,哆嗦着。

这位姑太太又感觉到了从前当小姐时候的心情：她鼻尖子酸疼了一下。颤声透了一口气，眼睛盯着窗子。

唉，那种日子是那么穷苦，那么单调，那么灰色！

她咽下一口唾沫。

这里她怎么也住不惯。可是她往哪儿去呢？

于是她又暴躁起来：想痛痛快快发一回脾气。她埋怨自己太鲁莽，想也不想一下就留个条子出走：的确像七叔说的——"一时的冲动"。

她要是再回去……

忽然，两手紧紧抓着拳，一双脚很重地跺着地板。

"不回去，不回去！——回去太丢面子了！"

心跳得很响。血又那么狂奔着。额头在发胀。她想象她要是回去了——伯峻会有怎么一张嘴脸：挖苦她似的笑着，鼻孔里哼呀哼的："嗯嗯，我晓得你会回来，所以并没着急……"

她就咬着牙恨着：

"到底是野兽！到底是……到底是……"

那家伙准有这么一手的。他现在当然一点不着急：还照样看报，照样抽烟。一想到太太——也许还得微笑：他不理，让她回来叫她自己丢面子！

这黑屋子里这位太太觉得肺部紧缩了，什么地方一阵刺疼，她哭了起来。

"哪里去呢，哪里去呢？……身世这么惨……"

一面恨着何伯峻那满不在乎的劲儿，一面替自己伤心。这件事真做得太孩子气——留下个条子就走，也没想一想离脱了丈夫有什么结果。

以后是怎么一种生活呢……二弟三弟当然得辍学。大哥准得失业，带着老婆儿女一窠子回家来。老太爷已经辞了差使，那就得成天在家里喝虎骨酒，抽旱烟，叹着气发牢骚。老太太呢——一天到晚哭，只有在跟老王妈吵嘴的时候就停一会儿。一家十几口都挤在这所潮湿的黑房子里挨着饿，啜泣着：太阳永远晒不到他们头上来。……

她哭得厉害了些。

老太太走了进来，想劝劝姑太太，可是自己哽住声音说不出来，嗓子里"嗯嗯"地叫，右手抹着眼泪，左手抚在女儿那一蓬弯弯扭扭的头发上。

姑太太老钉住想象伯峻抽着烟微笑的劲儿：他等着他的胜利，预备对她这丢面子的人哼几声。于是她咬着牙：哼，腐化！恶化！禽兽！她真不懂他心肠怎么硬——还说爱她哩！她嗓子里哭出了声音，肚子在抖动着，肩膀使劲一抽一抽的。等七叔来了她得……

"唉，七叔没想到这一层。七叔没……"

七叔来的时候已经快要吃晚饭。他还是那么起劲；他自己以为一举一动都很俏皮。

"唉，我们的姑太太，你看吧：伯峻的电报。"

伯峻的电报！——姑太太跳了起来，心也跳了起来，身子像泡在温水里似的。

"什么!?"

电报并不短：打给七叔的。原来她一走，伯峻那么伤心——连饭也吃不下。唉，真是！并且她留下的条子上没说她要到哪里去，害伯峻打电报问七叔——她是不是回了家。她觉得她自己对不起别人。眼睛就想滴泪水，可是她拼命忍住了读下去。可怜，伯峻还等着七叔的回电哩：一接到回电——他就得亲自来接她回去。她眨眨眼睛再看一遍：一点不错，他要亲自来接。

于是大颗泪滚了下来。别人多么爱她,瞧!

"你想想你的孩子气,"七叔扫那两老一眼,"你应当前前后后想一想呀:离了他怎么办呢。难道——难道——难道去革命不成!你总是……你总是……"

"哎呀,别说了别说了!"姑太太抹抹眼泪撮着嘴。

七叔大笑起来,得意地又瞧瞧两老。大家都知道姑太太这泡眼泪怎么来的,提得高高的心就有了个着落。老太太感慨地呀了一声:"阿弥陀佛!"老太爷长长地透了一口气装上了旱烟——装得比往日满。连老王妈也倚在堂屋门笑着。

"马上就回电,呃?——叫他明早来接你?"

"随你吧。"

接着七叔又爆出了大笑声。把一肺的气笑完又吸上第二口,就装着好容易才忍住笑的样子,又说起正经话来——这只有姑太太懂得,脸子就只对着她一个人:

"我说过的:生活归生活。我们做人当然是这么个做法。思想呢——只不过为了要表示我们赶得上时代,表示我们没落伍,不叫别人笑话我们:如此而已。在明哲保身这范围内,思想不妨前进一点。可是你这回……呵,这回我们姑太太发了傻劲:竟……竟……你想想,呃,姑太太,我们放下了牛油面包不吃——去吃窝窝头吗?你难道竟要去……竟要去……"

姑太太腰板一扭,又摆出副爱娇劲儿撮起嘴唇来:

"唷,说够了!谁不知道!……七叔你赶紧回个电报。办完了正事,我请你上松鹤楼:姆妈爸爸做陪客。"

七叔又大笑着,一面可还没忘记找支笔来拟电报。

老太爷莫名其妙地站了起来,敲掉旱烟筒里的烟,两手合到了一块:像对姑太太谢恩似的。老太太似乎故意地在她身边擦过一下跑进房去，忙着打开上了夹板的皮箱，找出那件穿了二十年的木机缎袄子来。一面兴高采烈地嚷着叫老王妈不必弄菜了。于是老王妈跑进厨房里去，院子里两只鸡给吓得咯咯咯地跑。

什么都有了活气。

姑太太呢——她可打开了那只手提箱，拿出她生活里不可少的那套行头，对着镜子在自己微笑的脸上做起功夫来。

（原载1935年3月5日《文版小品》月刊创刊号）

砥 柱

黄宜庵老先生斜躺在他的铺位上看书。右腿搁在左腿上,脚趾用劲叉开着——让左手在那里搓脚丫。

书上的字像水影子那么晃动着。

"还不回舱里来!——这死丫头!"

他视线移出到老花眼镜上面,狠命斜了舱门一眼。

外面官舱客厅里嘈嘈杂杂的。还混着一些茶房兴高采烈的叫声——"客人,身体!客人,身体!"

什么地方有人在那里大笑,谈着女人的事。时不时听见吱吱吱的声音,他这七号官舱里就给漏进了大烟香,跟船上的鱼腥臭混出一股怪味儿。

"该死,唉!"

他把左手送到鼻孔边闻了闻,就套上了袜子,拖着他那双凉鞋跨到门口。

这回——他无论如何要把贞妹子喊回来!一个正派的人总不能

让自己的小姐那个！——成什么样子！

于是他猛地把门一拉……

可是他只开了半尺来阔：好像准备要跟人拼命似的——先凑出他那张长脸子去探探动静。死鱼样的灰色眼珠斜出了眼镜框——往官舱客厅扫了一转。

他那死丫头还在跟那个胖女人谈天，连脸都没回过来一下。胖女人仍旧解开了衣扣，满不在乎地露出那个肥泡泡的奶子喂着小把戏。她脸上还浮着微笑，仿佛她有那么一对丰满的奶子——就值得骄傲似的！

门口这位老先生知道她这回已经换了边，他先前张望了两次——只见过她右边的那一只。原来两只都这么白漂。

有几个男子汉在旁边叽里咕噜议论着，笑嘻嘻地瞟她们几眼。坐在铺上的一个小伙子可一个劲儿盯着那边，嘴张得大大的，似乎要把女人的什么东西吞下肚去。

只有躺在炕床上的那个中年人没理会这些。他拿着一本小书在看着：跷着一条腿子，把一只手在裤裆里搔着什么。

"这家伙一定有'肾囊风'，"黄宜庵老先生想，"哼，该死的家伙！简直要——简直要——嗯，叫官厅来捉那个胖女人！……"

他关了门，挺着铁硬的腰板子又回到自己铺位上。

船身劈着水——哗哗地叫着。底下机房里打桩似的发出一下下沉重的响声，叫人觉得自己的心脏给谁搋着。

有人在打哈哈：听来似乎就在隔壁舱里。笑完了又是一阵——吱，吱，吱……

他老先生忽然又想到了那个"肾囊风"。那家伙到底看的是什么书呢，那么起劲法？

哼，一定是有伤风化的东西！——看那书壳子就有点像。

他不放心地又去拉开了门。他皱着那双浓重的眉毛等着,把脸子伸出到那扇张开一小半的口子外面,像上着夹板似的。

等到他的小姐偶然一看见了他——他马上翘翘下巴叫她进舱里来。

"你跟她谈天的那个女人是哪个?"他拉长着脸问。

"一个同学的嫂嫂。"

"莫去跟她讲话!晓得吧?……一定不是什么正派人。……做人总要小心:总要——总要——嗯,晓得吧?"

贞妹子瞅了他一眼,没声没息地嘘了一口气。

做父亲的坐到铺上,脱了鞋子。他用力突出了下唇——又慢条斯理地说:

"并不是我喜欢责备你。……做爷的自然想到儿女做个好人,没得闲话给人家讲。你看,刚才那个女人要是个正派的——她怎么会当着许多男人家的面解扣子!男女要没得个防范,何以异于禽兽呢?嗯……无论天下怎样变,一个礼字是要讲的——无论如何……"

这里他脱下了袜子,拿右手中指在脚丫里擦几下,然后送到鼻子跟前闻着。

"莫讲别的,就是在自己的私室也随便不得,更何况……"

隔壁有个响亮的嗓子打断了他:

"……哦是的!那个堂客是个三开门:嘴巴好。……"

接着就有腻腻的笑声透过板壁来。

黄宜庵老先生身子一震。可是他挺了挺腰,装作没听见的样子。干咳了一声,他又拉长着脸子谈论起来。眼珠子斜在眼角上,看守着什么似的盯着他女儿。

他认为那种伤风败俗的家伙该给锁到牢里。嗯,他决计要上个条陈给省长——一定会采纳。

那位小姐静静地坐着,右肘撑在腿上,下巴搁在手上。眼睛动也不动地看着那个圆窗子:她好像在老远地想着些什么,又像什么都没想。

岸上那片田地衬着炒米粉样的江水——就更加显得绿油油的好看,叫人恨不得倒到那里去睡一觉。天上流着些白得发亮的浮云,跟远山联成了一片,仿佛一伸手就可以摸得到。

里面可只滚着黄老先生那种沉重的嗓音。有时候还夹着吸鼻子的响声。

他谈到了他自己,他教训儿女的时候老是拿自己来做榜样的。于是他把擦得发了烫的左脚放下去,换上右脚来。把手指捻了会儿,他又背着他那一套:他在地方上那么有声望——并不是因为他家里每年有三百担租谷,也不是因为他当过秀才又学过法政,只是因为他做人不同些。

"哼,新派,新派!……喳,如今到底醒悟了——晓得齐家治国平天下还是要有根底的。你看,乐县长也想请我去讲经书,可见得——嗯,晓得吧。……我只要你们学到我的一小半,只要你们不为流俗所染,就足矣足矣了,我也并不想叫你们当圣人。我是……"

下面的话又给埋到了隔壁的笑声里。

他皱了皱眉,把要送到鼻边去的手指停在半路上:

"贞妹子!我讲话你到底听着没有!"

贞妹子惊醒了似的回过脸来,仿佛到现在她才知道她老子在跟她谈话。

老头儿叹了一口气,摇摇脑袋——

"不开口了罢,横竖没人听……近年来做官做府的倒也上了正轨——巴着要我讲点至德要道，而亲生崽反倒把我不当回事！"

这就送手指上来嗅着，闭着眼，打嘴里哈着气，似乎专心要让自己在这里面沉醉一下——免得去想到那些不快意的事。

过会儿，他可又忍不住要开口：

"唉，十六七岁的女孩子了——还不懂事！……你只要问问你姆妈就晓得：我跟你姆妈相处了三十多年，夫妇从来没说过一句玩笑话，嗯。……你姆妈一辈子没在生男人面前抛头露面过。……礼也者，为人之本，女子更加要那个，晓得吧？"

他嘘了一口气，把脊背往板壁上一靠，拿起那本书来。

"倒杯茶！"——眼睛抬都没抬起，只用手指蘸着唾沫，慢慢地一页一页翻着。

伸手接杯子的时候——他瞟一下贞妹子的脸色。他心窝里忽然有痒一下似的感觉。这孩子到底算长得出色的，这回准可以把亲事说好，从此以后易总办就是他的亲家了。

于是他用种品味的劲儿啜着茶，咂咂嘴巴。说话的声调也平和了许多：

"贞妹子我告诉你：我并不想叫你继承我的理学。然而做人总是——嗯，要那个些，嗯？只要……只要……"

这么踌躇了一下，他就把身子往前伸着点儿，挺有点把握地告诉他小姐：只要修身功夫做得好，连将相公卿都会来就教，来攀亲的。

说了就放心地移动一下身子——让自己靠得舒服些。眼珠子端正地盯在书上，可是怎么也看不下去。他念头老是在将来的好日子里打转，全身都热辣辣地发着烫。

女孩子又傻坐着看着窗子外面的天，仿佛要对外面的世界悟出点儿道理来。

"没带书啊！你？"她老子问。

她抬起那张做错了事似的脸嘴来摇摇头。接着她似乎要表示她也有正经事可以做——打小网篮里拿起没打好的绒绳衣动起手来。

不过她常常发愣。视线盯着前面，好像她在细听着机器响，水响，并且关切到那些乱七八糟的人声似的。

黄宜庵老先生咳了一声，咽下一口痰。他两手都在狠命地对付脚丫，让那本书躺在自己肚子上。他左腮帮上的皱纹把嘴扯得歪着，一颗发亮的唾涎挂在下唇上。

隔壁仍旧在那里谈呀笑的，嗓子越提越高，似乎故意叫这边的人听见。

"哈呀，那你比小江平还厉害！……"

"什么？什么？……呃，我说……"

一阵叽里咕噜之后，又听见他们大笑起来。

七号官舱里的这位老先生马上拉长了脸。手指在脚丫里停止了动作。

"该死！"他在肚子里说，"这是些什么人？……哼，'小江平'！"

他伸着脖子，庄严得动都不动一下。只打眼角里瞟贞妹子一眼。

还好，她不知道这一套。

什么地方有蚊子哼着，似乎还带着点颤动。这艘船的肚子里一个劲儿——Gun, gun, gun, 跟那哆嗦着的哼声合着拍子。

正在这时候——隔着板壁透过来"嗯"的一声，听去活像是女人的尖喉咙。跟手还哧哧地笑着，那声音仿佛是给拼命压制住的。

黄宜庵老先生全身发了一阵紧，感到有个软毛刷子在刷着他的心脏。他两腿伸直一下又弯了起来。

"唉！"……窝着两片腮帮子抽了一口气，斜了贞妹子一眼。

那十六岁的女孩子专心在那里对付她的绒绳衣，两手灵活地动着，她对那些离奇古怪的响声没一点兴味。看来她在学堂里倒还没听到看到那些要不得的事。

"然而那个女人可就……"

他又想到那对肥泡泡的奶子，还想象得到那个：要是用手去一碰，就怎么有弹性的颤法。

现在他可打不定主意了，到底要不要叫官厅去干涉这些事——他有是有这种权力的。

虽然拿起了那本书，并且故作正经地一页页蘸着唾沫翻着，可是那些长条条的宋体字都绷着丑脸子——一个也打不到他脑子里去。

身上什么地方有股热气在流着，脚趾缝里痒了起来。他偷看他女儿一眼。干咳了一声，又瞟过眼珠去。

这回爷儿俩的视线碰了一下。他于是发气地喊：

"做针线就专心做针线！——东张西望做什么！"

茶房在外面叫着些什么，盖过了所有的人声。有谁溜着尖声音在唱着小调，叫人想象得到他一面怎样个扭法。可是这个销魂的歌声马上就给一些粗喉咙打断了：显然是有人吵架。

说不定是为了争风吃醋。唉，真该死！船上总是不安静！

吵架的刚刚住了嘴，汽笛又吼了起来，拖得怪长，听来它似乎很烦闷：好像是忍住了好久好久的某种欲念——一下子给迸发了出来。于是这声音钻进了别人脑袋，打全身透过去，给搅得皮肉都打着颤。过去了许多时候——耳朵里还嗡嗡的。

这位老先生半闭着眼，烦躁地嘟哝一句什么，仿佛青蛙关在坛子里的叫声。他脑子里乱七八糟，觉得船身在荡着。

隔壁又吱吱吱地在那里抽大烟,一声紧跟着一声,叫人疑心是有谁给压紧得喘不过气来。

他用种很镇静的派头对他的小姐瞟一眼,渐渐睁开了眼眶。这小姑娘也许什么都知道,只是在老子跟前一点都不露出来。他胸脯给绷了一下似的发一下紧,于是拿眼珠守着他女儿,死盯着一直没动。

板壁外面可越谈越放肆了。那准是些饱经世故的男子,并且是有点身份的。他们还爱看点什么书:刚才说到那个能够变大变小的和尚,接着又扯到了一种贵金属的"托子"。

于是有一个嘎嗓子很豪放地嚷:

"这部书真有道理,这部书!……经验之谈!不错!……我碰见的那个堂客就是'吹箫'的好手……"

另外一个很沉着的声音把这个的术语校正了一下:这不叫"吹箫"。接着就来了一场小小的争论。

这边黄宜庵老先生把下唇一撇。

"哼,该死!他们看也没看书就瞎吹!"他想,"然而——然而——嗯,那所谓堂客怕就是'三开门'的那个。"

他眼睛往板壁上瞟了一下,又回到贞妹子身上。

她坐在窗子跟前,只瞧见一个弯着的人身剪影。可是他觉得她脸子正发着红,眼睛里闪着亮——水汪汪的!

"咳哼!"他大声一咳,拼命拉长了脸。

小姐吓了一跳,连身子都抖动了一下。

一看就知道她心虚。这老头儿就感到肚子里有什么塞住了,呼吸也调不匀称。眼珠差点没跳出了眼眶子,冲着贞妹子直冒火。他打定主意要好好教训她一顿,骂她一顿,舌子可打着结:

"贞妹子!……你……哼,该死,这这……我告诉你——晓得吧，一个人……一个人……那个那个——嗯……"

嘴巴空动了几动，稀稀朗朗的几根胡子梗耸了几下，他就咳了一声，猛地爆出了一句——

"非礼勿听！……"

那个对他睁大了眼睛，张大了嘴巴。

"莫光看着我！"他老人家打牙缝里压出了叫声，"一个人总要时时刻刻自省——看做了什么非礼之举没有。……一个人——一个人——嗯，非礼之言……听了非礼之言——也就是自己非礼！晓得吧！"

贞妹子愣住了：

"怎么？——我听了什么呢？"

"'听了什么'？隔壁……隔壁……我看你是……"

做老子的狠狠地瞪了她一会儿，失望地叹了一口长气。他把眼珠子移到自己脚上，移到舱顶上，又忍不住瞟到他小姐那边去。

她还在那里盯着他，他就碰了钉子似的发了气：

"没有听就没有听！有则改之，无则加勉！……做你自己的事呀！怎么？……"

等贞妹子垂下了眼睛，他这才安排要认认真真看一回书。拿手指在舌头上蘸了许多唾沫。嚓嚓嚓——使劲地翻起来。

手指有点哆嗦，并且带点儿咸味。

可是那些非礼之言一直咕噜咕噜响着——挺结实地钻过灰漆板壁来。一个唱大花脸似的嗓子正开始报告一个中年女人有什么好身手，接着就给一些笑声打断了。

黄宜庵老先生皱了皱眉。

"可恶之至！……那个堂客，是什么人呢？后来呢？……"

这里他把那本书移下了点儿，腾出一条路来让视线溜到他女儿脸上去。

窗子外面的光只把她头发映得发亮,像银丝似的。

谈着女人的几个男子汉更加胆大了些,什么字眼也没忌讳。不过到底还有点儿含蓄:跟田夸老那些村话不同。这就像个什么有力的东西揪着别人——不由你不去听它。

唉,该死!黄宜庵老先生把上唇掀动了一下。他们显然都是读书人,那种说话方法实在相当高明的:叫他感到一种所谓半推半就的特别诱惑力。

有时候他们就说得断断续续。有时候他们窸窸窣窣捣着鬼。偶然迸出了一两个字来——就更加来得惊心动魄。

这边这位老先生叹着气,瞟着贞妹子。他身上发着热,还觉得毛孔里冒着汗。书捧得高高的挡着脸:他怕自己腮帮子红得失了仪态。

刚才谈到的那个中年女人——后来到底怎样呢?哼,竟没有交代!这批家伙——唉,该死!偏偏他这回带着自己女儿出门!

他怕房舱太杂。可是官舱里的角色也一样地混。他们说不定是在吹牛,要不然的话怎么许多事没有下文呢……

书一页也没有翻,只是发着抖。他咬着下唇,似乎拼命要关住一些什么,不叫打嘴里迸出来。他老是想跳起来跑几步,蹦几下,到地下打个滚。

接着他又糊里糊涂地想:与其在地下打滚,还不如在铺位上的好,比起来到底……

"唉,即令朱夫子程夫子复生,也不免——不免——唉,也要那个的。"

于是他用力把书一摔。左边腮帮上的皱纹抽动着,嘴巴歪呀歪的。腿子没命地屈了起来,两手伸过去拼命擦着脚丫,好像在赶做什么工作——一下紧接着一下，连嗅嗅的工夫都没有。

嘴唇下面滴着唾涎。眼睛防御什么似的盯着贞妹子：他怕她打这个举动联想到什么非礼的事件上面去。

他嗓子不由自主地小声儿哼着：那种疼辣辣的感觉使他很舒服。

那位小姐瞅了他一眼，显见得这种兴奋的响动引起了她的注意。然后似乎故意要避开他那严正的眼光——她移开了视线对板壁瞟了一下。

一下子黄宜庵老先生两手停止了动作。

"岂有此理，简直是……好看罢。"

他很快地取下眼镜，套上了袜子，两条腿挂下来找着那双凉鞋。

一拉了门——他就用种挺庄重挺方正的步子走出去，肚子往外挺着，跟他那驼着的脊背弯成个S形。

嘴紧紧闭着，显得毅然决然的样子。他决计要闯进隔壁的六号官舱里去，绷着脸禁止他们再谈那些有碍名教的话。该死的家伙！别人带着一位十六七的小姐在七号里哩！

假如那批东西是读过书的，那一定知道"黄宜庵"这个名字——一位理学家，一位这个乱世里的中流砥柱，一位易总办的亲家。

可是他走起路来有点瘸：脚丫里直辣辣地痛着。

"要是他们不理会——"他咬着牙计划着，"嗯，不客气，把他们捉将官里——问他一个有伤风化的罪名！……哼，这还了得！"

他把全身的力气都运在右手上——要一下子拉开六号官舱的门。眼睛闪着光，额头上横着深深的皱纹，一看就知道他是直接继承了南宋几位夫子的道统的。

那边一个茶房走了过来，背着一大堆什么——瞧去很有点斤两。那家伙身子给压得弯着，嘴里嚷着："呃，身体！呃，客人身体！"

站在六号官舱门口的这位客人庄严地挺着，动也不动。于是茶房脊背上的东西碰了他一家伙，他额头猛地给撞到了门板上——咚！那S形的身子一下子就给拉直了。

"呃！你你！"

他瞪着那个茶房的背影。忽然，他打了个寒噤：他从那个粗人身上想到了那些下流坯子，就好像有个疮口才结上了痂——一下子又给撕破了。

如今什么都上了正轨，就只这些家伙没办法。他对着那些泥腿子就一天到晚小心提防着，计算着的。

"杀坯！杀坯！"他咬着牙叫。

他觉得对他们该用顶干脆的方法：他们还不配叫他去开化哩。值得他教训的——只是那些士子。他瞧着那个茶房在前面转了弯，他就又恢复了原来的姿势——把个肚子挺着。右手放到额头上斯斯文文地摸着，眉毛轻轻皱着，仿佛这回是要跑到他弟子们那里去，告诉他们他是怎样吃了那些杀坯的亏。

可是这扇门咯嘞地响了一下。他马上把摸额头的手放下来，用力地咳嗽了一声。一面在肚子里叫着——好像他认为那些士子容易对付得多，就把脾气全部发到了他们身上：

"非严加申饬不可！非那个不可！……送他们到县衙门里去打板子！……哼，什么东西！……"

突然——那扇门自己开了开来。一个黑影子在开口缝里冲着他看着。

黄宜庵老先生吓了一大跳，伸出去的左腿就缩了回来：两只脚摆成个"八"字。

房里一股大烟味儿直往他鼻孔里滚，叫他做梦似的联想到一些什么——身子仿佛在空中飘了起来。跟着那些谈笑声也嗡的一声更放大了：等到他跨进了门，才飘过一阵风那么平息下来。

圆窗口外面的亮光射进这烟雾雾的舱里，显出一道很分明的白条子。那些人的脸子都看不清，只有站在门口的那个当着光——对他睁着那双红眼睛。

那张桌上放着几个酒杯，一大堆荷叶垫着的熟菜——黄老先生忽然有种不相干的念头在脑子里一闪：他觉得那里面一定有一样是桂皮烧的牛鞭……

靠右边铺位上躺着一个秃头在烧烟，旁边一个大个子巴巴地看守着。这里他俩打浓雾里死盯住这位客人，皱着眉，似乎嫌烟灯耀着他们的眼睛。

黄宜庵老先生仰着脸又扫了他们一眼。满不在乎地抿抿嘴巴，咳了一声清清嗓子，这就慢慢地把嘴张开……

铺上那个大块头可坐了起来，皱着的眉毛一挺，忽然冲着他豪放地叫：

"哎呀，宜翁！"

沉默了会儿，门口那个悄悄地把门一关，竟訇地发出一大声。

这位宜翁愣着，好像一块石头。他对那铺位上眯着眼，接着用力睁大，一会又眯了起来。他感到五脏都往下一沉，皮肉也麻痒痒的：连自己也不知道这到底是失望，还是得意。

"怎么……怎么……"他喃喃地哼着，"唵，萧会长！……"

"哈哈哈，巧极巧极！"

萧会长用种跳的姿势把那坯又高又大的身子挪下了地，那烟灯里的火心给搅得晃了一下。他带着十分随便的劲儿拱拱手，就大声把所有的人介绍了一番。

原来这些傻瞧着的脚色——都是经学研究会的会员。

这里萧会长脸上放着光,仿佛是老板对顾客夸他的货色。随后他又用顶适当的话对他的会员介绍了宜翁:

"也是一位理学先生:在他们贵县是很知名的。"

接着就捉摸不定地大笑起来。

宜翁瞟了板壁一眼,舔一下嘴唇。他想要告诉他们乐县长请他去讲经的事,还不妨说——当地省长很佩服他。说着这些的时候,嗓子该提高些。于是他又咳了一声。

那个可拉着他坐下去,并且解释地说:

"反正都是几个志同道合的,就无话不谈。哈哈哈哈哈!……但是——但是——呃,你怎么晓得我在这里呢?"

黄宜庵老先生看看所有的脸子,颤着两片腮帮赔着笑。他坐着半个屁股,小心地对那高个子欠着身,嘴里结里结巴的:

"我我……我本来……啧唉,我不晓得萧会长在这边,我是……"

"那好极了!那好极了!……嗯,嗯,你我差不多——唔,一年多不见了……"

说了又响亮地打着哈哈,那声音活像鸭子叫。

其余几个似乎已经知道这位客人没什么大来头,就转过脸去啜他们的酒——有一位大声咂着嘴,仿佛故意要馋馋别人。他们又往下说他们的:看去他们没把宜翁放在眼睛里。

萧会长可用种又关切又不失身份的声调问着黄宜庵老先生——近来可好,他们贵乡怎么样。一面又老是关心着他的会员们谈什么,时时刻刻插句把话进去,跟着就发出痛快的笑声。

"哦,不错,"这里他眉毛一扬,"易老二告诉我,说你要跟易老五结亲家……"

那个红着脸：

"是，是。……这回——这回——就是带小女送过去看看的。……在隔壁……"

"哦？那可谓巧极。什么，那个堂客六十岁了还接客？哈哈哈哈！……嗯，妙极妙极！哦，你是听见这里说话——于是乎晓得我在这里，哎？"

"我是……我是……"黄宜庵老先生放低了嗓子，偷瞟了板壁一眼，"小女在那里，怕她听见这边这些……这些……那很那个的……咳哼，咳哼……有点不便……"

忽然，萧会长爆出了大笑。右手在别人背上一拍，宜翁差点儿没摔下去。

"啊呀，宜翁你真是！"他笑得有点喘气，手擦着眼睛，"大家都是自己人，有什么要紧。……唵，你老兄——大可不必，大可不必。譬如吧，在戏台上玩魔术的——自然只玩给别人看，难道对自己伙计还玩这一套吗？呃，是不是？哈哈哈哈哈！……"

那位客人也笑着，嘴角抽动着，眼珠子忍不住又瞟到板壁上去。她现在干着什么呢，那丫头？

他努力要叫自己装得自然些，随便些，可是——

"唉，该死——刚巧带了贞妹子出来！……"

那位大个子转过脸去——得了他那几位会员们的赞许之后，就站在客面前，挺胸突肚的。

"我向来是个痛快人：我喜欢说老实话。那年我……"他又转过脸去，"什么？哦，不错，大家叫她'小便池'的。……啊，……哦，那一种！那一种是——"

他装了个鬼脸，右手拍拍黄宜庵老先生的肩膀：

"嗯那种是——这位宜翁顶有经验了,哈哈哈……"

宜翁忸怩着,鼻尖上沁出了汗水:

"呃,呃,哪里!……"

"哎哎哎,别客气,别客气!谈谈罢,谈谈罢:你是此中老手。我晓得你的,奇里古怪的货色你都尝过。哈哈!"

一经这位会长推荐,那几个就都嚷了起来。他们要求黄老先生报告他自己那些顶出色的轶事,那些别人想都想不到的秘密花头。他们拖他过去喝一杯酒——算是订交。还有一位就声明着:大家都是同道中人,当然能够一见如故的。

他们的会长就在旁边打着哈哈,没命地拍起手来。

黄宜庵老先生嘻嘻地笑着,好像有谁呵他的痒。眼睛眯成两道线,脸子也短了许多。身子没命地往前弯着,看去简直是只干大虾。

他谦让了十来秒钟:瞅了萧会长一眼,这才凑过脸去点几点,小声儿答允了他们。

"好的好的,我原原本本讲出来……"

这里他四面瞧了一转,用手抹一把下巴上的唾涎。上唇掀动了几下,他踮着脚——用种跟他身份太不相称的步法溜到了门口。

他回过头来,耸耸肩膀,斜着眼笑着,小声儿说:

"等一等,少安毋躁。……"

一出门他就挺起了肚子。他身子发软,两只脚似乎踹在云堆里,像无意中捡到了一件宝物那么兴奋。脸子仰得高高的,只拿眼珠子瞟着官舱客厅里跑来跑去的茶房。他下唇一撇:"哼!"他隐隐觉得自己更加有办法。更加有把握了些——要对付那些杀坯的话。

他用种很稳重的手脚推开七号官舱的门,拉长了脸子,眉毛紧紧地打着结。

"贞妹子！到你同学的……同学的……到那个女人那里谈天去！"

那位小姐吃惊地瞧着他。她似乎在想着到底要不要把绒绳带出去——踌躇了会儿。末了她嘘一口气，空着手出了门。

她老子瞪着一双眼珠跟她移动着，还站在那里守了一会。他要吃人似的横了一个茶房一眼，又盯到了那个炕上：那个中年男人还在那里看书，手不停地在裤裆里直搔。然后他又偷偷地把视线扭到那个胖女人胸脯上去。

这回她衣裳已经扣得端端正正，抱着小孩子逗他玩。一瞧见贞妹子就拿笑脸子迎着她，丰满的腮帮下显出一个酒窝。

黄宜庵老先生忽然有丢失了什么似的感觉。可是马上又镇静地对自己说：

"嗯，这样倒好些。不然——真那个。"

他脸上闪着微笑。觉得这位胖堂客一定爱喝酒：醉得脸红红的，眼睛也红红的——蒙着像很瞌睡的样子……

有一个宪兵走过他身边，他赶紧绷起脸来。接着咳了一声，呸呸嘴，踏着很方正的步子走到六号门口，下巴翘得高高的，眼珠子直盯着路的尽头。

舱门轻轻推开——里面冲出了一阵人声——又给轻轻关拢了。

两分钟一过去，那里面就迸出腻腻的发抖的笑声来。

（原载1936年5月15日《作家》月刊第1卷第2号）

旅途中

"快车在蓝庄出事,迟五小时到。"

八九个要搭车的人见了这几个粉笔字,都嘟哝着离开了车站。

车站里冷清清的。只有一列装货的灰色铁篷车停在月台边。第三节那一辆是空车:铁门打开一大半,像开着黑嘴在打哈欠。这列车当然不许客人搭上去。

可是到了一点三十几分的时候,一个站警照拂着送两个乡下人爬上了这节空篷车。

一个是个红鼻子,厚嘴唇翻了上去,龇出那排大板牙。还有一个年轻点儿,尖脸,眼睛里老像有沙土飞了进去似的眨着。

那个站警是他俩的亲戚。得了站长的允许,就把他们的热水瓶装满了茶,送他们上去,还塞了八九块葱油饼到他们灰色包袱里。

"还有两三分钟就开车了,"那个站警说,"你们可以打开包袱来躺一躺。不过千万不要把腿子伸到车门外面去——危险哩。"

红鼻子的那个把包袱往车板上一放,嘘了口气,不放心地问:

"三点钟一定到得了马坡啊？"

要是迟一点那就赶不到家：打马坡还得爬三十里山路哩。

于是他们把脑袋伸出门外瞧着车头——巴望它快点开。可是马上记起站警关照过的话，又不安地缩了进来。

正在这时候又有一个人上车了，还有个搬夫替他提着一个藤包。一瞧见那两个乡下佬——就怕脏地皱皱眉。嘴里嘟哝着一些什么。一面拿手拍着身上那件线春夹袍。

太阳正发狠地晒着，铁板上有一阵阵的热东西冒出来——仿佛竟能看得见，摸得到。

三位乘客额头上都有点汗。先到的两位还趴在门边跟那当站警的亲戚说着话，有时候红鼻子还得吹着哨招风。

站警瞧着那位穿长衫的先生忙着开藤包，就踮起脚尖来轻轻地问：

"你们认不认识他？"

尖脸的掉过头去瞟一眼，可没看清楚。

接着那位亲戚小声儿告诉他们：那是马坡地方上的一个脚色，除了镇董就算他顶有声望。他跟这里的站长有点认识，并且据说有公事来的，赶紧要回马坡去，就让他搭上了这辆车。马坡人都赶着他叫计三钻子。

听的人吓了一跳。他们家乡虽然跟马坡隔着一条山岭，可是计三钻子的事常听人说起的，不过想不到就是这么一位先生。

尖脸的眼睛眨得更厉害了些，还扬了扬眉毛。他跟他同伴眼对眼装了个鬼脸，又掉过脸去看了一下。

那位脚色不过四十来岁。不论看起什么东西来总仰着脸，视线浮过自己的腮帮上射出来，好像世界万物都比他矮似的。其实他这位先生顶多不过四尺高。

红鼻子也瞅了他一眼，咂咂嘴自言自语地说：

"作孽，叫他老人家也坐这种车子！"

现在那位计三钻子脱下那件夹袍了。规规矩矩折好装进了藤包，然后掏出些草纸来揩着地板。嘴里还一个劲儿嘟哝着。等到在地上撑着手，把屁股安顿到铺好四张草纸的地方，嗓子就放大起来。脸子仰得几乎跟车顶平行，下嘴突出了半寸长，像对那个站警发脾气似的把视线往车门边溜过来。

"真该死！出了钱坐这种火车！……哼，办铁路——办来办去叫人家坐货车！中国人做事最不讲目的！最不讲公德！真可恶！……只要赚钱，……只要赚钱！……目的呢——一点不管！……哼！……"

这里他抬起了屁股，扭歪了身子往后面瞧瞧脏了没有，又坐了下去。

车头呜呜地叫了起来。接着空隆一声响，这灰色东西就震了一下。可是还没有开。

计三钻子鼻孔里也响了一声：又像是冷笑，又像是叹气。一双细致的腿子伸得长长的，竟把脚尖搁到了那个灰包袱上面。过会儿又嫌不舒服似的耸动一下屁股，嘴角上皱纹扯了几下骂了一句什么，于是带着九成鼻音大声说：

"喂，这包袱是不是你们的？"

并不等回答——他就用脚把包袱拨过来：

"借给我坐一坐。"

红鼻子赶紧把包袱移开，一面不大顺嘴地——

"这个……这个……呃，这里面有一本黄历的。"

那个想不到他会碰这种人这么一个钉子。脸上热了一阵，瞪了对方一眼，咕哝了一句"蠢家伙"。

站在对面的红鼻子分辩着。嘴唇翻呀翻的，露出那口大板牙：看来要跟人打架的样子。可是尖脸在他肘上打了一下，不耐烦地皱着眉：

　　"五哥，别说了，五哥！"

　　站警没插嘴，只紧瞧着计三钻子。等别人停了口，他就用种很周到的劲儿叫他两个亲戚坐下来，别让这凉快点的地方给别人占了去。

　　于是尖脸躺了下来，拿左肘枕着后脑。红鼻子靠门边坐着：不敢伸直腿子，就屈着拿两手抱着膝头。他们轻松地透了一口气。并且故意要表示自己的舒坦似的，拿水瓶里的茶倒出来喝着：呷一口咂咂嘴，仿佛在喝鸡汤。

　　计三钻子瞧瞧这个的嘴，又瞧瞧那个的嘴。用手绢揩揩额头，嘘了一口气。

　　"嗯，没有带水瓶。"一个人嘟哝着，"真该死！哪个料得到会要坐货车！……"

　　他打开藤包找什么，一会儿又发恨地盖了盖。手里还是只有一块手绢。

　　这么过了两三分钟，他舐舐嘴唇，到底忍不住又要跟那两个人打交道了。可是还带着十足的鼻音。脸子仰得高高的，下唇像掉下来似的荡着动着：

　　"借口茶喝喝，办得到办不到！"

　　茶太烫了点儿。可是他喝得很快，又倒上了第二杯。他觉得有点过意不去，于是用种不失身份的口气跟他们搭讪着，仿佛法官问案那么个劲儿：

　　"哪里人？……到哪里去？……有什么事，嗯？……"每个音都拉得很长，都吐得很清楚。

把空杯子还了他们之后,这位马坡的大角色又扮起一副难熬着肚子疼似的脸色:嘴角的皱纹凹了进去,下唇突了出来。

他渐渐感到受了侮辱。他瞪了对方一眼:这两个蠢家伙!——凭着他们带了一瓶茶,就叫别人低声下气敷衍他!

"真该死!……坐了货车还要受气!……哼,中国人办事——哼,真该死!……"

捞一捞袖子,腿子伸了开去,可是又怕弄脏裤管似的马上缩回来。

一阵风挤进了车门,卷来了一蓬凉气,也卷来许多煤烟灰。车头那里老是一声一声的——突,突,突!好像铁铲打着锅子响。

计三钻子皱着眉,往站警这面转过脸来,仿佛这列车是他包定了的神气:

"到底什么时候开车呀,喂?"

立刻他又转过脸去,似乎并不要听别人的回答。用手绢掸掸身上,嘴唇一开一合尽在说什么。有时候瞟那两个一眼,好像要叫对方知道他看不起的正是他们俩。

车刚要开,他老先生忽然高兴了一下,眼巴巴地盯着月台。

原来又是一个来搭货车的:看来跟他差不多是同样身份的脚色。有点灰白胡子,头上秃了顶。还带了个跟班,提着一口皮箱。

眼珠子老跟着新来客人转动,计三爷一面舐舐嘴唇,打算等别人一坐定就攀谈。大概那两个乡下老粗还不知道他姓计的是个什么来头,他得借此介绍一下自己——叫别人吓一跳,他还预备结结实实把现在的泥腿牛开销一顿。那位胡子先生大概会了解他的:他希望那一位对手跟他一样,也是个靠天吃饭的爷们。不过顶好是——地位比他稍微低一点的。

于是他像碰见了一个亲人似的,竟忍不住微笑了一下。接着他忽然把脖子伸长起来,眼珠往别处转了几转。

"这个什么人呢?"他想。他觉得这脸子很熟,可想不起是谁。

车子开动了。两个乡下佬跟站警互相说了许多吉利的话显见得他俩是不大出门的。

空隆一阵响,车子猛地往前推动了一下,胡子先生差点儿没撞倒,可给旁边的尖脸一把扶住了。那秃脑顶点了点,笑一下表示谢意,然后很随便地坐下,就带着十分随和的样子跟红鼻子他们谈起来。

那个跟班呢——看来似乎十天十晚没睡觉,一上车就坐到角落里打起盹来了。

谁也没理会他计三钻子。

他要弄出点响声叫别人注意他。他咳了一下。他打个哈欠。他很用力地咂咂嘴。可是这些都给埋到了空隆空隆的吵声里。

"哼!"他用鼻孔说。

这么着他又来了原先的派头——把脸孔没命地仰着。他决计要做出一副满不在乎的舒坦的样子,就把腿子伸了出去:右脚踏到了那个包袱上,左脚挨近了胡子先生的裤子。

这秃顶的老头儿到底是谁呢?

计三爷见过的世面太大——谁记得这么多!

捞了捞袖子,把自己突出的下唇抹了一下。肚子里可恶意地推测着对方——叫自己痛快。一会儿。

嗯,那家伙准是从小就当花花公子的:所以要打家里带个把长工出来当跟班——摆摆架子。现在家产大概给他浪光了,要不然他怎么不穿得亮堂点儿,只着上这么一件阴丹士林长衫,既然他那么爱撑场面?

"真该死!"他冷笑着,"这种家伙就只有个空壳子,一点范围也没有！"

轻松地嘘了一口气，他两条腿子伸得更远了些。

那位灰白胡子的花花公子瞅了他一眼。可是什么也没说，只拍拍裤子上的泥。

车子开得快了点儿，铁门口兜进了一阵一阵的风。煤烟灰也往里面卷，扑得人满脸满身都是小黑点子。机器没命地响着，叫耳朵都胀疼起来。车厢簸得坐不住，那几位客人的脑袋就浪似的荡着。打着盹的那个跟班老是不留神把额头撞到了铁板上，张开眼睛矜持了会儿，又挂下了眼皮让脑袋碰上去了。

大概是由于震动还不知道是怎么，计三钻子的左脚又触到了那胡子的裤腿上，弄脏了一大块。

这回花花公子可忍不住叫了起来：车子空隆空隆的太吵，就不得不把声音提高，倒想不到他有大花脸那么粗的嗓子：

"这位先生，喂！请你的脚移开点儿行不行？对不起！喂，先生！"

那位先生绷着脸，嘴动了几动——谁也听不出他说什么，左脚挺勉强地缩了点儿，脚尖跷了起来。

"什么家伙，哼！"

不服气地这么咕噜了一句，就狠狠地一下子——把左脚归并到右脚那里，于是这一对东西整个儿踏在包袱上。视线浮过自己的颧骨往对方抛去：他准备别人跟他发作一下，那他就得使点儿权力给他们看看。譬如说——一到马坡就叫民团逮起他们来：这是一点都不费力的事，尤其是对那两个乡下蠢家伙。

红鼻子瞧瞧计三钻子又瞧瞧胡子。他试着要拿开他们的包袱，可是只用手去轻轻拨了一下，仿佛有点不好意思。末了他咽了口唾涎，正式要求那双脚的主人：

"老爷，请你老人家……请你老人家……这里有一本黄历的。"

那个没理会。

"呃呃，老爷，包袱踹不得的。"

接着把这话说了三遍。

"啊？"那位老爷这才知道有人跟他打交道，皱着眉。

"这里面有一本黄历。"

"什么？"

可是那事不干己的胡子插嘴了：

"你这位先生！——不明明是欺侮乡下人吗！……出门人大家客气一点。……"

他显然发了脾气，连秃顶都发了红。

计三钻子跳了起来，脖子伸得挺硬，眼睛瞪得大大的：

"你贵姓？"

胡子抗声说：

"陈！——耳东陈！陈季渔！"

陈季渔！——这名字竟像一把锤子似的，叫计三爷脖子短了两寸多，软软的再也挺不起来。

真该死，竟记不起他就是陈季渔！怎么这么粗心——把这么一位人物得罪了！别人在民国元年时候就是将军府的将军，以后就专门办赈务，黎大总统还颁给过他一块金字匾哩。

"鬼摸了脑顶！"计三钻子九死一生地埋怨自己，"真该杀，真该死！怎么猜他是个败家子呢——少说说他家里也有两百多万！"

只是这位将军待人不大讲情面：什么话都当面开销。那年大水，到马坡放赈，他计三钻子在中间捞了点儿，这姓陈的就一定要拿办他：要不是地方上的大绅士讨保，还吐出了那二百来块花边，那他准得坐十年班房。

于是他全身都缩了起来。皮肤上像有什么热东西在刺着。手呀脚的都没地方摆，并且觉得它们在那里抽筋：仿佛它们很不愿意留在他身上。

两个乡下人互相瞧一眼，那尖脸还狡猾地闪了一下笑容。然后这四只眼珠又溜到了陈季渔脸上：瞧来他们已经看出了这是怎么回事。

计三钻子的眼睛可只盯着他那个藤包，同时又不放心地要偷看胡子一眼。

两双视线一碰到了一块儿，他手脚忽然感到一阵麻。

那位陈将军趁此就摄住了他不肯放松，用种巡捕问小偷的口气请教他贵姓。剃光了的下巴还那么翘一下，嘴角旁边带着叫人捉摸不定的微笑。

对面的一个扭了一下身子：似乎要站起来的样子，可又不好意思。他热着脸吃力地报了姓名，偷偷地叹了一口气。他希望别人是个聋子，可是同时又希望别人听明白了他的——免得再说第二遍。

"啊？"陈季渔学着他刚才对付红鼻子的那副劲儿，皱着眉毛。

这时候他仿佛还看见尖脸鬼头鬼脑在红鼻子肘上碰了一下。

计三钻子打了个寒噤：大概那个已经听明白他是马坡的计三爷了，竟把身子往他移近了些。

"哦，你就是计……计那个。难怪，你们这种人凌辱乡民是凌辱惯了的！"

声音提得很高，似乎打算要叫车头上的司机都听得见。嘴里喷出了些唾沫星子，就拿手抹抹胡子。

尖脸跟红鼻子好像忍不住笑地掉过脑袋去，还叽叽咕咕捣着鬼，一面用了要看把戏似的脸色瞟计三钻子一眼。那个红鼻子把嘴唇翻得更开，仿佛还滴了一滴唾涎。尖脸不停地眨着眼睛：叫人摸不定他到底是在装鬼脸，还是假正经。一等陈季渔开了口，他们马上就闭了嘴，瞧着别处想什么似的——其实是在用心听着。

计三钻子脸发了青，咬着牙不言语。

那位留着灰白胡子的将军越说越激动，齐胡子到脑顶都发了红。瞪着眼死盯住对手没转动过，声音粗得震耳朵。末了他干脆伸出个食指来指着别人的脸，发脾气地嚷着，活像在那里唱文明戏。

"你老兄的功绩我都记得！"一些唾沫星子直往对面的脸上冒着，"人家赈灾——你也要揩油！中国就糟在你这种人手里！你简直地是——简直是——败坏我的名誉！幸而那回我觉察了。……我真不明白你这种人是何居心！总有一天——总有一天——嗯，国法人情都容不得你这种人！看吧！"

这里他抽空看了两个乡下人一眼。

他的跟班吓了一跳，张一张眼睛。可是这种事他看惯了的，就又低着脑袋——一栽一栽地打他的盹了。

陈季渔一点也没歇手的意思：索性把屁股坐正些，似乎这才正式开始。鼻子上的皱纹扭在了一堆，说一句——身子用劲抖动一下。右手食指几乎触到了对方脸上，那张淌着汗水的青脸就痉挛地扯着抽着，眼皮像在抵御什么似的眨着。

"你们这些人！"他叫，"你们仗着自己有钱有势，把地方上的事弄得不可收拾。……只要你们有钱赚，就不顾人家死活——甚而至于赈灾的时候也要揩油！……"

这里他拍一下自己大腿，睁大了眼睛对在座的人说：

"这种害群之马——要不严办一下，什么事都会弄糟的！"

他瞧瞧四面，像要取得听众的同意。

可是尖脸躺着闭上了眼睛。红鼻子在掀开袜子搔脚后跟。准是人家说得太多，只当作是爷儿们起哄，就引不起什么兴味了。

陈将军有点觉得扫兴。他把视线又注在计三钻子脸上,嗓子没刚才那么有劲了:

"我懊悔我那回没有办你!今晚我到周庙镇耽搁一晚,明天就到马坡来:要是你故态复萌,那我就不客气,那我就……我就……听见没有,听见没有?……"

瞟了两个乡下人一下:跟红鼻子的眼睛对了一会儿。接着用力地回过脸去,声音又放得很粗,咆哮着。

"听见没有!说呀!——听见没有!"

计三钻子喘着气,哆嗦着嘴角赔着笑,装着没听见似的脸色,用种很愿意受教的客气劲儿问道:

"你老人家是——?"

那个又嚷了一遍,然后使劲捶着自己的大腿,竟骂起街来:

"混蛋!简直是混蛋!"

对方咬着牙,发白的咀嚼筋动呀动的。嘴角上可还挺吃力地挂着那一丝笑容,声音打着颤:

"你老人家怎么动这么大的气骂人呢?……"

"骂你!——你这混蛋!混蛋!连放赈的时候都要揩油:混蛋!"

姓计的喘定了会儿,低声下气地小声儿说:

"办赈务揩油的不止我一个,我不过是……"

这一下子——仿佛陈季渔肚子有个炸弹爆裂了似的,他猛地蹦了起来,袖子捞到了肘弯上:连膀子都发了紫。他往前面逼紧一步,看来要跟别人拼命的样子,愤怒得下气不接上气:

"你说什么!你说什么,你!——你指出那个人来!你指出那个人来!……混蛋!……你说谁!你说谁!……你!你你!……混蛋!混蛋!……指出来!……"

计三钻子指尖发冷，小褂裤上全透着汗水。他用种很关切的口吻请人别生气，一面颤着嘴唇结里结巴分辩着。他刚才并没指谁，只是想来一个地方上总有几个这样的人。为了要叫别人更加放心点儿，他还加上了一句声明：

"我不过是说——是说——马坡这个小地方的事。……"

"嗯！"陈季渔累了似的嘘口长气，"假如有——我是要查的！"

接着又板起脸来开教训：那些话都是背熟书那么流利地泻出来的：

"办公益不比别的事，何况是赈务！……宁可自己刻苦，这种钱可一点也不能揩油：一个人可以丧尽天良么，我问你？……你摸摸心坎想想看，你！……"

那两个乡下佬可睡着了。

计三钻子只是缩着全身，给割下了一块肉似的皱着脸。

一直到了周庙镇那位将军才住了嘴。瞧来他怒气还没消，烦躁地推醒了他的跟班，他又愤愤地警告计三钻子：

"你留神！你假如再说那些捕风捉影的话——那我就不客气，我就——我就——嗯！"

车子只停了三分钟，就疲倦地叫了一声，空隆一下往前面拖起步子来。再过九分钟就得到马坡了。

计三钻子咬着牙，涂着红丝的眼睛瞪着车门。这么过了好一会儿，他忽然疯了似的叫了起来，声音发了嘎，手呀脚的都乱晃着。

"什么家伙……你两百多万的家财从哪里来的！真畜生！……老子怕了你！你——你——畜生！总有一天我要……这包袱是谁的！"

他脚绊着了那个灰色包袱，于是狠命地把它一踢。

两个乡下人吃了一大惊，慌张地抬起脸来。

那位马坡的大角色冲到了他们跟前,两个拳头在空中甩着,叫得连脸都涨紫了:

"尽看着我做什么!——要同我打架是不是……蠢家伙!猪都不如的东西!……"

他脾气发得过了火,竟踢了尖脸一下:因为他的是一副八字脚,触到别人肉上就只脚的里侧的一面。

"踢人?"尖脸闪电似的眨着眼睛。

"踢了你,怎样!……你们刚才笑什么?挤眉弄眼的捣什么鬼!真该杀!你们是土匪!是畜生!……"

尖脸爬了起来。红鼻子手抓着拳,龇着牙仿佛要吃人。他们两张嘴同时动着,跟车子的响声混成了一片:简直不知道在嚷些什么。

计三钻子退了一步,挂下了下唇,瞟着眼睛打量他们一下。于是又往后面移动了一步,挨到自己那个藤包跟前。

"畜生!"他咬着牙,用了种挺有把握的声调,"到了站非抓起你们来不可!"

别人可没听见,只翻翻眼皮,哗啦哗啦没住嘴。尖脸扬着手,晃着脑袋——又像是对计三钻子说话,又像是跟红鼻子说话。红鼻子捧起包袱来掸着,说了几句就得停一停,咽一口唾涎。

可是车子越走越慢了,拖不动似的渐渐停下来,还咝咝地抽着气。

那小车站的煤屑月台滑到了车门旁边。

计三钻子迟疑一下,让那两个先下了车。他打不定主意要怎么对付:要是真的把他们抓到民团里去——可会有麻烦惹出来的。他咬着嘴唇,一面拿出藤包里的夹袍穿上身。

"混蛋!"他咬着牙叫。

他跟着他们出了站，轻轻踏着步子。突然——他把藤箱交给了左手，用种跟他身份很不相称的姿势跑了上去，伸出右手在那尖脸上打了个嘴巴——劈！接着赶紧退了四五步，仰起脸来瞧瞧路上的人，嘎声嚷着：

"你两个畜生！土匪！连猪都不如的蠢家伙！……"

没瞧一瞧对手有什么反响——就抽起柴根似的腿子走开了。这才透了一口长气：觉得轻松了点儿。于是又用了平素那种雍容大度的步子踏起来，那件浅蓝色的线春夹袍往两边晃着，在太阳下面闪着光。

（原载1935年12月16日《文学季刊》第2卷第4期）

陆宝田

"范科员,范科员,"陆宝田嘎声咳嗽了一阵,轻轻地叫,"我给你上个条陈①:你的烟要是摆在那里不抽,就捻熄它。好不好?"

那个用食指蘸着唾沫,一页页地翻着一件案卷,连头都没抬起来:

"这么着——对你老兄的肺部着实有好处。"

陆宝田小小心心把鸡狼毫在墨盒里抹着,不高兴地瞅了范科员一眼:

"不要开玩笑吧。"

接着他又觉得这种口气不大对:不管怎么,他自己到底只是一个书记②。于是他赔着笑:

"怎么对我有好处呢?"

---

① 条陈,旧社会衙门里下属给长官上的书面建议。这里范科员与陆宝田没有僚属关系,是陆俏皮地借用。

② 书记,当时衙门里管书写、记录工作的低级职员。

"烟味儿是杀菌的。肺病菌尤其怕它。"

办公厅已经静了十来分钟：这里一下子给笑声打碎了。有人附和了范科员几句。连勤务都在叽叽咕咕。陆宝田虽然没看他们一眼，可也感得到一双双发亮的眼睛就盯着他：脊背上热痒痒的。

科长解释似的说：

"范先生总是喜欢幽默几句。"

只有靠门坐着的凌大头没有笑。整个上身全给伏在桌上。把收文一件一件登记到簿子上去。等到办完了公事，这才挺认真地掉过脸来：

"烟的确可以消毒。不过也可以破坏身体上的组织。"

陆宝田右边颧骨上发了红：连他自己都不知道这到底是因为生气，还是咳得太厉害了的缘故。

哼，凌大头！——他算什么东西！

随后他气平了点儿。他咕哝着：

"何必取笑人家呢。你也不过跟我一样：拿三十五块。"

那位凌大头可没听见。只是把那些来件送给科长，一面告诉大家：

"嗯，经县县长那件案子算是查过了。县长撤职。"

于是有四五位同事拥到了科长桌边。他们谈锋都转到这件公事上面：压着嗓子发表他们的意见。还有人把那件公事哼呀哼地念着。

脸子圆圆的那个老陈很气愤，声音忍不住提高了些：

"好得很，好得很！个个都晓得——经县那个姓颜的是什么货：替鬼子贩白面，替鬼子收买奸细。如今他要排挤那个县长，一告——我们厅里居然照准！"

陆宝田对那边瞧瞧，打不定主意，他要不要过去谈谈呢？

太阳打窗外钻到了桌面上：蒸出了一股油漆味儿，还隐隐透出了松香的气息。影子在那里轻轻地发抖，对面桌子边待着那只洋火盒——上面搁着范先生的一支美丽牌，留下了半寸来长的烟灰，弯弯的像一条蚕，老是想要爬下来。那缕白烟给照得发光。

这支香烟的主人老是没理会它，老是在那边谈天。现在他正拿两只手撑在科长桌子上：

"我们厅长啊——他才不管这些闲事哩。这些案件全是樊秘书一个人的主意。樊秘书不是跟叉叉人混得挺好吗？"

"叉叉人？"科长问。

"叉叉：这就是报纸上的叉叉。又叫作'某方'。"

大家一笑——陆宝田就也笑了一声。接着咳了起来。

他面前那张十行纸摆得很平正。那几行带《黄庭经》[①]笔意的小楷——给阳光映得格外光烫。墨色不像是单单的墨色，还透出了带蓝的宝光。

可是这时候他写不下去。科长那边说得太热闹。对面那支烟又熏得他直呛。这件稿子也不容易对付：唉，樊秘书的演讲稿子总是那么潦草！——好像故意要隐藏住什么秘密似的。

范先生的话声像扔小石子似的在他耳边响着：

"我们厅长真是个可怜虫，怕樊秘书怕得要命，樊秘书那个特殊背景的确厉害。"

照例——老陈一遇到机会就得发几句牢骚。于是他对大家宣告他自己是个傻瓜。他怎么不去交几个某方朋友呢？这么着他那年一考取了县长就会放实缺，不会派到厅里来服务了。

有谁叹了一口气。科长往陆宝田这边瞟了一眼，慢吞吞地说：

[①]《黄庭经》，小楷字帖，相传为王羲之书。

"是非是是非。但是这公事派到我们科里,我们也就只好等因奉此①——唉,照办。"

陆宝田手里的笔在纸上凌空着,想了一会儿。等范先生回到了位子上,他声音低到听不见地问:

"这样看起来,樊秘书就是——就是——呃,范先生,中央晓不晓得呢?社会上也不晓得啊?范先生你看呢?"

"我不知道。"

这位书记再也等不着下文,他就揉揉头嘟哝了一句——

"唉!真是太不懂公理。"

他又咳了起来。Tu!——一口浓痰射到了痰盂口子上,很结实的样子趴在那里。

对面那个猛地抬起了脸,拍拍叫人铃:

"来!——把痰盂倒掉,痰盂口子用臭药水洗一洗。"

接着满不在乎地又点了一支烟,抽了两口——仍旧搁到洋火盒上,重新去翻他的案卷。

陆宝田趁别人低下头去的时候瞪他一眼。然后偷看一下其余几位的脸色。他那两片发了白的嘴唇颤动着:

"真好笑,生那大的气!"

这个痰盂放在两张桌子中间:难道厅长下过手谕——只有一百二十块钱的科员才准吐痰吗?他鼻孔里笑了一声。

身上有点发热。手心里沁着腻腻的汗。开着的门有时候荡进一阵风来,就仿佛流着一道温水的样子。人虽然坐在办公厅里,可也觉到了春天。有谁悄悄地打了个哈欠。

大家都不开口,似乎静静地躺在这暖气里——让身子慢慢地

---

① 等因奉此,旧时衙门里公文上用的套语。

融化。

"一交了春就有发展了。"陆宝田脸红红地想，皱着眉仔细去认稿子最后几行字，"事在人为。只要懂得一点诀窍就行。"

演讲稿抄好之后，他带着虔敬的脸色把它看一遍。他拿过写油印用的钢笔来，用笔尖剔掉一个错字，贴上一小块纸，扳着大拇指指甲去摩摩平。然后庄严地提起鸡狼毫——补上这个字。

他校得很慢，因为这稿子是白话文的。不过他并不反对。

"樊秘书真有一手：嗯，文言也来得，白话也来得。"

随后他站起来。他决计亲自送上去。偷偷地往四面扫一眼，踮着脚尖走了出去。他先到更衣室去照一照镜子。

右边颧骨还是有一点发红，好像做了什么亏心事一样。其余的部分发白，那双细眼睛下面还隐隐透出一抹青的。他把左边腮帮狠命抹几下——想叫它跟右边的配得相称些，还把身子挺了一挺。

虽然他长得有点嫌矮嫌小，可是有一种说不出的努力劲儿：仿佛有谁打他身上抽去许多东西——只留下这么一点点，他就拿出全副精力来挣扎，叫自己别再矮小下去。

不过棉袍上有两块油渍，袖子也给磨得很光。再一配上他的脸色，总显得似乎是个病人。

他瞅瞅窗子：

"嗨，这里光线太不好。"

把领子拉一拉，把衣襟抹一抹，于是保持着这种笔挺的姿势到了秘书室。他先在外面小声儿问一个勤务：

"呃，我问你一句话：秘书房里有客没有？"

樊秘书一个人在屋子里看公事，戴着一副无边眼镜，手里一支笔凌空悬在稿件上，跟着他的视线——一行一行地虚画着。看来他有点烦躁，一点也没注意他面前站着一个下属。

"有一件事要报告秘书——"

那个当书记的轻轻地说了这一句,就耐心地等了一会。

末了他弯着腰——又像鞠躬,又像是凑过脸去,照老样子喃喃了一句:

"有一件事要报告……"

长官这才发觉这屋子里还有一个人。眼睛一抬,嫌脏一样地皱着眉毛:

"嗯?"

眼镜上闪着亮,显得格外有威严。里面那双桃核形的眼睛老打量着对方,好像他不认识这个人——好像他竟忘记了每天拼命替他抄写私人文件的是谁似的。

陆宝田上身再往前面伸出点儿。那个的脸子一让,要发气地瞪着他。于是他舌子打起结来了。

"有一件事报告……一个秘密……一个一个谣言……"

他听着自己的声音——忽然有一点害怕。他垂下了视线。他咳了一声,把痰咽下了肚。

"他们造秘书的谣。他们说是——说是——"

外面走廊上响起了皮鞋声音,带着一种威胁气势往这边越逼越近。一听就知道是第三科的尤科长。

秘书室里的这位书记发了慌。他想要走,可又觉得不大合适。两手莫名其妙地动了几动,鞠着躬表示他得退出这里。他一顺嘴就溜出了那句告辞式:

"报告完结。……"

后来他又匆匆忙忙补充一下:

"我去请樊润生樊股长转禀。我报告他……"

侧着身子让尤科长走进来,陆宝田赶紧跨到了外面。他低着脑袋,不敢去瞟一下樊秘书的脸色。

他是踮着脚尖走进第一科的。四面张望了一回:

"樊股长呢?"

"嗬,肺先生!"——正在打算盘的钱办事员叫了起来,然后转向着一位新职员,"左先生,我替你们介绍一下。这位是传播肺病的天使:我们叫他'肺先生'。"

陆宝田严肃地说:

"不要开玩笑罢。我找樊股长有要紧事情。"

那位樊股长在那里跟人谈天,手里夹着一支白锡包打着手势。那身洋服烫得没一点皱纹。左手无名指上的钻石结婚戒指——跟他头发一样发着光。

照职员录上写着的——樊股长可跟他陆宝田是同年:二十九岁。

于是他一瞧见这位股长的时候,他就忍不住有点不舒服,好像他这年纪应该有的一些漂亮劲儿——全给对方夺去了似的。他没声息地嘘了一口气。

这怎么能够比呢?那位姓樊的天生就这么高贵:他是樊秘书的亲侄儿。出了大学一直干着大事。去年年底秘书一来这里到任,马上就发表他当庶务股长。

现在庶务股长还没看见他。只是谈得正起劲。

"我不爱骑小走马,"他用雪白的手指弹弹烟灰,"我喜欢浪头大的。我那匹菊花青,就浪头大——嗨,蹦起来真漂亮,只可惜它胆子小一点。"

第三科的小闻也在这里。他头一个发现了陆宝田:

"五一五一先生来了!"

"不要乱叫吧,"陆宝田绷着脸,用副老哥哥的派头开导他,

"你怎么要替人取绰号呢,我年纪比你大得多,要是引我发脾气——你是没有好处的。"

那个把头一侧,涎着脸笑:

"什么?你好意思跟我发脾气吗?我是你的知己呀。"

陆宝田冷冷地瞅了他一眼。哼,知己!

去年小闻刚来的时候,他们的确要好过。小闻说他自己是樊秘书的外甥。陆宝田一知道了这小伙子不过是那位长官的不相干的远亲,就慢慢疏远了下来。

"一个人何必瞎吹牛呢?哼,外甥!"

不过他总犯不着跟他吵翻了脸,顶多教训他几句:

"小闻,你年纪很轻,做人总要忠厚些。取笑人家是伤德的。况且——你你——我又没有触犯你。我来是找樊股长有要紧事。"

小闻右耳上夹一支铅笔,手里永远拿着一本书——封面上有毛笔写的号码:"5113"。他从前在电报局当过收发,动不动就卖弄他那手本领:

"五一五一,四零一六,一一二九,三七六九①:你知道这四个是什么字?"

第一科的同事们哄笑起来。他们故意大声反复着那些触眼的字眼。有一个还叙述了李鸿章在外国地毯上吐痰的故事。连那边埋头抄写公文的书记——也在那里挖苦他,只是脸子很正经,嘴里可怕他听见似的小声儿念着:

"肺……特别肺……公肺……"

陆宝田拼命装出一副不在乎的样子,走去碰碰樊润生的臂膀。他用种十分严重的神情招呼他:

---

① 五一五一,四零一六,一一二九,三七六九:电码译文为"肺病大王"。

"樊股长，我们出去说一下好不好？"

"说吧，说吧。"那个大概舍不得丢开这里的瞎聊天。

"不行。这是一件秘密。"

两个人走了出来。在廊子上踱着。

一些老鸦打外面飞进了衙门，好像要来打听陆宝田的秘密。他看见有一只停到了树顶上，那根枝子支不住地要往下倒，那乌鸦就扑扑翅膀来站住脚。

忽然，他莫名其妙地联想到他小时候：他记得他亡父开的小纸店里似乎常常听见乌鸦叫，又联想到他现在的小孩子。

他深深地叹了一口气。

那位樊股长一直用绣花小手绢堵住鼻子嘴，身子跟他离得开开的。

"唉，他还以为我有所求于他哩。"陆宝田想。

他停住了步子，让自己跟别人挨近些：

"樊股长有没有听见那个——有人造了樊秘书的谣？"

于是他谈到他们科里的范先生，还有那个核考县长派来服务的老陈。他四面瞅了一下，这才表示了他的愤怒：

"你们算是什么东西！樊秘书交朋友——也要说闲话。樊秘书撤掉一个县长——也要说闲话。樊股长我不瞒你说，我虽然是这里的老职员，但是直到去年年底樊秘书来了，我才——我才——樊秘书讲过：'陆宝田几个小楷倒还不俗。'到任不久就加了我五块薪水。我现在做的工作是替樊秘书写字：我吃的是樊秘书的饭。他们这样诽谤长官，我——我——那我看不下去，我看不下去。"

"他们是——"那个往前面踱着，"他们是随嘴说惯了的。随他们去吧。"

陆宝田愣了会儿。他一下子着起急来：

"这并不是一件小事呀。要是他们把这话传出去呢？要是他们去登报呢？"

"那他们不敢。"

"会的，会的！"他嘎声叫，跟手咳了几声，"他们处处攻击樊秘书：他们是厅长派。樊股长你保得定他们不捣蛋啊？"

看来姓樊的是想要回到他科里去，随嘴答了一句：

"到那时候再说。"

"那么——那么——我有个主张：我随时留意。要是有点动静，我马上来报告樊股长，好不好？"

"好吧。"

"我还有个提议。这里说话不便，我随时到樊股长府上来，如何？"

"好吧。"

从这天以后，陆宝田跟樊股长接近起来了。他只要一有点空，就到第一科窗外去张望张望——看看秘书的侄少爷有没有来。他在自己科里也自在了些。只是一听见别人提起樊润生的名字——就忍不住要脸上发热，一面矜持得连腮帮肉都跳呀跳的。好像一个闺阁小姐听人说起未婚夫一样：又害臊，又要偷偷地听人家谈了些什么。他在家里也不大发脾气。他爱跟太太说几句。

"你看——哪，樊秘书来了才两个月，我已经跟樊润生很接近了。"

太太是他姑妈的女儿，比他大三岁。可是他在这表姐面前像个长官一样：动不动就得申斥她，教训她。等一会他平了气，这才又告诉她衙门里的一些情形，还发挥几句他的意见。

他那些同事们——她一个个都听得很熟。于是她把锅盖一盖，在围身布上擦擦手问：

"那个樊——樊他——是什么派呢?"

"他是樊秘书的亲侄子,"丈夫倒到那张破藤椅上,右腿搁上左腿——跷呀跷的,"你想想看呢?"

孩子在床上哭了起来,发出乌鸦似的叫声。锅子里也闷闷地响着。这屋子里的煤烟气味,尿臊臭,还有带孩子人家常有的酸味儿——就全给那股豆油气盖住了。

女的抱起了孩子摇着,声音跟着身子的摆动——一荡一荡的:

"噢,噢。小升子,乖孩子。乖乖地等爹爹吃了饭——爹爹还要办公哩。"

这孩子脑袋很小,那深蓝色的衣包就显得是个空壳子。眼角上沾着湿漉漉的眼屎。嘴上有一抹鼻涕痂:一哭就又淌下新的来,鼻孔里吹出了一个圆圆的鼻涕泡。

"他今天有没有发热?"做父亲的问。一面用手摸摸小升子的额头。

屋子里渐渐黑下来。太太的话声仿佛给黑暗滞住了似的,他听不清楚她回答了一句什么。窗子上那块灰扑扑的小玻璃外面——有一丝橘红色的亮光拼命往里钻,摸不清这到底是天上的残霞,还是对面邻居的灯光。

小升子稀里呼噜地呼吸着,看看他父亲,又哇哇地哭了。

"他该吃点健脾的药,"陆宝田想,"到本厅成立纪念日的时候,大概总会加薪水的。"

他瞧见太太吃饭吃得很少,老是担忧地看看她怀里的孩子,他就有点不高兴,又有点兴奋。难道她以为小升子会跟以前两个孩子一样坏掉吗?她不相信他们景况会好起来吗?

瞅了她一眼,他命令道:

"再添一点!"

然后他扒了一大口饭,嚼得很响,似乎想要把自己带喘的呼吸掩住。他忍不住要说话,忍不住要叫人知道樊股长跟他的要好劲儿。一面可又不愿意让满肚子的快活流到脸上来。这就摆出一副很庄严的派头,一个字一个字咬得很清楚——告诉她做人的道理。

"一个人总要懂得做人的诀窍。有了诀窍——才会有手段。"

女的巴巴地盯着他,眼睛里发亮,沉醉地微笑着。

当丈夫的这就提到衙门里的派别,提到长官们的赏罚。他脸上的肌肉慢慢放松着,话也越来越起劲,越来越活泼了。

"至于小闻——我总看他不起。我总拿钉子给他碰。"

"他不是秘书的亲戚吗?"太太很小心地插一句嘴。

"什么亲戚!不过左一扯,右一扯——给他扯出一点关系来就是了。他的官职跟我差不多,但是不可交。"

他咳一声,对地板吐了一口痰,舀起一瓢金针豆腐来。他微笑着嚼着。把调羹一放,很舒服的样子让背往后一靠,不住嘴地说了下去:

"一个人要升上去——就只要懂得两件事:一个是工作努力,一个是要有手段。如今世界太狡猾,你不讲求讲求手段呀——那你该死:书记就当一辈子书记,科员就当一辈子科员,再也不会升。"

"樊股长呢?"

男的嫌她太多嘴似的摇摇头,咳清了嗓子里的痰:

"那又当别论。他是天生就的有个好背景,不比我。"

太太解扣子给小升子喂奶,他就住了嘴等一会。

"我毫无背景。但是我晓得诀窍。"他晃着脑袋画了一条弧线,声音来得很有力,很有把握,"樊秘书的确卡得住厅长。老范他们自然不服气。我看他们说得不成个体统,就去招呼秘书一声。老范他们天天有阴谋,我啊——那不客气,我用手段破坏他们!樊秘书两叔侄倒还感激我。老范鬼头鬼脑告诉科长，说是——说是——"这里他放低了声音，装作捣鬼的神气，"'啊呀，要小心！陆宝田是秘书派的中坚分子！'……我觉得好笑。"

说了真的笑起来，跟手咳了几声。那个也笑一笑。她找到了一个话题来问：

"范科员的小楷写得还好不呢？"

"哼，小楷！——鬼画符！……好了，你收拾收拾桌子吧，我要办公。"

陆宝田常常把没抄了的东西带回来：就是一封很不相干的应酬信——他也规规矩矩用恭楷来写。他又像埋怨又像赞叹似的嘟哝：

"樊秘书应酬真多。嗨，这么多信！"

太太很小心地向床边走去——不叫松了钉的地板踹出响声来。她照例躺上床，把奶头往小升子嘴里塞，一面拍着他哄他睡觉。

煤油灯装满一肚子油，精力足得满了出来似的——灯光老在跳着：Pu，Pu，Pu。那些窥头探脑的耗子就吃了惊，吱吱地叫着往角落里逃了开去。墙上糊着的那些熏黄了的报纸——似乎有谁在那里撕着，发出不耐烦的哼声。于是屋顶上一条条沾着煤烟的黑丝荡了几荡。

现在虽然已经过了立春，凉气可仍旧打地板缝里透上来。陆宝田两脚发冷。咳嗽也厉害了些。地板上缀着一堆堆的痰，还带着红丝。

他额头伏在手上喘定了一下，仿佛要对谁解释他这种行动似的，自言自语地说：

"不是办公时间自然该休息休息。不过你工作得勤奋些——总不是白做的。"

于是把公家的鸡狼毫贴近那盏灯，抽掉那根脱了下来的毛，重新一笔不苟地写着。他对自己这笔字竟有点骄傲。可是他带着痰响叹了一口气。他听见太太轻轻地起了床,轻轻地走了几步——不留神踹着松地板响了一声,她就胆小地停住了。

男的觉得她可怜。他软着嗓子问:

"你要做什么?"

"嗯?呃呃,"这叫她反倒惶惑起来,"这该死的地板!"

陆宝田又叹了一声。他想:

"加了薪——要替她做一件衣。她头发也该好好梳一梳。"

将来晋了级之后他得待她好一点,像从前姑丈待他一样。他拿着抄好的一页信放远一点,侧着头看一看。唉,要不是姑丈硬主张送他上书房,硬逼他临《黄庭经》——他如今还不能靠这一手吃饭哩。

他停了笔,咳了几下:

"姑丈厉害是厉害,倒给了我许多好处。下了苦功总是有用的。要是我没有读书,那就——嗯,爹爹一见背,纸店一倒,你到哪里去找事啊?——更不说一官半职了。"

屋子里静悄悄的。只响着他的嘎嗓子,好像只有他一个人在这里自言自语。

"一个人要转运——还是要自己能干。嗨,又写错一个字!"

到十一点钟——五封信还没有抄好。他脑子给将来的希望搅得发热,怎样也定不下心来。额头有点烫烫的。一咳就发了红,突出了一条青筋。可是两脚跟浸在冷水里一样,寒气直升上了腿子。樊股长那张白漂的脸子老在稿子上显现出来。秘书那副眼镜也在什么地方闪着光。

陆宝田感到自己坐在长官跟前似的,揉揉眼睛把信稿念了一句,带种很精明的样子运用他的鸡狼毫。一面糊里糊涂提醒着自己，连他自己也不知道想了些什么——倒仿佛是另外有个人在他肚子里咕噜：

"工作努力……诀窍……她要有一件像样的旗袍……"

不知道怎么一来——顺手写出了一个"狡"字。他似乎有什么顾忌一样地忍住了脾气，把沉甸甸的眼皮用力一睁，拿起剔脚刀来挖掉这个错字。

"睡吧，"太太说，"你的身体——"

好像他已经升了官，已经对她有了恩惠，他就可以随便对她使威似的，他咆哮起来：

"身体！——身体怎么！你也取笑我啊？"

"唉……"

"'唉！'——唉你妈的！"

他狠狠地撕掉那张正抄着的信纸。他咳了几口痰，耳朵里嗡嗡地叫。

"我怎么要对她生气呢？"

唉，他竟骂到了她先人。他想起了姑丈那副爱发牢骚的嘴脸，老是埋怨着为什么要废科举——叫他老人家三次考不取就当了一辈子童生，坐了一辈子馆。这位老先生对什么人都看不起。陆宝田记得他父亲死了之后，姑丈还没有一句好话：

"我们这位舅爷真是！生意人总只有生意人的眼睛：他把他那家小纸店看得了不起，想叫宝田接手。一个孩子不该读读书，不谋谋宦途啊？而况宝田是个聪明人，一看他相貌就晓得，——这孩子将来有出息。"

随后把脸一仰：

"如今看哪，纸店呢？——Ou，屁！倒个精打光！所以呀——这个商业是靠不住的。"

"对的，对的。"陆宝田喃喃地说。

不知道是记挂他姑丈，还是因为太冷，他轻轻叹了一声。可是他现在总觉得那位亲长有点儿缺点：不过他说不出是什么。他认为他自己会做人些：他竟把亡父生意上的那些诀窍也学了来——运用到宦途里了。

他眼睛闭了会儿，就仿佛有谁催迫他，他提起精神拖出一张白信纸，专心一志地抄起来。

间壁邻居的自鸣钟当地敲了一下。他昏头昏脑地问自己：

"还是十二点半呢，一点呢？难道是一点半啊？"

这晚上到底把公事办好了。第二天一起来就看一看：嗯，写得还不坏。于是冒着早晨的寒气，一路咳着上衙门。他仍旧很有精神，还显得有副勤奋的样子。微笑着跟同事打了招呼，叫人把写好的文件送上去，这就很安闲地坐下——品着那杯颜色很浓，味道很淡的公家茶。

现在已经八点半。科长跟范科员他们还没有来。到了的只有几位书记，还有那位老陈。

"你们吃包子吗？"老陈叫，"我请客，大家各人认定吧：要吃几个。"

陆宝田在想着这个数目：几个呢？吃老陈的可不用回请的。不过一想到自己对人宣称过他最不爱吃早点，并且还劝人废除早餐过，他就笑着说：

"我呢——大家晓得我的主张的。我心领好了。"

那位凌大头早就吃完了两双烧饼油条，正在用认真的脸色踱着让它消化。这里看了看陆宝田，停了步子。

"你今天脸色似乎不大好。"

"怎么？"陆宝田装作满不在乎的样子，"一个人早上气色总差一点。脸一洗——就——就——真的。你相信不相信？你看看，你自己看吧。的确地，洗脸之后气色差些。"

随后勤务兵捧着一个荷叶包进来了。荷叶的破洞上露出了雪白滚胖的点心。这办公厅里滚着一股油香味儿，还带着什么菜的清香：大概这里面有几个荠菜包子。老陈桌上冒着热气。他们嚼得很响，好像故意要馋馋别人似的。还有一个为了怕馅子里的汤水流下来，一面吃一面吸着。

陆宝田舌根下面忽然变成了水漉漉的。他横了他们一眼：

"哼，成什么样子，——办公厅里吃东西！"

他喝了一口茶，笑着大声说：

"你们吃包子的要小心些呀，不要烫了背脊才好。"

等了会儿没什么反应。他又向凌大头：

"你晓得吃包子怎么会烫着背脊？"

那个不经意地摇摇头。看来他现在有什么心事，没注意到陆宝田的话。

"那是这样的，"陆宝田站起来打着手势，"乡下人吃包子，一咬——里面的油汤流出来了。这真好笑得很。油汤流到了肘弯子上。他去舔。你晓得他怎么个舔法吗，你想想看？"

住了嘴瞧瞧别人的脸，他又笑起来：

"你想不到。这真妙得很：他既然要舔，膀子自必这么弯到肩膀上去。好了，包子里的油汤就流到背脊上。所以叫作——吃包子烫了背脊。"

他自己打着哈哈。跟手一阵狂咳，连全身都一抽一抽的。脑子发着胀，仿佛有个大东西硬要塞进他头部里去。他伏在桌上喘着气。可是一想到那些同事准在看着他，他又挣扎着坐直了身子，脑袋昏昏地晃了两晃。

凌大头端一杯茶给他：

"怎么样？"

"什么怎么样！"他不高兴地说。他怕声音里带喘，怕又引动了咳嗽，就想要赶快逃过这个关口，他说得很快，"我不过受了一点风寒……"

那个可越想越不放心，他决计要再劝劝陆宝田。不过有些字眼会逗这个病人生气，他说起来就很费力。

"你这个这个——这种——还没有特效药。你只要静养，要新鲜空气，那你这个——你身体一定会好起来，神经也不要让它受刺激，少动火……"

"我不理你！"陆宝田咬着牙。

凌大头脸红了一下，苦笑着分辩。

"我是——我是——唉。我有一个亲戚也是害这个——他就是这样养好的。"

"畜生！"陆宝田在肚子里骂。他老是想给别人一个嘴巴，唾一口痰到那个大脑袋上。不过他到底忍住了。他偷偷瞟一眼其余几位同事，把嗓子略为提高点儿——声音有点发抖：

"我告诉你：一个人总要厚道些。你的职位跟我一样。我们彼此都是一道的。何必如此呢，何必呢！"

摇摇头，他又仰起了那张绷着的脸：

"一个人不厚道——总没有好报。我有一个亲戚，他从前常常取笑我。噢，他自己倒在前年害伤寒死掉了。你看！还有一个朋友也是的。他学我咳嗽。哪个晓得他死得更早，大前年就归了阴，白喉。你尽管取笑我吧！你自己倒要提防哩，嗯！"

于是他再也不理会别人，也不看看别人的脸色，只拿一张十行纸来练他的小楷："上有黄庭下有关元……"他在没公事的时候总是来这一手，等写完了一套，他就得一笔不苟地题着款："陆宝田背抚黄庭经，自丙子十一月十四至十二月初八写讫。"还盖上他那颗领薪水用的图章。

今天他右手可麻木了一样，有点捉摸不住王右军的笔意。他心里那个疙瘩——总要吐出来才舒服：他刚才还有一层意思没对凌大头发挥干净。

"哼，静养！"他发白的嘴唇动了几动，"你当我不晓得你的用意！"

他鼻孔里笑了一下。这不要脸的大头！——竟想到他面前来掉枪花！哼，劝他请假养息，好叫他工作没有成绩。凌大头自己这就来办樊秘书这份公事，自己来加薪晋阶——一步步爬上去！

写了两行字之后，他忍不住要去开导开导别人：

"老凌，我有几句话要跟你说一说。我说一个人总是安分守己的好。不要玩手段，不要狡猾。升降赏罚——五分凭的是时气，五分凭的是学问。玩手段有什么用呢？顶要不得的是玩手段。对朋友，大家厚厚道道，大家帮帮忙，这才是做人的道理。排挤人家是没有好报的，即使有本领也转不了好运，他伤了阴骘嘛。怎么会好呢。"

这时候办公厅的人已经到齐了。他扫了大家一眼，也不等凌大头答腔——就坐到了自己位子上。那位范科员照例点了一支烟搁上洋火盒，人可走了出去，呛得陆宝田直咳。

"都是一样的货，一样的货！——跟臭大头一样！"

天气还是很冷，可是庶务股早就把炉拆掉了。风好像透得过玻璃，一阵阵冷气往人身上逼。外面树枝子重甸甸地摇着，看来那些灰色的云压得它摇不动。乌鸦哭丧着腔调叫——哇哇！

陆宝田忽然觉得很烦，老是想拍着桌子把谁臭骂一顿。仿佛世间万物都故意摆出副讨厌的脸嘴来逗他冒火。他发觉科长正瞧着他,这就垂着头咳了几声。

他听见范科员回到科里——对同事们报告一个消息:"嗯,经县放颜佛影做县长了。我刚才到铨叙股去看见了公事。你们知道这个颜佛影是什么来路吗?"

"我打赌,"老陈插嘴,"他至少不是考取的县长。"

"那当然。我刚看见了信件:这个颜佛影是经县那个白面老板的本家,一个叉叉人介绍给樊秘书,就成功了。"

科长叹了一口气。其余的在自己位子上转过身去对着那边。老陈愤愤不平地拍拍桌子,主张把这件事公开出去。他要发消息。他要报告中央,让中央来查办这件案子。

"看吧!——一定!"

那个姓范的可提高嗓子打断了他:

"你小心些!这里有人会去告密。那你呀——唵,起码得坐十年大牢。"

陆宝田吃了一惊,身子好像给一只大手猛地抓紧了一下。他把鸡狼毫插进笔筒里,拿镇纸压着没写完的那张字,拼命摆出一副闲散派头踱过去。脸上很吃力地笑着。

"经县——真的呀?"他秘密地小声儿问,"那么我们那位——那位秘字号的——那就无异于是汉奸了。"

没谁答话。他瞧瞧大家,把视线盯到范科员脸上:

"这样,还不算是汉奸啊?你说呢?范科员,你说是不是?"

那个始终没松过一句口,叫他得不着话柄。那位科长仿佛没听见他说这些,只顾拿起一本小说来看着。大家都静了下来,眼睛里都流出一种疑神疑鬼的亮光——叫人觉着有一股冷气。范科员直到坐下了,这才静静地问他:

"陆先生,你今天材料还嫌不够吧?"

"什么材料?什么?"

"哼!"范科员笑了一声。拿起烟来抽了两口,又放到洋火盒上。

这位陆先生努力镇静自己,装出心安理得的样子——来练他的小楷。他往门口那座挂钟瞟了一眼。他知道樊股长现在还没有到厅。樊秘书呢——可要到下午才来。

一过了十点半,陆宝田站起来往外走。他提起棉袍的衩口,表示他要去小便。他到了第一科。

今天樊股长腿上绑着亮油油的黄皮绑腿,穿着一条华达呢的马裤。手里在玩弄着一根马鞭。他似乎才来,正打开烟盒子请同事们抽烟。这里他递了一支给陆宝田。

"不会,不会,"陆宝田嬉皮笑脸地打打拱,"呃呃,真的。我不能抽:这几天我喉咙不大好。"

他们俩已经混得很熟,很随便。樊股长就爱开点小玩笑,他扬扬手里的马鞭,硬逼着别人接受了这支烟。于是陆宝田一面点火一面笑,眉毛不住地舞着——简直要飞开去。

一位梁科员对他叫:

"陆录事,烟应该要吸进去。哪,这样。"

陆宝田不高兴地对那个看了一眼。同事们彼此都称先生。只有他一个人叫别人官衔。可是他只愿意大家叫他陆书记。

"你怎么称我录事呢?"

接着就起了一场小小的争论,一场并不伤感情的争论。梁科员总认为自己没有叫错。陆书记可平心静气地反驳着,叫人知道录事比书记的职位还差一点。他发现这些理由还服不了对方,他这就只好就事论事。

"那么——我来提一个议:我跟你翻开职员录来查一查,好不好?看职员录上写的是书记呀——还是录事?"

那边钱办事员在自己位子上插嘴:他主张只要叫他作"肺先生"。不过梁科员还要来修改一下:

"应该叫他'肺录事'。"

"得了得了。"樊股长打断了大家的笑声,"书记也好,录事也好,都是一样的货。现在我们都不管。我们只要陆宝田表演抽烟——抽到肺里去。来!抽一口!不抽我揍!"

"真无聊!"陆宝田想。

屋子里起了活泼的笑声。所有的视线都盯到了他脸上,他简直是这里的重心。连那两位在写着报销册子的书记——也笑着张望着这边,显得又好奇,又羡慕。

他骄傲得连心都跳了起来。他不能不给大家一点点面子。不过他还冲着樊股长忸怩了一下:

"我恐怕吸不进。你们不许笑我。"

把这支衔湿了的烟斗上嘴。……随后他猛地咳了起来,身子摇晃着几乎站不稳。

办公厅里爆了雷一样——哄出了大笑。他们拍着手,喝着彩。连间壁的同事们也给引来看热闹,跟着他们莫名其妙地笑。小闻正在这时候赶了过来,把耳朵上的铅笔拿下来敲敲手里的书:

"你们笑什么?嗬,五一五一先生!四零七二①。"

樊股长在笑得没办法的时候,马鞭连连地在桌上打着,脚也没命地顿着:马刺在地板上敲出 kin、kin 的金属声。他抹抹眼泪,晃晃膀子叫:

---

① 四零七二:电码译文为"痨"。

"再来一个！再来一个！"

办公厅里一阵一阵地发黯：那些黑云好像把所有的门窗都堵住了似的。几位书记开了电灯，墙壁给照成惨淡的橘红色，晃着青灰的人影子：叫人联想到一些不吉利的事。乌鸦挣扎地叫着，声音给风卷了开去，就又短促，又发闷——仿佛是关在坛子里发出的叫声。

外面有谁的脚步响。第一科的同事们都静了一会儿。只有樊股长还是一个劲儿催着：

"再来一个！再来一个！"

陆宝田坐在椅上休息。想要把手里的烟扔掉，可又觉得不大妥当。他瞧瞧樊润生，一面发抖一面想：这个人真好玩得很，谁来了他都不在乎，他连厅长都不怕。嗯，真好玩得很。

"呃，樊股长，"陆宝田认为现在该谈谈那些正经话了，把脸子凑了过去，"今天我又有消息告诉你。"

那个小闻嘴角往下一撇，掉过脸去自言自语：

"七四五六，一四四五。"①

当股长的可退了两步，左手堵着鼻子，右手拿着马鞭挥着——不叫陆宝田走近他：

"远一点远一点！"

陆宝田愣了一愣。怎么！——远一点。范先生和老陈骂樊秘书作汉奸。凌大头也附和着。科长就摇摇头叹气：这些秘密消息能叫大家都听见吗？

"那么——"他踌躇了一会，轻轻地说，"这样子吧，好不好？——下午我到樊股长府上来。"

---

① 七四五六，一四四五：电码译文为"马屁"。

把香烟悄悄地丢掉,他起了身。脸上冷冷地微笑着:

"哼,我们那一科啊——简直越来越不成话。办公室变成了茶馆了:吃烧饼,吃包子,什么事都做得出。要是给外人看见了,那本厅这个名誉——名誉——"

他看看那位庶务股长没什么反应,这就改了口:

"顶叫我看不过的是——公家的东西弄得稀糟,包子里的油水都流到桌子上。……好,你想想看,那个样子!"

出了第一科,就有阵冷气往他身上一扑。可是他还在门外站了一分多钟,侧着脸听听里面说什么。北风冲到他脸上,他有淹到了水里的感觉,连呼吸都给窒住了。他忽然发起烦来,恨不得抓起一个什么人来打他几个嘴巴子,拿支猎枪来叫那些乌鸦都送命。

"糊涂蛋!"他嘟哝着走着,"人家告诉他正经话——他不听!"

走廊上——隔个什么五六丈远就有个搪瓷痰盂。墙上还耀武扬威地挂上一块牌子:

请吐痰入盂

哼,这又是庶务股开的玩笑!什么东西!他偏不!kei、kei,Tu!——一搭腻巴巴的东西射到了砖地上。

"这些办庶务的——真是!"

他想起民国十年他们纸店顶兴旺的时候,他父亲常常替一位衙门里的庶务开假发票。父亲老是拿顶坏的货卖给他,卡着他要很高的价钱。

"他有把柄在我手里,"父亲一提起就笑嘻嘻的,"我们彼此都迁就些。做别的事情呢,就该凭良心,只有做生意是——你要是不会打主意,那全家就只好饿肚。"

陆宝田觉得他亡父的见解有点可笑，怎么做别的行当就不可以耍手段呢。

于是他打了回头。他很得意他自己有这种好想头似的，脚上加快了步子。他又回到第一科，他得跟樊润生约好一个谈天的时间。

可是樊股长不知道到哪里去了，只有马鞭还放在桌上。有几个人拥在窗前的桌边在商量着什么。

"我们总不能白吃他的。"钱办事员认真得像办要公的样子，"这回他虽然是散生，我们大伙儿也得热闹一下。可是我们总得送他点儿东西，呃，是不是？"

这是说谁呢？——陆宝田站着掉过脸去听了一会，慢慢走近了他们。

书记们都埋着头写字，没理会这件事。这办公厅就仿佛只是属于钱办事员他们的，哇啦哇啦谈着。他们决定每个人摊五六块钱：斗份子的人不要多，不过送的东西总得漂亮。因为——

"老樊自己是个漂亮人。"

"老樊？"陆宝田不高兴地想，"他过生日怎么我不晓得呢？他怎么不告诉我的？"

他踮着脚看了看所有的脸孔，咳几声叫大家注意他。然后挺直身子，带着拿正义来说服他们的派头，庄严地一挥手：叫人想到他早就知道了这回事，并且这回事还是他发起的。

"你们听我一句话，听我一句话，"他把嗓子提高着说，"老樊我是明白他的，他是个爱热闹的人。所以我们非点缀点缀不可。你们看呢？"

那位钱办事员没听见似的，只顾说他自己的主张。他的意思是想送银行的礼券。可是小闻认为送钱就是看老樊不起，还不如送一副马鞍子，再不然定做一双马靴。新来的左科员觉得都好，不过顶好的还是百货商店的礼券。

陆宝田热心地听着。这里他就大声插进嘴来，好像这时候他非出来作个最后解决不可：

"我说吧，我说吧。我说我们还是送一桌酒席：又热闹，又经济，又好看。你们看如何？"

"什么，五一五一先生也参加？"小闻叫，"我们不要！你要送你单送好了。"

"为什么？"

"你一来——就有四零七二味儿，不敢领教。"

这位陆书记瞪着眼盯了他好一会，又瞟了大家一眼：

"小闻，你这是算什么呢？我老实告诉你：我不是没有脾气的。惹动了我的火——那就你吃亏。同事大家总要客客气气，你一定要逗我发脾气，那我——那我——唵！"

"好，我倒逗逗你看，"小闻涎着脸笑，装了一回咳嗽的样子，还把耳朵上的铅笔拿下来在他脸上画了两笔，"发脾气呀。怎么不发呢？做做好事发个脾气吧。"

他让开，稍微想了会儿，这就冷笑着：

"呃，何必呢？不要开玩笑吧，说正经事要紧。……真的，到底怎么送法呢？"

等他们决定了送一副马鞍，他就很精明的样子跟会计股交涉了一下，他那份子在薪水里扣。可是他不知道老樊生日到底是哪一天。谁都不肯告诉他。

下午七点钟回到家里，他可又高兴起来：

"快开饭快开饭！——我简直饿慌了。"

脸上微笑着，叫太太知道他在那里开玩笑。随后又对哭着的小升子亲了一个嘴：

"这小升子！你爹爹办了一天事，枵腹从公——也还没有哭哩。"

他很舒服地坐下，藤椅吱吱地叫了几声。脸上还保持着那种微笑，盯定了他太太，等她掉过脸来看他。他瞧着她搅动锅铲子，一面给煤烟味儿呛得轻轻咳着，他就莫名其妙地嘘了一口气。末了他把视线移到窗子上，那块小玻璃四面镶着密密的蜘蛛网——给煤灰什么的沾成了黑色。

"老樊生日到底给我打听出来了。"他轻轻晃着脑袋，"他们跟我闹着玩，不告诉我。唵，但是我有我的办法：刚才在老樊家里——一问他那个勤务，好，成功了。可见得凡事都要讲求个手段。"

太太两手停了停动作。怕做丈夫的会觉得扫兴，她想出了一句话来搭嘴：

"哪个跟你闹着玩呢，老范还是老陈？"

"老范老陈啊？"他身子往前面一欠，"哼，我才懒得睬他们哩。"他又靠了下去，"去拜生的这天我要加一件马褂：虽然是好朋友，这点子礼节倒要讲一下。"

好像得意得呛了起来似的，他连连咳嗽了两分钟。

晚上他睡不着。他不断地咳嗽，喘着气。肺里面有什么卡住了样地发痛。摸摸胸脯，可又不知道痛在哪里。一面他想到了樊股长，又想到樊秘书。将来他也许会跟这位长官混得很熟，在公馆里出出进进不用递名片。他们在客厅里谈着衙门里的事，谈着马，谈着经县那个姓颜的。那时候他说不定已经交上了外国朋友。洋鬼子拍拍他的肩膀，很生硬地笑着：

"哈，哈，哈。"

连他自己也不知道怎么回事——他总想象着那外国朋友是个塌

鼻子，眉心里还有一颗痣。

"洋鬼子也讲求书法，"他喃喃地说，"也讲求王羲之……"

一些熟脸子在他面前晃着，可是辨不清谁是谁。于是又烦躁地咳起来。床铺给震得直哆嗦，咯咯咯地响着，似乎马上就会倒。

小升子给吵醒了。哇哇地哭个不住嘴。做母亲的有一下没一下地拍着他，眼睛可不放心地守着她丈夫。

"你怕是受了寒。"

他没理她。只用冰冷的手指扶着滚烫的额头！

"要茶不要？"她胆怯怯地问，"明天请一天假吧。"

陆宝田发了脾气：

"请假！请假！嗯！……没有一个背景……考起级来……嗯，嗯……"

他照常上办公厅，照常拿没抄完的文件晚上来写。他时不时瞟瞟太太的眼睛，他疑心她流了眼泪。她不敢再来多嘴，只泡上茶送给他，把红炭夹进脚炉里送给他，然后静静地奶着小升子。

"她真多虑，唉。"

这叫他觉得有点不忍。他对她解释了一番：

"这些公事本来不忙，横竖樊秘书上半天不到厅。但是他老人家的事是没有数的，有时候一早就到厅。要是今夜里不赶好，明天上午碰得不巧呢？——那不前功尽弃啊？"

闭了会儿嘴，掉过脸去告诉他太太：

"老樊星期二生日。我提议提早到礼拜天做生，大家可以玩一整天。他们都赞成我这个主张。"

天气一直很冷。前向时那么暖和了一下，春天就算是交代过了：仿佛它有个谁做它背景，签了个到就马上溜走了似的。雨夹着雪点落到地上，到处都冒着冷冰冰的湿气。到星期日还是阴沉得叫人透不过气来，乌鸦哭丧着嗓子叫着，顶着风吃力地扑着翅膀。有时候天上隐隐透出了一块青色，大家心头才一松，它可又隐了下去。

陆宝田穿上马褂到了樊公馆，头脑子昏昏的。

他跟他们打了四圈牌。梁科员很精明地把筹码一算，用种郑重的脸色宣告着：

"肺录事输了四十二块。"

几位女客听了这种称呼都失声笑起来。小闻瞟她们一眼，抿抿嘴做个很俏的样子，用一根手指敲敲陆宝田肩膀：

"呃，你知道今天为什么要定西餐？"

又瞟了她们一眼。生怕她们岔到别的事上去，他赶紧自己来说明：

"这就是怕你：怕你传播你的四零七二。"

可是陆宝田全没听见小闻的话。不知道为了愤怒，还是因为身体不舒服——他嘴唇发了白，还不住地颤动着，两条腿子直发软。

"他们简直是抬我轿子，这批混蛋！"

站起一下又坐下去。他埋怨地瞟了樊股长一眼。心上长着一个疙瘩似的老想着：现在他怎么办呢？这笔赌账已经由会计股那位王科员垫了出来，往后要在他陆书记的薪水里扣还。这里他想起他披散头发的太太，学乌鸦叫的小升子。嗨，真无聊！他们再也不会想到——他们家长陪别人打五十块底的麻将，一下子输了一个多月的薪水！

怎么他先前不拒绝一下呢？

"当会计庶务的自然可以打大牌。我为什么要——要——嗨，无聊！"

他拼命忍住咳嗽，愤愤地对自己说：

"无聊！无聊！"

女客们似乎在那里谈论他，一面说一面哧哧哧地笑。有几个还装作不在意的样子瞟他几眼。他觉得里面有一双亮闪闪的视线老是扫到他胸脯上。那个十岁上下的女孩子竟舞着唱着：

"肺呀，肺呀……"

不知道怎么一下子——大家拍起手来。小闻学着那女孩子扭了几扭，客人重新拍着手，哄出各色各样的笑声。

西餐馆的厨子大概已经来了。勤务兵跑出跑进地忙着拿玻璃杯。门一开——一阵冷气就望屋子里一冲，还夹着一股洋葱味儿，再带点儿羊肉膻气。

"回去吧。"陆宝田心头酸溜溜的，老是想要对老樊哭着数说一场，"我在这里做什么呢？"

现在已经到了一点五分。家里大概吃过了饭，并且也没有准备他的一份菜。他知道他不在家的时候，太太只用半块腐乳来下饭，顶多也不过拿豆油炒点臭腌菜吃吃。

那位主人可料到了陆书记的心事一样，挥着膀子叫着，好像站在山上指挥许多人似的：

"吃饭还早，再来四圈：仍旧我们四个人。老肺，来！"

陆宝田看看他的脸色，晃了晃身子，打不定主意。

"来呀！"樊股长嚷，"你也好盘盘本呀！"

忽然——陆宝田鼻尖子疼了一下，仿佛一个孩子受了委屈，一经别人抚慰一下，就忍不住要哭。于是他垂着脸咳了一会，侧着身子小心地不叫碰着人家——走去找着了痰盂。

后来他上了牌桌。他决计拿出精神来对付一下。小闻站在樊股长后面看斜头，嘴里东一句西一句地谈起肺部，谈起鱼肝油——陆宝田也不理会。可是到了西风圈，一位新来的陌生客人把他的注意力吸过去了:大家叫他林先生的那个。他老是瞧着林先生那副矮矮的身材,嘴上那抹崭齐的胡子。

"仿佛在哪里见过。"他想。

他记不起还是真的见过,还是做过这么一个梦。心跳得很响:他感到他命里注定的会遇见这么一个人。这位林先生一定有点来头,说不定竟就是——就是樊秘书的靠山。

瞧着林先生正跟一位太太握手,瘪着一口很勉强的官话,陆宝田想着:外国人也有姓林的吗?

连自己也不知道这念头怎么转来的:他预感到他跟这位大客人会搭上朋友。

那位林先生偶然一走过他身边——他身上一阵热。有一种奇妙的感觉像电那么一闪:他觉得这是他命里的一个大转机,仿佛一个人在辛苦地慢慢往上爬着,一下子给提起来跳高了好几丈似的。于是他兴奋得手都哆嗦起来,站起来对林先生欠欠身子,一面费力地呼吸着。

对方带着微笑点点头,陆宝田这才自然了些。可是还颤巍巍地嘘了一口气。他虔敬地顿下了屁股,用种很谨慎的脸色试探着攀谈几句,声音放得很轻:

"林先生——你老人家——你老人家认识颜县长吧?"

说了偷偷地扫了大家一眼,好像怕他们会吃醋似的。

林先生早就走开去,大概连他的话都没听见。以后竟见不着林先生的影子,没有在这里吃饭就告辞了。

"他怎么要走得这样早呢?——真不晓得他忙什么!"

似乎怕人家笑他放走了这条好运,他在席上简直不敢抬眼睛。他想问一下那个林先生是个什么路数,可又觉得他这个秘密不该泄露。过几天他只要打听出了姓林的公馆,就可以自己去找他。凭他陆宝田这么个人——总有一两手能够替贵人帮忙的。

屋子里开着电灯，叫人想不起这是什么时候，也忘记了外面那阴沉沉的天气。炉子里尽是添着煤，似乎看得见有一丝丝的热气打它身上发出来。这里的酒菜味儿，女客们的粉香——都给烤浓了似的，闻起来带着几分刺激性。

陆宝田像大家一样，变得很活泼。身子软绵绵的很舒服。他给劝着干杯，带着豪兴喝了几杯不知道名字的洋酒，脸上害臊一样地发着烫。

"敬你一杯！"钱办事员冲着他举起高脚玻璃杯。

他笑了笑，很客气地摆摆手叫对方放下杯子：

"呃，呃。我有一番道理对你说，一番道理对你说。我如今来提个议：大家慢慢吃。好不好？我向来是不主张牛饮的。如何？"

接着他提起了贾宝玉在栊翠庵喝茶的故事。他笑得呛咳了一阵，晃着脑袋反复着：

"这真好玩得很，这真好玩得很。"

主人跟女太太们闹着酒。她们扭着笑着，有时候忽然倚到了同伴身上。显得她们要造成个壁垒来防御哪个男的。男性的眼睛都给吸了过去，脸上巴巴地微笑着，就像一个小孩子正伸手等大人分糖给他的那种神气。

这位陆书记觉得她们的脸子都差不多：眉毛都那么弯，嘴唇都那么红。有一个似乎长得差一点，可是他搞不清她的差处在哪里。

一下子他忽然想到他自己的太太。他眼面前暗了一下，感到他应该有的一些什么给人抢去了。他拈起一片面包，很小心地抹着果酱。一面没声没息嘘了一口长气，仿佛刚累了一阵才休息下来。有一个很秘密的念头在他心里一闪：他觉得他妻星的缺陷——要靠官星来补救。说不定那位林先生会替他开一条路子。

"这个应该——应该——"他想,"嗨,我想了些什么?"

怎么也抓不住刚才这个想头。他困惑地打了个嗝儿,打胃里勾出了一股酸水——又给咽了下去。

现在樊股长规规矩矩喝起汤来。可是小闻跟他捣了几次鬼之后,他又举起了杯子。这回是对着陆书记:

"老肺,来!"

陆宝田吃了一惊,好像一个平平常常的职员——突然给记了一个功似的。他装着开玩笑的样子拱拱手,赶紧站起来照了杯。

对方的酒可没有动。樊股长认为他自己已经喝了很多,要叫这位书记喝了三杯再说。

"好了吧?"陆宝田干完了第三杯,坐下来抹抹嘴。

"我也来敬肺录事三杯,"钱办事员叫,"连太太们都喝得很痛快,你一个男子汉——喂,三杯!"

头脑发晕的陆宝田看了他一眼:

"你——何必呢?刚才我告诉你我的主张……"

这里樊润生又抢了进来。他声言他跟老肺的账还没算清,叫再来一下。瞧着陆宝田在作着揖推辞,他给侮辱了似的生了气。他嚷:

"不喝酒来这里做什么!够朋友的就喝!"

所有的视线都盯到了陆宝田脸上。大家静静的。

他忸怩地笑着,一面喝酒一面瞅着樊润生的脸色。

"这是为的朋友交情——我跟你两个……"

一道热烫烫的感觉沿着食道到了胃里,发出一股辣味——针样地到处刺着。针尖似乎戳上了气管,他狂咳起来。有两三分钟没住过嘴。重甸甸的脑袋在那里膨胀着,五脏都要呕出来的样子。

有谁拿酒杯递到了他手里,又是那位钱办事员。

"不能——不能——"他咳得说不出话,"我向来不会吃酒……"

抹抹眼泪休息了一会,冲着别人抱歉地笑了笑。

小闻大声说:

"你该多喝几杯呀。酒是补肺的。五一五一先生,你再干十杯——包你痨病会好。"

满座都打起哈哈来。小闻指指酒瓶,指指自己胸脯,装了个鬼脸。大家就重新又哄出了笑声。

陆宝田咬着牙,瞪起那双发红的眼睛:

"我劝你还是客客气气的好。今天是樊股长生日,要是弄得彼此不快活——呃,我们大家都是寿星的好朋友,何必呢?年轻人总要厚道些。"

"你还来教训我啊?"小闻涎着脸笑,"我比你厚道得多:我总没有骂樊秘书作汉奸,骂了又来讨好。"

"什么?"陆宝田吓了一大跳,"不要瞎说罢。"

可是小闻满不在乎地啜了一口酒,满不在乎看看樊股长。这件事连老樊也知道。这是有人告诉他们的。于是陆宝田拼命嘎着嗓子打断他:

"谣言!谣言!我倒要问问看——到底哪个造了我的谣,我要跟他拼命!是凌大头吧,是不是的?这不要脸的臭家伙!小闻你告诉我。是他吧,是他吧?——我一定跟他拼!"

"别冤枉好人喽,"小闻鬼头鬼脑地笑了一下,"老实告诉你:这些话是你们贵科长说的。你去跟他拼吧。"

这位陆书记可愣住了。

"呃,哪里会?……堂堂科长——他何必造我的谣呢?他有什么好处呢,造我的谣?"

他瞅了大家一眼，把视线盯到了樊股长脸上。这就把满肚子委屈迸出来，告诉别人——他早知道有人嫉妒他。不过他可还没想到人家竟造他的谣。他感慨地叹了一口气。钱办事员晃晃手：

"好了，好了，别说了吧。喝酒喝酒！"

这回陆宝田耸耸肩膀，苦着脸拼了三杯。他脑袋越来越重，耳朵里嗡嗡嗡地直叫。五分钟之后——他全身抽动着呕了起来。

不过他还很明白——他在樊家里该说什么话：

"有仁丹就好了。我顶不欢喜一撇一捺的人丹。我只崇拜仁义道德的仁丹。中国货到底不行。"

四点钟散了席。客人渐渐散去，只有几个同事还留在这里。陆宝田也决定不走：樊股长还提议到城外去玩哩。梁科员问到他的时候，他有点不高兴：

"这有什么呢？呕过了就没事了。"

做主人的已经换了马裤，绑上了亮闪闪的皮绑腿。右手拿着鞭子扬着，带着长官对大家训话的那种派头。

"我们分两批出发：一批坐汽车，一批骑马。老肺，你得陪我骑马。"

那个笑得满脸起了皱，不好意思地扭了一扭：

"好，就奉陪罢。不过——不过——我不大会骑。"

三匹马给勤务牵到了院子里，蹄子在水门汀的院子里橐橐橐橐地响着。它们垂着长脸——显出一副忠厚相。

"老肺，"樊股长叫，"你先骑这匹菊花青表演一下。"

大家都瞧着他，巴巴地等着。主人的眼睛里放光，一眨一眨的。脸上还堆笑：显然，他在希望他这朋友露一手给他们看看。

"真的叫我骑呀？"陆宝田问，瞧瞧那匹什么菊花青。

它比那两匹矮些，后半身带着淡淡的青灰色，还显出一些斑点：好像本来是白的给弄脏了的。可是毛色发着亮，四条细长的腿子要顿掉灰土似的动着，叫人想到它有几分洁癖。嘴动呀动地在那里嚼衔子，边上沾着一点儿白沫。鼻孔里有力地喷出了两道热气。

"骑上去呀。"钱办事员打打手势，"不要怕。"

要不要试试看呢？——陆宝田踌躇了一会。

他没理会那个办事员的话，只跟主人交换了一下眼色。这里这么多人——他觉得只有樊股长跟他有种特别的联系，一种心灵上的联系。他挺了挺腰，嗨，他不能叫他朋友失望，并且看来这匹马也还好说话。

两手去攀着鞍子的时候，他心竟几乎要跳出嘴里来。

"小心点，喂！"小闻大声说，"别把菊花青弄得咳嗽呀！"

谁都没有笑。谁都一个劲儿注意着陆宝田，像看魔术刚到了要交代的关口——嘴巴张得大大地傻笑着。于是小闻哼了一声，得意地咕噜了一句——

"一四二零，七六零七[①]。"

陆宝田左脚已经踏上了镫子。右脚脚尖在地上点几点，想要趁着这弹劲儿跨上去。可是腿子总跷不高。脑袋给箍住了一样，一星星的汗给压得钻出了毛孔。那匹牲口显得蛮不愿意地移动着腿子，那张长脸要躲开什么似的让了一下，好像它嫌他口臭。

同事们喝彩：

"好哇，好哇！咦！"

"别嚷别嚷！"庶务股长摇摇手，"菊花青胆子小。"

马夫到它跟前理好了缰绳，抓着它那撮保险鬃——交给陆书记抓住了，然后把这位官员的屁股一托。

[①] 一四二零、七六零七：电码译文为"小鬼"。

"还像个样吧?"陆宝田颤声说,吃力地笑着。

他重心总摆不稳。他还得挪动一下……

可是突然——菊花青蹦呀蹦地跑到街上了。

他们在后面发慌地喊着追着,紧逼着嗓子——听来就好像给外面的寒气跟黑云堵住了嘴。路上的人也吃了惊,不知道叫了些什么。黄包车都停在那里不敢往前拖,横七竖八梗在街心里。

风也害怕地嘶叫起来。路边的枯树打寒噤地摇着。

陆宝田手里的缰绳不知道什么时候溜了开去。他全身都趴在马背上,两手挣扎着想要箍住它脖子。屁股在鞍子一上一下顿着:一会儿跳到了左边,一会儿跳到了右边。四肢都不像是自己的,连两脚有没有踏着镫子都不知道。他只感到出了一件祸事。可是他仿佛觉得他八字很强的样子——心里空空的什么念头也没有。连自己也不明白到底是麻木了,还是自己没法子驾驭,他昏昏的让它簸动着,等着他命里注定了该有的救星。

后面谁在叫:

"抓住保险鬃!抓住保险鬃!"

对面一辆卡车放慢了开过来。这匹菊花青害怕地一让,前腿蹦得凌了空。陆宝田滚到了地下。

一种滑腻腻的东西往嘴外直冒,他吐起血来。

他给送回了家里,这就不能够起床了。太太成天挂着眼泪,悄悄地哭着,似乎怕他听见了嫌不吉利。凌大头跟两位同科的书记来看过他两次,还凑了五块钱借给他。他薪水已经支不到一个镚子:会计股那位王科员向来公事公办——扣下了那天的赌账。

陆宝田裹着被窝靠在床上,很痛苦地喘着气。

"我托你一件事,"他抬起失神的眼睛看着凌大头,"请你到第一科打听一下看,有一位林先生公馆在哪里。"

三个星期之后的一天傍晚，凌大头又来到了陆家里。手里夹着一个牛皮纸包——里面装着陆宝田放在办公厅的东西。那个大脑袋老俯着，想着怎么对这个病人开口，书记陆宝田久假不归，樊秘书把他开了缺，补上了一个同乡。

"老陆怎么办呢？"凌大头在肚子里问着。

房里有股酸味儿，还混着湿腻腻的霉味儿，一丝有气没力的亮光打窗外挤到那张方桌上，好像压了山的太阳还想挣扎着爬起来，还想要人注意到它的存在，就拼命抽出点残晖来。地板上堆着许多炭灰：显然老陆又吐过许多血。

陆太太一瞧见客人，就跟在亲人跟前诉苦一样，抽抽咽咽啜泣起来。小升子也不耐烦地哭着，晃着黄瘦的小脑袋。

外面乌鸦哇哇地叫。还听得见它们飞过屋顶的声音。

那个病人脸色发灰，腮帮陷得更深。可是他还打起精神问了许多话。

"同事都还好吧？樊股长问起我没有？"他微笑着，叫那个瞧着打了个寒噤，"樊秘书那些公事——如今交给哪个办呢？"

凌大头踌躇着——要不要把那个消息告诉他。

沉默了一会：大家的话头好像给一阵一阵加浓的夜色凝住了。他们听着远远的号声——长丝样地荡到很远的地方。对面邻居点了灯，灯光斜射进这屋子，叫人想到一滴清水滚到了浑水里，这儿的黑暗给搅动了一下。

陆宝田眼对着帐顶，脸上还露出副微笑，自言自语地说：

"我虽然生病请假，其实樊秘书那些公事——我在家里还是可以办。老凌你看呢？我看是行得通的。"

（原载1937年8月15日《文丛》半月刊创刊号）

谭九先生的工作

那天谭九先生要出门的时候,打发长工到小学堂里把王老师请了来,搓搓手交代了一些事:

"好得很,好得很,我们这镇上的抗战工作也做起来了。我们还有好多事情要办:等我回来再商量吧。我倒有个统盘计划在我肚子里。"

于是他用粗粗的短手指把臀部弹了两下,微笑起来。

照例在这时候,谭九太太就站在茶堂屋门口,很大方地问客人几句话:

"王老师,我们细毛伢子在你们学堂里还听话不?呃,王老师,你们学堂里听见消息没有?——仗打得一个什么形了?"

男主人皱了皱眉,很不高兴地打断她:

"消息?打仗的消息——我不是天天都告诉你的啊?分明晓得还要问!"

他抽完一袋水烟,也不管太太还站不站在门口,就跟王老师谈起工作来。他这回嗓子放得很低,把一张方脸凑过去,紧瞧着对方那副近视眼镜。那位客人可低着头,视线盯着谭九先生那只装着水烟的手——食指上突起了一个石灰指甲的那只。

嗯,这镇上要做的工作真太多,可是这镇上的知识分子又那么少。大学毕了业——还肯住在这里替地方上做点子事的,只有他谭九先生一个。他自从得了一张法学院的文凭之后,就在家里一直住到如今。而他还打算住下去。他不像人家那样要远走高飞,丢下家乡的工作不管。现在你看,譬如说吧,要在这里多找几个真正头脑明白的爱国分子——嗯,就着实不容易。

这里他叹了一口气。不过他又赶紧声明,他并不悲观。他觉得事在人为:

"所以——总而言之等我回来再讲。我顶多——明日后日就回,唔,顶多后日。"

可是他去了四天,五天,一直到今天早晨才回到镇上。

"王老师来找我过没有?"他一到家就问。

"来过两趟,"太太拿个铜面盆替他打热水,头也不回地说,"王家坪的王二老官也来过两趟:他要问我们籴谷。"

"做他娘的梦!——籴谷!"

"真是做梦!人家收来三百担租——不囤一囤,就这样轻易粜给你呀?如今这个仗一下子打不完工,谷子囤下去不涨到十块八块我就不信!"

做丈夫的横了她一眼,他顶讨厌女人在他面前逞聪明。她懂得什么打仗不打仗,什么谷价涨不涨!她从他那里捡去了一两句,倒还在他门口来叽里呱啦!他恶狠狠地问:

"你怎么回复他的,那个王二老官?"

那位太太很得意地挺了挺脖子:

"我啊?——我回他一个绝:没得谷!哼,他还出到三块半哩。真是的!我们又不是蠢宝,肯这样烂便宜粜出去!我讲我讲——"

"好了好了!"他吼,"我的茶呢我的茶呢?人家忙得要死,吃了茶就要有事去,你倒在这里七嘴八舌!"

说罢就赶紧捞起袖子,赶紧动手洗脸。事情实在太多。人家都正在那里巴巴地等着他。他很快地在面盆里吸一口水漱漱口,马上就把力士香皂打到毛巾上,使劲擦了起来。一面在嘴里埋怨着:

"真是要命!这么大一个镇——你要多找出几个有头脑有眼光的,真是难上加难。你一不到场,听他们去搅,就搅得一块烂板板。他们横直负不得责任,凡事都要落到你肩膀高头。……真是该死,他们还算是知识分子哩!"

外面街上的吵声也显得很忙乱,好像为了要时时刻刻提醒他谭九先生似的。卖毛栗的小姑娘很性急地在那里喊。可是手推车似乎还嫌她不够劲,空隆空隆一阵盖过了她的声音,连屋子都震得抖起来。这里还隐隐地夹着学校里孩子们的歌声,听去那拍子也格外来得快些。

谭九先生一摔了手巾,就往屋里走。院子里那些鸡都咯咯咯地叫着逃开去。巴在地下的绿苍蝇也吃惊地飞开,在阳光里掠过——划一道弧形的金线。

"他们靠势等得性急死了。"他对自己说。

一面他想象他们怎样忙得苍蝇一样,窜到这里,窜到那里,可又没有一点头绪。他几乎要笑出声音来,很想去看一看。可是他又觉得还是等王老师他们自己找上门来的好。他这就踏进他的书房。

"九嫂,九嫂,"他喊太太,"快些把茶端到这里来!"

他到墙上挂着的插信袋跟前,抽出这一封来看看,又抽出那一封来看看。接着又走到那座竹书架跟前，匆匆忙忙检查了一下：那里还是整整齐齐堆着他从前学院里用的讲义。那部厚厚的"六法"，还有那几册《湘军志》的残本，都依旧夹在那中间。不过顶上添了两个月饼盒子——他没有注意是什么时候谁放的了。书架后面一些老鼠发出窸窸窣窣的声音。

随后他空着手回到桌子边，躺到那张宝庆皮椅上，左腿搁上了搁手——荡呀荡的。

"莫忙。一切的工作都得好好计划一下。"他啜一口茶，大声咂咂嘴。他想这里得成立一个抗敌大会。镇里镇外的人，都忙得蚂蚁似的，跑来跑去，一个个到他家里来接头。他们开口闭口总是——

"谭会长，这个路径要请你老人家的示下……"

于是他——仍旧要躺在这张宝庆皮椅上，冲天竖起一根食指，有条有理地指示一切事宜。

到了那个时候，家里的人当然也就够忙的。在厨屋里烧开水，一盖碗一盖碗的热茶端着往他书房里送，往茶堂屋里送。要是有个把抗敌大会的委员或是部长来了，谭九嫂还得亲自从瓷缸里掏出黄瓜皮南瓜皮之类来摆碟子。……

"嗯！"他想到这里就把脑袋一摇，好像他头上有个苍蝇什么，要把它豁掉似的，"接头的地方——那还不如放在那家小学里好。"

他要具体想一下——大家忙着的到底是些什么事，可就模糊起来了。

不过演说总是免不掉的，他自己的话。将来有什么事要跟省里接洽——那当然也是他谭九先生的事。他得拿出一张名片去见省里的一位委员兼厅长，于是那位厅长就得很客气地跟他谈着抗战问题，还说不定会问到他关于民众动员的问题，"唔，民众动员是很困难的。嗯，真困难。"

他嘴巴不知不觉动了两动。他连自己都不知道为什么——他总想象那位厅长是个戴眼镜的。

在这书房里一直坐到吃中饭的时候。有时候他忽然有个冲动——想要写点儿什么,把纸铺到了桌上,那支小楷羊毫可始终没给搬动。他打桌上拿过《辞源》来随手翻翻,然后又把那册黄历看了好一会儿。

王老师他们为什么不来找他呢?难道倒是应该由他到他们那里去报到吗?难道叫他上衙门一样,跑到那家小学里去问候他们吗?

他为了要报复一下,饭后就出去走了一下午的人家,偏偏不去找王老师他们。连他那个死对头谭十一太公家里,他也都去过,那位太公虽然是他的亲叔叔,可是他晓得他是个老混蛋。

每逢看见一个熟人,谭九先生就总是谈起抗敌工作:

"这工作非做不可:这是我向来的主义。"

一面想象着王老师到他家里找他不到,而一切工作都动不起手来,而跳脚发急,他就快活得心都发痒了。

回到了家里,他也不问有客来过没有。反正不用你开口,九嫂就会自动地从头至尾——告诉你今天来过一些什么人,她对答了一些什么话,一些又聪明又能干的话。

然而这回太太没有开口。只在那里打开柜子找她的头昏膏药。

第二天早晨一醒来,就听见太太在屋子里扫地,细毛伢子带着鼻涕在稀里呼噜的。

"细毛伢子,细毛伢子!"他叫,"你上学的时候对王老师讲一声,讲我回来了,请他来一下子。"

马上他又觉得不妥,要是他们竟不买账,不来呢?

"哦,我去好了。你告诉他——我今日有事要跟他谈。听见没有?"

这天太阳不很好。天上糊着一层灰白色的——云不像云，雾不像雾，很叫人疑心到这不是一个好日子。仿佛到处都在冒着水蒸气，又热又闷。蚊子大概以为这是傍晚时候，嘤嘤嘤地在屋子里飞着。

谭九先生踌躇了好一会，不知道出门要穿什么衣才好。他把黄历拿到手里，可又不敢翻开来。虽然他绝对不迷信，有些事可总不大放心。要是一看——他今天要干的事正是遭了忌，那他到底还是出去不出去呢？

可是他用偷偷摸摸的手势打开来，装作无意的样子往上面瞟了一眼：那"宜"字下面印上了一大串。他于是怪他自己多事了：

"真是！何必查呢？嗯，一个人信了禁忌——反倒碍手碍脚。"

他出门的时候，觉得很轻快。他先到湘源商店里去打一个转，这铺子是他外甥刘长松开的。

"莫泡茶莫泡茶！我没有工夫久坐，"他很忙地摆摆手，"呃，长松，你来，我有话跟你打讲。"

刘长松一面叫长松嫂拿烟端茶，一面驼着个背往他谭九舅舅跟前走去，仿佛怕屋梁会碰着他的脑顶似的。

那位九舅舅很谨慎地向四面看了一看，然后摊开左手，用一根右手食指在那掌心里指点着：

"昨日我跟你讲起的那个路径——我想决计要派你一个工作。抗敌大会一成立起来，事情是一定有你当的。你是我的人：我总照顾你就是，你放心。况且你呢——嗯，初中毕了一个业，论程度——论程度——此所以——总而言之，你也可以算是一个知识分子……"

长松嫂端出一盖碗茶来，忍不住要问：

"九舅舅，你老人家看了报没有？上海那路打得怎样了？"

"上海那路——嗯,"谭九先生打了莫名其妙的手势,点了点头,又把视线回到了刘长松脸上,"我们镇上自然也要做工作,此所以——我自然少不了你。横竖他们也不过是些师范生,你当他们是什么好角色啵!……我啊,是这样:你们推我出来,那我就不客气,我就要用我的亲信来做事,'举贤不避亲'。这是我向来的主义。你看早年文正公,他老人家——"

这里他接过长松嫂敬他的一支纸烟来,点上了火。他好像给烟熏得有点不好受似的,轻轻皱着眉,眨了眨眼睛。于是又用手指在桌上敲着,极其庄重地谈了起来。

不错,当年文正公也是在家乡工作。他老人家是个翰林公,就等于如今一个大学毕业生。此所以地方上一办团练,当然就要推他老人家出来主持。不过——谭九先生一说到这里,忽然把声音放低了:

"论资格的话,自然没得第二个人。不过——不过——他老人家手底下要是没得几个人,那也搅不出来。天下的事情都是这样一个理。"

他稍微点了点头,架势像要走,可是又想起了一件事:

"总而言之——你的工作我一定派你一个,不成问题。不过你千万莫讲出去哪,晓得吧,千万!"

这么一交代了个清楚之后,他就头也不回地摇摇摆摆出去了,转一个弯,到了清风阁茶店。他挺着脖子站在那里,眯着一双眼,往这些茶客里找一个什么人。

等到他发觉茶店老板在这里恭恭敬敬向他打招呼,他就使头部稍微动了一下:

"梅十刨子不在这里?"

"他老人家在里头打'跑和子'。九先生进去看下子不?"

九先生咕噜了一句什么。可是到底把梅十刨子找到了。他把人家拖到屋角落里,小声儿说:

"昨日连没找得你到手。呃,梁家大屋给抽中了那个老二——他究竟怎么样?他要不要找替身了?"

"你还问哩!"梅十刨子愤愤不平地溅着唾沫星子,"这个买卖早就给你们贵府十一太公抢去了。"

"十一太公!他找的哪个?"

"他介绍了麻牙子去顶。梁家大屋出了六十只花边。"

谭九先生咬咬嘴唇:

"这老而不死的家伙!麻牙子要他来介绍?趁我没在屋里的时候——哼!……十一老官得了几个花边,这回,你看?"

他这就不免要埋怨梅十刨子——真也太大意了。梅十刨子跟梁家大屋这么密来密往,而麻牙子又向来是听他谭九先生的话的。怎么他一不在家,就让那个老头儿做了手脚去呢。

"真是要命叫!什么事都非亲自出场不可!"

那个梅十刨子可不大服气:

"哪个叫你一出门就是六十年!你要得不想回来,人家还不趁势做了这笔生意去?"

"莫号,莫号!"谭九先生向旁边瞟了一眼,"哪个要得不想回来?我是去收租……"

"收租——唵,收租收到李家大嫂床高头去了吧?"

谭九先生赶紧打断了对方的话:

"莫扯白了。人家跟你讲正经的……"

"还讲个屁!——连收场锣都打过了。"

于是谭九先生冷笑着点了点头:

"好得很,好得很!我们的抗敌工作——头一个就要举发抽丁舞弊,冒名顶替的案子!十胡子你也该上进些:我有许多工作要叫你做的。不过目前——嗯,务必要严守秘密。严,守,秘,密,记着这四个字。"

把对方的脸盯了一会儿,就打个手势结束了这场话:

"嗯,就这么办。"

他匆匆忙忙又回到外面的茶座里,对那些茶客谈了一点消息。他知道得很多。例如敌国的面积有多大,火山有多少,大地震每隔多少年就得发生一次:他全部有个数。他预言这回敌国又得来一个山崩地裂,大火三月不息。他看看大家的面部表情,就加了一句:

"这真是天报应——要讲句迷信的话。"

还有呢,英国跟法国已经派出了军舰,帮我们进攻敌国,要把他们的京城打个屎烂。只是他还没有打听出到底战斗舰是多少,巡洋舰是多少。

这么耐心耐意讲述过了,他这就反复地叮咛人家:

"这都是军事上的秘密,乱讲不得的。顶好一个字也莫露出去。"

茶店里——这里那里都有人低着嗓子议论起来;好像蜜蜂样地嗡嗡,还夹着咝咝的声音。那位谭九先生倒满不在乎地抽起他的水烟来了,一面不住地用手在身上掸灰。只是有时候偶然搭一两句嘴:

"唵,所以啰,所以啰,这就叫作踏平三岛啊。"

为了怕那些隔得远一点的茶座上没听清这些消息,他赶紧放下水烟袋塞过去了。

他是十一点半钟到那个学校里去的。一进门就看见有两个生客——都挂着什么机关里的证章,站在院子里跟王老师和徐校长他们很客气地拉拉扯扯,看样子大概是学校里要留这两个客人吃中饭。

"这是什么人？"谭九先生想。

不过他还是带着很忙的样子走进去，而且把脚步踏得格外响些，好叫人家发觉。

"谭先生来得正好，"那位王老师点头招呼，走了过来，"这里正想做点子有益抗战的事情，要请谭先生参加的。"

这位谭先生可吃了一惊：

"怎么？你们已经就筹备起来了啊？"

他刚才那种忙迫劲儿——如今就一下子凝成了冰似的，叫他感到了一阵冷气。

王老师指指那两个生客：

"那两位先生是民众教育馆的，跟我们讨论过……"

"唉，糟了！怎样这样性急呢？"谭九先生很着急地打断了对方的话，"我简直没听见讲起。真是意想不到！……嗯，到底筹备一些什么工作呢？"

王老师一面把谭九先生让到那一间办公室里去，一面告诉他这是怎么回事。原来民众教育馆派人到这里学校来接头，想要在这镇上举行一次防空演习，对大家讲点战时常识，另外还要办点东西慰劳出征军人家属。

"预备演一次戏，"王老师很平板地往下说，"县教育局跟县立乡师都会有人来参加。"

每逢王老师说一句，谭九先生就轻轻摇一次头。这里他就又像是应着又像是叹息，在鼻孔里响了一声——

"嗯——！"

可是这时候王老师似乎发现他的同事们已经把那两位民教馆的客人留住了，就又说：

"我介绍谭先生跟那两位见见,好不好?"

"莫忙,莫忙!"他右手一扬,"呃,我试问你:搅了这一阵,只有这点点工作啊?另外总该还有一点吧?"

"倒也没有什么了。只还想出两份壁报,推定这位陈先生负责编辑。"

谭九先生不放心地看看那位陈先生——一个二十来岁的小伙子,穿一身旧学生装,正坐在一张桌边画着什么表格。一听见有人提到他,就起一起身,带着副忸怩样子向谭九先生打个招呼。看来也不是个什么行脚。

沉默了一会儿之后,谭九先生用大拇指摸摸食指上的石灰指甲,嘴里咽下了一口唾涎:

"但是这些路径——呃,这些工作——由哪个来领衔呢?"

别人似乎一时明白不了他的意思,他就又换了一个讲法:"这些工作是哪个编派的呢?"

"大前天,民教馆的人邀我们去商量了一回,就是这么大致决定了。"

"嗨,这就太——太那个了!"谭九先生又摇摇头,叹了一口气,"你想呢,民教馆那几位并不是我们镇上的,他们只是个客人,怎么倒要他们来做主呢?这岂不是滑天下之大稽——啊?讲出去真要笑死外国人。我们镇上当真就没得个人了?"

"镇上有许多人参加。令叔也来的。"

谭九先生猛地跳了起来。

"什么!十一太公也参加!"他急得直顿脚,"唉,拐了场!拐了场!"

"怎么?"

"他是土豪劣绅呀,他是!"

那位陈先生看了看王老师,动动嘴刚要开口,谭九先生可轻蔑地瞅了他一眼,赶紧抢着说了起来,声音提得很高,屋子里嗡嗡地起了回声:

"我们固然是要全民抗战,男女老少都要合作——不错,自然要合作。这个路径我向来最主张,我早就极赞成的,你去问梅老十就晓得。我见一个就讲一个:如今你跟我要联合起来打倒日本。我想你也晓得这是我整个的主义。然而——然而——嗯,土豪劣绅!那不行!十一老官是我的叔叔,照家族主义讲来,我本该拥护他。但是我是个讲国族主义的,想必你也不反对这个主义。我要爱国,为得——为得——要——要要——要抗战!那我那我——大义灭亲!俺,不客气!"

"呃,谭先生。"王老师晃了晃手,好像有点窘了的样子,"呃,呃。"

"我反对!我反对!"

王老师把眼镜取下来揩了揩又戴上去。他讲起话来总是板板的。他说十一太公帮了不少的忙:亲自去对这里商会的人解释防空演习的意思,劝大家到那天要依交通管制。他老先生还答允出面来募捐,好在慰劳出征军人家属的时候多办点东西。

"他老先生是很热心的。"

"哼,热心!"——谭九先生精疲力竭了似的坐下来,摇着脑袋。

不知道是因为空气不好还是怎么,他觉得有点发闷,不知不觉嘘了一口长气。屋子里似乎越来越暗,叫他忽然感到自己是在一个什么陌生地方,连王老师也成了个陌生人,于是他又嘘一口气。他想要站起来走动走动。他觉得这里的空气变得重甸甸地压到他身上了。

他想，十一老官一出场，就连老王也都倒了过去，他谭九先生的人越搅越少……

"我反对！"他嚷，"我反对！"

院子里那批先生们——什么时候已经都走进了办公室，他竟没有留意。这屋子里就起了高高低低的话声，还夹着王老师的嗓音，而那个小伙子陈先生也帮着说一两句。他们都在这里设法使谭九先生息怒。

"不是！不是！"谭九先生格外起劲了点，调门儿也给打高了许多，"我决不是为私。我是看见抗敌工作要紧，老实话。如今竟把腐化分子都扯进来做工作了——没得一眼屎新知识，头脑又顽固得要死，这这——唉！我怎么能赞成呢，试问！讲句不怕丢丑的话，我们家叔实在——"

他痛心地叹了一口长气。

经大家劝了几句，那位徐校长还留他在学校里吃饭，他才渐渐平静下来。上桌的时候他还跟民教馆的两位先生让了好一会座，一面又招呼徐校长：

"怎么？还打了酒？唉，真是！"

这才轻快了起来，有说有笑的了。他还很熟练地运用了学校里的"二人三箸制"——他是常常在这里吃饭的。他谈起用公共筷子的卫生，呷了一口酒之后，又谈到地方上的迷信。他冲着民教馆那两位先生发议论，他认为一般人做什么事都要看日子，真是可笑。

"那就——你跟我如今要做抗敌工作，又怎样看日子呢？黄历上还没有这些新名词：'宜开会'，或者'宜工作'……"

说了就打哈哈，连脸都涨得通红。他看看人家响应得不怎么够劲，这就补充了几句正经话：

"黄历呀——简直猫屁不通。什么——什么——'雀入大水为蛤',这怎么解呢?雀子到了水里,怎么会变蛤呢?嗯,你跟我用科学的眼光看起来,无论如何是不通的。"

然而他可并没有忘记工作。下午趁没有上课之前,他又跟王老师谈了一谈。他用右手食指在空中指点着,叫人家不要上谭十一太公的当:那个老头表面上是为公,实地里是为私。在这次抽调壮丁的那件事上,他老先生竟暗中找些人去冒名顶替,从中揩油水哩。这里谭九先生虽然把声调放得很平静,可是他打了一个斩钉截铁的手势——主张赶快成立一个抗敌大会,来调查这些勾当。他从王老师手里接过一支哈德门来,点上了火,又说:

"这个大会是个法团,跟县政府自必是平行的,嗯,彼此用公函。至于省里——至于省里——隶属倒也不隶属,不过我们宁肯客气些,送省里的公事怕要用个呈文才合适,你看呢?极不堪也该搅个咨呈,你说是不?"

对方老是看着他那个正在指点着的石灰指甲,大概是在那里想答辞。

"哦,真的!"谭九先生用力地拍一下烟灰,"大会里总要选出几个委员来。还要分部工作,一部总也要一个部长。我们该把这个人选问题商量一下子。这倒是个第一要紧的路径:人选马虎不得。你看如何?"

王老师搔了搔头皮,似乎他根本没有想到这个问题上面去,一下子不好怎样搭嘴。

"那么——"谭九先生轻蔑地瞅了他一眼,"那么跟大家商量一下看吧。"

可是他们好像都不大热心,只让谭九先生一个人哇啦哇啦,谁也不来附议。连上课的铃声都似乎在那里叫"我——不管!我——不管!"孩子们都噼里啪啦跑到教室,连他的细毛伢子在内,叽叽呱呱嚷着,好像在议论他谭九先生多事似的。

他觉得这庙宇改成的校舍总有点什么别扭。听说这里从前有个香火老头①吊死过,如今就连先生们的脸上都有点阴森森的,并且显得死板——再也莫想说得动。

"这批不识抬举的家伙!"他肚子里说。

一看见王老师夹了一大叠作文簿要去上课,他一手把别人拽住:

"老王,老王,你们要给我一个最后答复——到底你们依不依我的意见。要是要是——唉,如果你们不依我的,那我就只好不探不问了。到那个时候,你们莫怪我消极。"

他紧瞧着别人的脸。看来王老师一时决不会有圆满的答复,他于是很慷慨地加了一句:

"这样子吧:你们去考虑考虑,明后日答复我,嗯?"

王老师刚要脱身,可又被他拖住。

"呃,我问你。那个陈——陈他——那个陈先生——他程度还要得不?他是个什么出身?"

"他是省立一师的。"

"哦,一个师范生!"他想了一想,"他编壁报——嗯,壁报固然是一个小工作,没什么了不得的事做,不过倒也马虎不得,你说是不?此所以——此所以——呃,他到底还行不?总莫闹笑话才好,顶起码的话。老王你要看住下子,唵?"

街上有好几处都贴上了壁报:录了一些报纸上的消息,还有关于防空的文字和图画。那位徐校长跟谭十一太公还联名请了一回客,商量防空演习以及慰劳出征军人家属和演戏的事。

---

① 香火老头,寺庙里的杂役工。

谭九先生也接到了一份请束,可是他没有去。

"如今还不是我出山的时候。这些小工作等十一太公去唱好了。我懒得去搅!"

他躺在宝庆皮椅上,随手拖一本《湘军志》来翻翻。他偏不去跟他们见面,看他们能做出个什么事来!

"嗯,真是古怪!"他一个人嘟哝着,"连土豪劣绅也来做抗敌工作了,哼!"

太太正在替细毛伢子上袜底,听着吃了一惊,连忙停了手抬起脸来,压低嗓子问:

"怎么,又要闹打土豪劣绅了啊?"

丈夫把手里的书一摔,皱紧了眉:

"你晓得个屁!"

他嘘了一口气,用手摸摸脸。眼睛老盯着门口那张黄纸朱笔写的倒贴着的"茶"字——这正是他自己的亲笔,不过那天故意写得粗些,叫人看来就不像是他的字。

"真没得搅首,连十一太公也来合作了。"

太太把眉毛一扬,十一太公——那她早就看穿了那个老家伙的。怪只怪她丈夫怎么不放厉害点儿。哼,看吧,如今地方上的人有事多半去找十一太公,不来请教谭九。这简直是抢人的买卖!于是她把下唇一撇,摸不清她到底是鄙薄十一太公,还是嫌谭九先生不中用。

随后她放低了声音:

"新屋里的刘老官在十一太公那里籴到了谷子了哪:三块二。你看十一老官蠢呀不蠢——就这样粜给他!!"

"等他去粜!干我的屁事!"

可是太太总忍不住要谈点新闻:

"梁家大屋里二伢子已经编了队,明日就要开到省城去了。"

"怎么?他不是已经找到了个替身?"

"哼,还讲替身哩!"她把针在自己头发上抹了两抹,"哪个要他去找十一太公嘛。偏生十一太公不探这些闲事,碰个大钉子。二伢子还不是要去当兵?"

"活该!"

他站了起来。走到书架面前,又踅到插信袋的地方。然后踱出去,反着两手站在黄土阶沿上,心不在焉地瞧着那些鸡啄食。他吐了一口唾沫。他为了要捺住他那一肚子的无名火气,就决计来想一点别的事。

那些知识分子怎么不来找他呢——他想。他们全都去拥护那个土豪劣绅去了吗?

"活该!等他们去瞎搅好了。"他嘴抿得紧紧地冷笑着,"梁家大屋二伢子已经吃了他的亏,老王他们也会——嗯!"

这回的防空演习一定做不通的。演戏呢,也一定会弄得一塌糊涂,台底下的人都喝着倒彩,一个个把茶壶茶杯摔上台去,"嗤!嗤!""咚!……"

唉,糟得很。

"他们都是些粗人。一个不来神还要打架。嗯,从此以后——十一老官的名誉也扫了地,你看吧。"

他又吐了一口唾沫。刚刚打算拿支纸煤子到火笼里去点火,可是忽然又想要出去一趟。

"九嫂,把那驼绒夹袍拿出来,快些!"

他换衣服的时候,无意似的把黄历翻开来看了一眼。五分钟之后——他一到了清风阁,就把梅十刨子的水烟袋捧了起来。

"呃,十刨子,"他盯着烟斗抽烟,眼成了斗鸡眼,"梁家大屋那个老二——并没找麻牙子替他噢?"

"是嘛。麻牙子替他舅舅担货去了,他怎么会替人去当兵?"

"怎么那天你讲……"

"没那个事,没那个事!"梅十刨子瞅他一眼,仿佛怪他无中生有似的,"呃,讲个正经话。你讲的那个什么大会——到底怎样了?你答允替我搅个委员,你又连不上劲。"

谭九先生正吹着了纸煤要抽烟,这里噗的一下把它吹熄:

"不替你搅的不是人!我还想要你主持一个部:你跟我这边的人,总要搅点名堂到手。别个来搅,那就——哼,总叫你放不得心。"

并且他已经想得很周到,他打算叫梅十刨子来主持那调查敌货的那一部工作:这个路径常常有罚款收进来,他决不能叫一不相干的人去管这有银钱出入的事。

"不过如今他们这些搅法——我是根本反对的。我也懒得去探他们的事。你还是稍微稳住下子再讲:横竖等下子就有你跟我的日子。暂时你跟我看着吧,他们这下子要不搅个稀糟我就不信!"

一面说,一面不放心地看看四面,声音也放低了些。不过别的茶客们还是听得见,他们一个个凑过脑袋来。

"怎么?"一个人问,"出了什么落壳?"

大家都静静地等他回答。所有的视线一齐到了他那张方脸上。他没那回事似的坐下来,微笑了一下:

"没什么。"

停了一会儿。他发觉他们对这个问题不大关心,没有谁再钉着问他下去,他就失望地想:

"嗨,这里的民众真落伍!"

"落壳总会要出几个的,你看吧!"——这回他把声音提高了点儿，脑袋在空中画了个圈。接着装上一斗烟，用粗粗的手指在烟袋嘴上抹了一抹递给梅十刨子，这就坐下来掸掸衣上的纸灰。"讲起来呢，又像是破坏人家名誉。而其实——其实——他们都是假公济私。有几个真爱国的，我试问你？"

他听见茶客里有人提起演戏的事，他就笑了一笑：

"这不过是文明戏，你当是什么好戏班子啵。没得一点看首，尽是些扯白屁的家伙。"

想了一想，又一连摇了好几次头——"看不得，看不得。"他瞧了瞧梅十刨子，又看看这个，看看那个。等了会儿，他就自动说明出来，脸色也变得极其严肃了：

"大家要留神些。他们这回有阴谋，嗯。"

"什么？"有人问。

谭九先生移移屁股坐正，拼命装出一副平淡的样子：

"还有什么讲的？左右不过是搅钱的阴谋。捐了地方上的款子好上他们的荷包。"

"这回没派捐呀。"有谁插嘴。

"好，好，那你放放心心去看戏就是，"谭九先生冷笑着，"你也不想——他们无缘无故怎么要唱文明戏。他们都是蠢宝，是不是？他们自己打荷包里拿出钱，贴了老本，专诚唱一台戏来请你看看，他们就这样跟你要好，是不是？"

说着大笑起来。一会儿可又收了笑容：

"嗯，你去看戏啰。你一走进了那里，人家带两个枪兵来，当场派捐，叫你写二十担谷。你不写不行，嗯。你想跑也跑不脱，门口有枪兵守着。"

有谁叹了一口气。跟着来的是低声的议论。还有那个杨大猛子竟在跟人争辩着什么，隐隐约约还听见"谭九""谭九"的。靠上首那桌响起了一位老太爷带痰的话声，说要是没有学校就不至于闹出这许多名堂来。

谭九先生马上转过脸去：

"落实讲，这倒并不怪学堂立不得。我们细毛伢子——明年我想叫他退学，到城里上学去。"

于是他站起来，很快地扫了大家一眼。他认为这是个教育问题，不过他现在没有工夫细谈。他掸掸身上，对梅十刨子打个眼色，咕噜了一句"真落伍"就走到杨大猛子那张桌边坐下，谈了十来分钟，很忙地走开了。

杨大猛子告诉了他一个消息，使他心头好像压着一块石板一样。原来王老师跟十一太公他们——竟议论到地方上囤谷子的人。他们还要在壁报上谈这些事哩，听说。

"好得很，好得很！"谭九先生紧紧咬着下唇，咬得泛了白色，"哼，他们竟讲起老子的空话来！"

街上的行人跟手推车照常挤着喊着，他们仿佛故意拦着他的路，叫他走不顺畅。他粗手粗脚推开前面的担子，又把一个老太婆撞得跌跌摇摇的，他一个劲儿往北冲。

他连自己也不知道怎么一来到了那学校里，路上的熟人跟他打招呼，他也没有瞧见。

"好哇好哇！"他咬着牙狞笑着，"人家忙得要死的在这里做工作，你们倒在背后攻击人家！"

王老师正忙着帮陈先生弄壁报，拿笔蘸着红墨水在报纸上打记号，无名指上沾上了许多红的。他诧异地瞧着这位来客，眼镜里那双小眼睛也张大了：

"攻击什么？"

谭九先生脸上发了热，两手在暗地里抓紧着拳，连舌头都打起结来：

"你们——你们——嗯！你们——"

那个姓陈的小伙子听见声音走了进来，一面用个纸团子在擦手指。谭九先生瞟了他一眼，又瞪着王老师，嘴角一抽一抽地在那里动。

"莫装作这样子！"他叫，"我问你，你们讲过没有——什么谷子不谷子的……人家有没有谷子干你们的屁事，要你们来讲！……你们是什么东西，我问你！你们是什么东西！"

"什么谷子？你说什么？"

"哼，装呆！你们是不是讲过——什么囤不囤谷子……"

倒是那位陈先生想了起来：

"哦，是的！我们看见报上有一篇文章——讲战时粮食统制问题的，想在壁报上转载一下。这篇文章顺带谈到粮食统制可以防止囤积居奇，哪个攻击了谭先生呢？"

谭九先生退了一步。他咬着牙叫了一声"杂种"就往外冲。到了门外他才想起还有些话没发泄干净。他打转身的时候拼命忍住他的狂怒，声音给弄得哆嗦着：

"好得很！你们倒来这一手！人家推诚布公跟你们一起讨论，忙又忙得要死，哪个晓得——哪个晓得——你们背后破坏我！……嗯，我不怕，我不怕！你们无非要使起大家来反对我，好得很！我等着！我倒要看看你们的手段看！……噢，你们当我是个蠢宝啊？其实我都晓得，都晓得！你们要排挤我，是不是？好，看哪个狠！"

他不等别人有开口的机会，一掉脸就走。一面从牙缝里挤出了呲呲的声音：

"哼，人家处置自己的谷子也要讲空话！娘卖肠子的！——你们配叫作知识分子！"

于是他回家躺到宝庆皮椅上，把左腿搁上了搁手。

"我不合作，我不合作！"他斩钉截铁地说，"我的茶呢，我的茶呢？真不晓得你过些什么日子——到这个时候还没得开水！"

太太在太阳穴上贴着头昏膏药，眼睛也蒙蒙的，好像没睡足觉。可是她头脑还很精明，什么事都记得清清楚楚。

"刚才长松来过，"她一个字一个字地报告着，"他讲你答允他有个什么工作，他特为来问个讯……"

谭九先生咆哮起来：

"做他娘的梦！——工作！娘卖肠子的这个瘟地方！——简直没有搅头，顽固腐化得到了这个化境！……哪个再问起这句话的——我要结结实实捶他一顿！"

（作于1937年11月初）

华威先生

转弯抹角算起来——他算是我的一个亲戚。我叫他"华威先生"。他觉得这种称呼不大好。

"哎，你真是！"他说，"为什么一定要个'先生'呢。你应当叫我'威弟'。再不然叫'阿威'。"

把这件事交涉过了之后，他立刻戴上了帽子：

"我们改日再谈好不好？我总想畅畅快快跟你谈一次——唉，可总是没有时间。今天刘主任起草了一个县长公余工作方案，硬叫我参加意见，叫我替他修改。三点钟又还有一个集会。"

这里他摇摇头，没奈何地苦笑了一下。他声明他并不怕吃苦：在抗战时期，大家都应当苦一点。不过——时间总要够支配呀。

"王委员又打了三个电报来，硬要请我到汉口去一趟。这里全省文化界抗敌总会又成立了，一切抗战工作都要领导起来才行。我怎么跑得开呢，我的天！"

于是匆匆忙忙跟我握了握手，跨上他的包车。

他永远挟着他的公文皮包，并且永远带着他那根老粗老粗的黑油油的手杖。左手无名指上戴着他的结婚戒指。拿着雪茄的时候就叫这根无名指微微地弯着，而小指跷得高高的，构成一朵兰花的图样。

这个城市里的黄包车谁都不作兴跑，一脚一脚挺踏实地踱着，好像饭后千步似的。可是包车例外：叮当，叮当，叮当，——一下子就抢到了前面。黄包车立刻就得往左边躲开，小推车马上打斜，担子很快地就让到路边，行人赶紧就避到两旁的店铺里去。

包车踏铃不断地响着。钢丝在闪着亮。还来不及看清楚——它就跑得老远老远的了，像闪电一样快。

而——据这里有几位抗战工作者的上层分子的统计——跑得顶快的是那位华威先生的包车。

他的时间很要紧。他说过——

"我恨不得取消晚上睡觉的制度。我还希望一天不止二十四小时。抗战工作实在太多了。"

接着掏出表来看一看，他那一脸丰满的肌肉立刻紧张了起来。眉毛皱着，嘴唇使劲撮着，好像他在把全身的精力都要收敛到脸上似的。他立刻就走：他要到难民救济会去开会。

照例——会场里的人全到齐了坐在那里等着他。他在门口下车的时候总得顺便把踏铃踏它一下：叮！

同志们彼此看着：嗯，华威先生到会了。有几位透了一口气。有几位可就拉长了脸瞧着会场门口。有一位甚至于要准备决斗似的——抓着拳头瞪着眼。

华威先生的态度很庄严，用一种从容的步子走进去，他先前那副忙劲儿好像被他自己的庄严态度消解掉了。他在门口稍微停了一会儿，让大家好把他看个清楚，仿佛要唤起同志们的一种信任心，仿佛要给同志们一种担保——什么困难的大事也都可以放下心来。他并且还点点头。他眼睛并不对着谁，只看着天花板。他是在对整个集体打招呼。

会场里很静。会议就要开始。有谁在那里翻着什么纸张，窸窸窣窣的。

华威先生很客气地坐到一个冷角落里，离主席位子顶远的一角。他不大肯当主席。

"我不能当主席，"他拿着一支雪茄烟打手势，"工人抗战工作协会的指导部今天开常会。通俗文艺研究会的会议也是今天。伤兵工作团也要去的，等一下。你们知道我的时间不够支配，只容许我在这里讨论十分钟。我不能当主席。我想推举刘同志当主席。"

说了就在嘴角上闪起一丝微笑，轻轻地拍几下手板。

主席报告的时候，华威先生不断地在那里刮洋火点他的烟。把表放在面前，时不时像计算什么似的看看它。

"我提议！"他大声说，"我们的时间是很宝贵的：我希望主席尽可能报告得简单一点。我希望主席能够在两分钟之内报告完。"

他刮了两分钟洋火之后，猛地站了起来，对那正在哇啦哇啦的主席摆摆手：

"好了，好了。虽然主席没有报告完，我已经明白了。我现在还要赴别的会，让我先发表一点意见。"

停了一停。抽两口雪茄，扫了大家一眼。

"我的意见很简单，只有两点。"他舔舔嘴唇，"第一点，就是——每个工作人员不能够怠工。而是相反，要加紧工作。这一点不必多说，你们都是很努力的青年，你们都能热心工作。我很感谢你们。但是还有一点——你们时时刻刻不能忘记，那就是我要说的第二点。"

他又抽了两口烟，嘴里吐出来的可只有热气。这就又刮了一根洋火。

"这第二点呢就是：青年工作人员要认定一个领导中心。你们只有在这一个领导中心的领导之下，抗战工作才能够展开。青年是努力的，是热心的，但是因为理解不够，工作经验不够，常常容易犯错误。要是上面没有一个领导中心，往往要弄得不可收拾。"

瞧瞧所有的脸色，他脸上的肌肉耸动了一下——表示一种微笑。他往下说：

"你们都是青年同志，所以我说得很坦白，很不客气。大家都要做抗战工作，没有什么客气可讲。我想你们诸位青年同志一定会接受我的意见。我很感激你们。好了，抱歉得很，我要先走一步。"

把帽子一戴，把皮包一挟，瞧着天花板点点头，挺着肚子走了出去。

到门口可又想起了一件什么事。他把当主席的同志拽开，小声儿谈了几句。

"你们工作——有什么困难没有？"他问。

"我刚才的报告提到了这一点，我们……"

华威先生伸出个食指顶着主席的胸脯：

"嗯，嗯，嗯。我知道我知道。我没有多余的时间来谈这件事。以后——你们凡是想到的工作计划，你们可以到我家里去找我商量。"

坐在主席旁边那个长头发青年注意地看着他们，现在可忍不住插嘴了：

"星期三我们到华先生家里去过三次，华先生不在家……"

那位华先生冷冷地瞅他一眼，带着鼻音哼了一句——"嗯，我有别的事。"又对主席低声说下去：

"要是我不在家,你们跟密司黄接头也可以。密司黄知道我的意见,她可以告诉你们。"

密司黄就是他的太太。他对第三者说起她来,总是这么称呼她的。

他交代过了这才真的走开。这就到了通俗文艺研究会的会场。他发现别人已经在那里开会,正有一个人在那里发表意见。他坐了下来,点着了雪茄,不高兴地拍了三下手板。

"主席!"他叫,"我因为今天另外还有一个集会,我不能等到终席。我现在有点意见,想要先提出来。"

于是他发表了两点意见:第一,他告诉大家——在座的人都是当地的文化人,文化人的工作是很重要的,应当加紧地做去。第二,文化人应当认清一个领导中心,文化人在文抗会的领导中心的领导之下团结起来,统一起来。

五点三刻,他到了文化界抗敌总会的会议室。

这回他脸上堆上了笑容,并且对每一个人点头。

"对不住得很,对不住得很:迟到了三刻钟。"

主席对他微笑一下,他还笑着伸了伸舌头,好像闯了祸怕挨骂似的。他四面瞧瞧形势,就拣在一个小胡子的旁边坐下来。

他带着很机密很严重的脸色——小声儿问那个小胡子:

"昨晚你喝醉了没有?"

"还好,不过头有点子晕。你呢?"

"我啊——我不该喝了那三杯猛酒,"他严肃地说,"尤其是汾酒,我不能猛喝。刘主任硬要我干掉——嗨,一回家就睡倒了。密司黄说要跟刘主任去算账呢:要质问他为什么要把我灌醉。你看!"

一谈了这些,他赶紧打开皮包,拿出一张纸条——写几个字递给了主席。

"请你稍微等一等，"主席打断了一个正在发言的人的话，"华威先生还有别的事情要走。现在他有点意见，要求先让他发表。"

华威先生点点头站了起来。

"主席！"腰板微微地一弯，"各位先生！"腰板微微地一弯，"兄弟首先要请求各位原谅：我到会迟了点，而又要提前退席……"

随后他说出了他的意见。他声明——这文化界抗敌总会的常务理事会，是一切救亡工作的领导机关，应该时时刻刻起领导中心作用。

"群众是复杂的。工作又很多。我们要是不能起领导作用，那就很危险，很危险。事实上，此地各方面的工作也非有个领导中心不可。我们的担子真是太重了，但是我们不怕怎样的艰苦，也要把这担子担起来。"

他反复地说明了领导中心作用的重要，这就戴起帽子去赴一个宴会。他每天都这么忙着。要到刘主任那里去联络。要到各学校去演讲。要到各团体去开会。而且每天——不是别人请他吃饭，就是他请别人吃饭。

华威太太每次遇到我，总是代替华威先生诉苦。

"唉，他真苦死了！工作这么多，连吃饭的工夫都没有。"

"他不可以少管一点，专门去做某一种工作吗？"我问。

"怎么行呢？许多工作都要他去领导呀。"

可是有一次，华威先生简直吃了一大惊。妇女界有些人组织了一个战时保婴会，竟没有去找他！

他开始打听，调查。他设法把一个负责人找来。

"我知道你们委员会已经选出来了。我想还可以多添加几个。由我们文化界抗敌总会派人来参加。"

他看见对方在那里踌躇，他把下巴挂了下来：

"问题是在这一点:你们委员是不是能够真正领导这工作?你能不能够对我担保——你们会内没有汉奸,没有不良分子?你能不能担保——你们以后工作不至于错误,不至于怠工?你能不能担保,你能不能?你能够担保的话,那我要请你写个书面的东西,给我们文抗会常务理事会。以后万一——如果你们的工作出了毛病,那你就要负责。"

接着他又声明:这并不是他自己的意思。他不过是一个执行者。这里他食指点点对方胸脯:

"如果我刚才说的那些你们办不到,那不是就成了非法团体了吗?"

这么谈判了两次,华威先生当了战时保婴会的委员。于是在委员会开会的时候,华威先生挟着皮包去坐这么五分钟,发表了一两点意见就跨上了包车。

有一天他请我吃晚饭。他说因为家乡带来了一块腊肉。

我到他家里的时候,他正在那里对两个学生样的人发脾气。他们都挂着文化界抗敌总会的徽章。

"你昨天为什么不去,为什么不去?"他吼着,"我叫你拖几个人去的。但是我在台上一开始演讲,一看——连你都没有去听!我真不懂你们干了些什么?"

"昨天——我去出席日本问题座谈会的。"

华威先生猛地跳起来了:

"什么!什么!日本问题座谈会?怎么我不知道,怎么不告诉我?"

"我们那天部务会议决议了的。我来找过华先生,华先生又是不在家——"

"好啊,你们秘密行动!"他瞪着眼,"你老实告诉我——这个座谈会到底是什么背景,你老实告诉我!"

对方似乎也动了火:

"什么背景呢,都是中华民族!部务会议议决的,怎么是秘密行动呢。……华先生又不到会,开会也不终席,来找又找不到……我们总不能把部里的工作停顿起来。"

"混蛋!"他咬着牙,嘴唇在颤抖着,"你们小心!你们,哼,你们!你们!……"他倒到在了沙发上,嘴巴痛苦地抽得歪着。"妈的!这个这个——你们青年!……"

五分钟之后他抬起头来,害怕地四面看一看。那两个客人已经走了。他叹一口长气,对我说:

"唉,你看你看!现在的青年怎么办,现在的青年!"

这晚他没命地喝了许多酒,嘴里啦啦地骂着那些小伙子。他打碎了一只茶杯。密司黄扶着他上了床,他忽然打个寒噤说:

"明天十点钟有个集会……"

(原载1938年4月16日《文艺阵地》半月刊第1卷第1期)

"新生"

　　那位李先生刚到这中学校来找潘校长的时候,许多教师和学生都吃了一惊:怎么,这就是那位作家兼艺术家的李逸漠先生吗?

　　他那件重甸甸的中装大衣,他那两口重甸甸的小皮箱,都是灰扑扑的样子。他身子又高又瘦,脸有点黑。他大概有两个星期没有刮脸:下巴上竖出了一根根的胡须梗子,一个四十来岁的人竟看得上有五十的年纪。连他那副近视眼镜——都显得给风尘沾黄了,好像那些整年不揩的玻璃窗一样。

　　你要是读过他几篇精致的小品文,你要是知道有一个刊物上称他作"最纯粹的艺术家",那你一定会觉得——他这副外貌跟他那些作品是怎么也调和不起来的。

　　然而李逸漠先生用一种很感慨的口气告诉了潘校长:

　　"以前种种譬如昨日死。老潘,我做了一个南柯大梦。如今可醒来了。我真要感谢日本强盗:要没有他的炮声震醒了我,我还在那里做隐士哩。"

谈到他家乡将失陷时候的情形，谈到他流亡出来的情形，他就说得很快，突出的颧骨上有点发红。有时候他忽然打住，好像一下记不起来似的。接着身子不安地动了一下，又性急地说了下去。老潘知道逸漠有满肚子的愤怒。可是老潘觉得他这老朋友平常修养得太和平，太不会使性子，现在要发脾气都不知道怎么发法，看来只是表现了急躁。

李逸漠在敌人离家乡只有六七十里的时候，带着他太太和女儿跑了出来。他平素每年能收七百担租谷，今年可完了。他把她们母女俩安顿在岳家——在浙江南部一个什么乡下。他一个人跑到这里来找老朋友。

"陪太太隐在乡下有什么意思呢。我是决定了的：我要到这后方来做点工作。我要开始我的——我的新生！"

他知道这里高中部出了四小时图画课的缺，就答允担任了这一门课：他认为他应当附带找这么一个职业。

"哎呀，"老潘一半开玩笑一半认真地微笑着，"你居然肯在我们这学校里代课，我真觉得有点惶恐的样子……"

可是逸漠先生庄严地站了起来：

"笑话！……现在的逸漠不是过去的逸漠。过去的逸漠在那里学陶潜，而现在的逸漠呢——是墨翟。我要工作，我要吃苦。千千万万的人都在那里受苦受难，而我——而我——事实上当中学教员也算不了苦。我连小学教员都肯当！"

于是老潘把校园里那间疗养室拨出来——请逸漠先生住进去。于是逸漠先生开始了他的新的生活。他参加这学校里的一个文艺团体做指导，并且替他们办的一个小周刊写了点文章。他还打算画些画，有宣传意义的画。

"我们应当向所有的人宣传。"他很性急地对学生们说，手指莫名其妙地乱动着,"我们要告诉全世界——我们中国怎样的正直,宽大,和平。而敌人呢——兽性,残忍。我们不单是为我们国家的存亡而奋斗,并且是为人类的庄严而奋斗。"

他不安地在图画教室里走来走去,好像要寻找什么东西似的。他全身的力气全都聚在他那只右手上,一把抓着拳头一会儿又放开。他脸上有点发热。鼻尖子那里有种很奇怪的感觉,仿佛预示他要沁出眼泪的样子。

几个学生都紧瞧着他。他扫了他们一眼:他视线一碰到他们的每一双眼睛——他觉得似乎竟撞出了一种响声。于是他躲避似的走到窗子跟前,对外面看了四五分钟。

这里的天气总是这么恶劣:黑云凝成了一块铅板似的压在你头上。校园里的枯树枝上缀着些乌鸦,在冷风里面摇晃着。现在还不到五点钟,屋子里已经很黑了。可是天空里还透出了一线青灰色的冷光,瞧着叫人忍不住要打寒噤。

忽然,他想到他的家乡:他每逢工作得疲倦了,总得在他书斋的窗边站这么一会,看看那个精致的小园子。他记得那个金鱼池里的青苔——就是到了冬天都也碧绿的。

"那棵蜡梅总已经开了花吧。"他对自己说。

他怕人家会看穿他的心事似的——向旁边一个学生瞟了一眼,马上叉着手来校正自己的思想。他很冷静地告诉自己:在这么一个苦难的大时代里,谁也不能够再贪图他过去那种舒服的生活,谁也不能关起门过他的清闲日子了。

而这里呢,完全是一种新环境。

可是他没声没息地嘘了一口长气。连他自己都不知道怎么回事——他总感到这新环境仿佛缺乏了一点儿什么东西。他觉得他受到了一种什么压迫,叫他的身心都活泼不起来。连他现在这满肚子人类的愤怒——也不是那种火热的愤怒,而变成了一种阴森森的东西,变成了一种跟忧郁掺和起来的东西……

为了要避开这些不快的感觉,他故意去想些别的事。

"真的,为什么一定要把四点钟课全部排在星期三下午呢?"

后面有哪个学生"嗤"的一声:不知道是发笑,还是擤鼻涕。他吃了一惊,慢慢转过头来。脸上带着一种不好意思的表情,好像一个自爱的孩子刚刚哭过,又在生客面前露了脸似的。

他搭讪着问:

"你们对于——呃,你们在课外画不画图画的?"

几个学生互相看看,笑了一笑。

"你们二三年级的图画是选修,"逸漠先生有点不大高兴地说,"你们既然选了这门课,当然,你们对于艺术是有点兴味的。不过我总希望你们多去画点宣传画贴到外面去,唤醒一般民众。只要画得人家看得懂就行,即使技术很幼稚也不要紧:横竖现在是——现在不是我们谈艺术的时候。现在艺术是没有用的。"

那几个学生又互相看看,大概在那里交换眼色。随后一个剪和尚头的学生把屁股稍为掀掀,来代替了起立:

"李先生,那么那些宣传画呢?——是不是艺术?"

"这不是艺术!"李先生带几分激动地答。

"是不是一切的宣传画都不是艺术?"

做先生的有点可怜那个学生。唉,连这也要问!不过他还是耐心耐意解释了一回,宣传品就是宣传品,绝不是艺术。他还再三再四地说明:目前我们所需要的——只是鼓励国人的东西,唤醒国人的东西。他用右手在空中砍着,渐渐地越说越快起来。

"我们以眼还眼,以牙还牙!敌人用大炮来轰我们,我们也用大炮去回答他们!现在顶伟大的是前线的抗战军人,而顶没有用的就是我们这些所谓艺术家。我们应当赶快暂时抛弃艺术,来做点每个中国人该做的工作……"

"李先生——"这回那个和尚头索性连身子都不欠一欠了,只坐在画架前面干叫,"那么柯勒惠支①的那些连环图画,苏联的许多木刻——都是有宣传意义的,那些东西算不算艺术呢?"

"这又是鲁迅的信徒!"李逸漠想。

他们师生互相盯着。一阵难堪的沉默。屋顶上有乌鸦飞过,"哇"的一声,好像它老早就在旁边偷听,现在可忍不住爆出了这么一声喊似的。

逸漠先生猜到他自己脸色上一定有点什么异样的反应,因为有一个学生发出了一声轻笑,而且向窗外瞅了一瞅。于是这位当先生的也拼命摆出一副微笑来,表示满不在乎。可是一开口——自己也觉得声调不太自然:

"关于这个问题,这个这个——嗯,这是一时说不清楚的。这个这个——一个美学上的问题。艺术之所以成为艺术……讲起来复杂得很。……你不妨在下课之后来找我,我慢慢地帮你弄明白。"

然而那个和尚头一直没来找过他。只是每逢星期三下午,总有几张漫画送给他看。那些问题呢——可绝口不提起了。

一般学生也都不大跟他接近:似乎是把他当作个大人物而不敢麻烦他,又似乎是看他不起。有时候有个把学生来请他替那个小刊物写文章,请教他要怎么编排才好看。他们总是一谈完了事务就走掉的。

他走过有学生的地方,常常听见后面有人说:

---

① 柯勒惠支(Käthe Kollwitz,1867—1945),德国进步的女版画家,所作多反映被压迫者的饥饿、流离、疾病、挣扎及奋起革命。

"这就是李逸漠。"——不知道到底是表示惊异，还是一种讽刺。

他们倒似乎很喜欢那位陈先生，那位教物理和数学的先生。那是个小个儿，脸上有几颗麻点。他管的事情很杂：又是什么座谈会，又是什么读书会，每星期六晚上还要到民众教育馆去讲一小时战时常识。他发表的那些文章也是多方面的——一会儿是谈达姆弹之类的通俗文字，一会儿又来一篇敌国的经济危机。他看见了逸漠先生，总是很恭敬地点点头。

老潘有好几次对逸漠先生谈起他：

"教师里面精神最好的是陈先生。人又热心，又虚心。他于社会科学很有修养，……你愿意跟他谈谈吗？"

"我想那位陈先生大概很苦的：他生活枯燥得很。"他停了会儿，嘴角上浮起了一抹微笑，"你大概很喜欢那种人吧：你们在生活上正是同调哩。"

真的。老潘在这张校长椅子上——一坐就是十九年。近来他干脆把家眷送到乡下，成天到晚都待在学校里，过着他的刻板日子。仿佛也只有这么一种生活才配得上这些灰色的校舍，才配得上这灰色的天似的，住在教职员宿舍里的七八位同事——全都是这么一副劲儿。

有一个星期六傍晚，逸漠先生到底忍不住了。他像梦游病样的走进校长室。

"老潘，你们这里简直有种古怪病。已经传染到我身上来了。这就是单调症。再不然就叫它灰色症。……我真闷得慌。……我们出去吃点酒吧。"

"好吧，"那个静静地点一点头，"不过我是不敢喝酒的：我有心脏病。……要不要再找个人陪陪你呢？——呃，找陈先生来好不好?"

"他会喝酒啊?"

校长先生苦笑着摇摇头,然后带着几分抱歉的脸色说:

"我们这学校里——哼,恐怕只有章老先生会喝几杯。……"

"就找他来吧,如何?他这个人有没有一点风趣?"

"风趣?"老潘笑了起来,"八个大字:语言无味,面目可憎。"

接着又用一种校长的口气谈到那位章老先生。那位老先生也许是个饱学之士,一笔字也写得挺好,可是绝对不是一个好国文教师。他严厉禁止学生用白话作文。有一次一个学生作文上有"目的"两个字,他老先生就大发脾气,在那两个字上打了一个大叉。

老潘摊开两只手在膝头上敲着:

"请你看看!——这样的师长!但是他在这里教了十六年!每年暑假你都不能解他的聘:这里有一位大绅士替他撑腰。这就是我们的神圣教育界!老实说,这里教育界的情形还算是好的哩。你有什么办法呢?——除非你根本不打算在社会上做点事。你要做事你就得迁就,低头,忍气!……"

李逸漠打了个哈欠,拿一根烟来点着,带一种怜悯的眼色看了老潘一眼。

"那位老先生够得上说百分之百的腐朽,"老潘可还要补充一句,"一跟他谈到时事,谈到抗战呢——他,简直就是汉奸理论!"

这晚一对朋友在一个馆子里坐了两个多钟头,逸漠先生一个人喝了一斤黄酒。他不断地端起那把锡壶对自己杯子里筛着,不断地啜着,他那张瘦脸越来越苍白了。

那一个担心他喝得太多的时候,他一把抓住了酒壶:

"老潘,我告诉你一个故事。有一个酒徒对人说:'热酒伤我的肺,冷酒伤我的肝,而不吃酒呢——伤我的心。我宁愿伤肺伤肝,而不愿伤我的心。'这个人真是最会生活的。……你们不会喝酒——我真替你们悲哀。"

于是他大声啜了一口,还咂了咂嘴,很舒服的样子把身子往椅背上一靠。一双眼睛很幸福地眯着,不过眼眶有点发红,叫人疑心他刚才哭过了的。

"起先我没有打算要吃这里的老酒,"他指指地下,"我想这里的老酒一定很糟糕。但是——而竟还可以。……老潘你倒尝一口看。你应当品一品这个味道。……"

那个给逼着喝了一点儿,很惭愧似的说:

"我从前倒还喝一点,不过也辨不出好不好。"

"这个——要比我们家乡的是比不上。我家里有九坛陈绍酒,据说是陈了六十年。六十年虽然不见得,三四十年大概差不多。我常常邀几个朋友到我们那个镇上来小住几天,随便谈谈,吃点酒。……我酒呢是吃不多的,我只是爱那吃酒时候的风趣。……呃,你在杭州也住过几天的,你进过酒店没有?"

"没有。"

"哎!你应当去坐一坐的!"逸漠先生兴奋地把手一扬,"那些酒客——那种那种——嗯,那才真是会吃酒。一块蘑菇豆腐干,两碗远年,他慢慢地品两个多钟头。……你不该不去了解了解那个趣味。"

他闭了眼睛,累了似的嘘一口气。他想起他家里那套专为他喝酒用的精致的瓷器。又想起他那盒图章,他那些书籍跟字画。忽然,他又记起他镇上那几位怪有风趣的画家、金石家——如今可不知道他们流亡到哪里去了。

他又嘘了一口气。他忍不住要说话,谈起他的家庭生活,谈起他那十三岁的女儿——她每逢他一喝酒,就得在桌边俯下身去,把她的嘴凑到他杯子上呷这么一口。而他的太太就在旁边带笑地骂：

"看这小鬼。"

老潘好像一个用功学生在教室里一样，耐心耐意听着。逸漠先生虽然猜到这些话对别人未必有什么兴味，可是他觉得身子里面积压着许多东西，不迸出来就不舒服。

可是他一阵头晕。他把胳膊放在桌沿上，额头伏了上去。

"醉了吧？"那个问，"我们就回去好不好？"

他摇摇头。

别的顾客都走掉了，静得不像是一个馆子。街上显然也不大有人走路，只有时候听见外面呼的一声响——打什么地方扫过去：叫人摸不清这到底是风还是汽车。

李逸漠忽然抬起头来：

"呃，老潘，你太太住在岳家呢，还是住在你自己家里？"

"自己家里。怎么？"

"那就好，那就好，"他喃喃地说，"世界上只有岳家是最讨厌的一类人。我不反对结婚。但是岳家——岳家——唉，我真怕他！"这里他把眼睛张大了些，"我要不是家乡失陷，就是讨饭也不把太太送回岳家去。我的岳家，岳家——从岳丈起，直到小内侄为止——没有一个不卑鄙龌龊，自私自利！全是些庸俗的家伙，没有一个像个人的！……她——她——一封信……发牢骚……诉苦……娘家住不惯……要来。……我怎么办呢，我！她们来了生活怎么办呢？她们做什么工作呢？不做工作——到这里有什么意思呢？……我要不是为得想做点工作，鬼才跑到这地方来！这里——这里——这样一个死城！一点没有生气！灰色！……"

他们是九点多钟回校的。街上的店家早已把排门关得紧紧的，好像要拒人于千里之外的样子。路灯怪可怜地发着幽幽的亮光，叫人觉得比没有灯还要黯惨些。

李逸漠一想到他自己住的那间房子——他的心就往下一沉。

一间孤零零的屋子。好像除开了他逸漠先生而外,这世界上就简直没有一个生物似的。四壁都粉成柠檬色,干干净净的显得更加单调。没有什么陈设,也没有什么装点,只有简简单单一点家具,一点必要文具,其余就该算到他那两口小皮箱。雪亮的电灯照在这么一间屋子里,叫人特别感到寒冷,感到寂寞。

就在这么一个环境里——他得开始他的"新生"!

这里他忽然伤心起来。他觉得他自己是孤独者,没有亲人,也没有朋友。谁都不来关切他,谁都不来照应他。这真是他有生以来头一次碰到的怪境遇。他小时候有母亲,有姊姊,后来有太太:都是一看见他的脸色就知道他要什么。他的一些好朋友也都聚集在他四面,把他当作一个中心。而现在呢?——

"我恐怕是在做梦……"他糊里糊涂地自言自语着。

他希望这一切都是一个梦。一醒来——还是在家里,在自己那张软绵绵的暖烘烘的床上。床旁边茶几上,已经放着一壶太太替他早就泡得浓浓的红茶,还有一听老炮台,一部《梅村家藏稿》①。他女儿就得拿一支烟送到他嘴边,替他点了火,并且孩子气地笑他:

"爸爸这一觉睡得好长久呀!"

仍旧照每天早晨一样——窗幔子打开了一大半,让外面的阳光照进来,稀稀疏疏的竹叶影子就斜在地板上,叫满屋子都带着一种清幽的绿意。他仍旧照例要躺在那里抽完一支烟,看了吴梅村几首

---

① 《梅村家藏稿》,吴伟业(1609—1672)作。伟业号梅村,明末清初诗人。其诗多寓身世之感,早期作品风华绮丽,明亡后多激荡苍凉之音。

诗，这才慢慢爬起来。

原来这个世界还跟他本人一样，照旧那么和平，一点火气都没有。

"那样静恬的世界，说是竟有战事发生，这真太不可想象……"他想，"这个梦真长。……不过，《南柯记》里那个卢生——嗯，梦里有几十年，……而其实，而其实——一下子。……"

他打了一个嗝儿，打袖子里掏出一块手绢来抹了抹嘴。他还坐在校长室里那张旧沙发上，不肯回自己屋子里去。校役们都已经睡了觉，老潘亲自替他到厨房里找开水去了。

于是他拼命去镇定他那昏乱了的脑筋，要把它弄得清醒些。他打算仔细去记一记——现在他这个梦是什么时候做起的。

卢沟桥事件一定只是一个梦境。……沪战就更加没有这回事。……

那么"九一八"呢？——这个他可要想想看。还有"一·二八"呢？我们中国就丢了这么四省，一点也不给那些暴行者一点打击吗？……这里他坚决地站了起来，用手绢使劲抹抹嘴，拿十分果断的精神告诉自己：

"不行！不行！'九一八'也实无其事，'一·二八'也实无其事。现在总还是——还是一九三一年九月以前……"

"替你沏了一壶浓茶，逸漠！"老潘很高兴样地走了进来，"你先吃一点八卦丹吧，怎么样？"

逸漠先生叹一口气，从那个手里接过一小片八卦丹来，不经意地放到了嘴里。他重新坐了下去。手指摸着右边太阳穴——正在那里一跳一跳的。他带着一种忏悔的神情告诉那位老朋友："刚才我真不知道想了些什么！我太敏感，太多幻想：近来我神经上似乎有点病态了。"

"你还是早点去睡吧。我看你喝得太多了。"

"那不相干,"他有点不耐烦地答,"你不懂得我——我的那个……"

看了看校长先生的脸,他收回了他的话锋。他俩还是"五四"时期在北京的时候做起朋友的,以后可就各有各的生活,各有各的发展。如今——逸漠先生认为他一眼就把老潘认识个彻头彻尾,而老潘对逸漠先生呢——根本就一点也不了解。

然而这全校,这全城——就只有老潘还陪他谈几句。他永远只对着老潘那张长长的老实的脸子,永远只听见老潘那副高亢的嗓音。这就好像叫你餐餐吃这一色菜,天天吃这一色菜,不许你换一换口味。他盼望有个把别的同事找找他,哪怕那位小个子陈先生也好,甚至于那位章老先生都欢迎。要不然——

"要不然我真会生胃病了。"

从这个星期以后,逸漠先生每天都要喝一点老酒,不是上馆子就是叫校役去打。而总是找老潘陪他。有一次,他竟几乎发脾气地大声问老潘:

"这里就简直找不出一个吃酒的人吗,除开那个什么章老先生?连学生里面也寻不出一个人来呀?连在校役里面也寻不出一个人来呀?"

跟那位小个子陈先生总算是认识了。那完全是个没有趣味的家伙,只知道忙着一些事务,只是跟他谈起怎么改进那个小周刊,只是要求他多给一点作品。一谈了正经事就恭恭敬敬点个头走掉,好像生怕人家抓着叫他喝酒似的!

"这究竟也是工作。"他告诉自己。

虽然他不大愉快,可到底也在酒后画了一帧漫画:一个军人跟老百姓牵着手在那里走路。他题好了标题——"军民合作",忽然又觉得有点惭愧的样子。他踌躇了一会,决计就这么不署名地交了出去。

"糟糕!糟糕!"——他一看见那刊物在他漫画下面印出了他的名字,就突然有种被人打了一个嘴巴似的感觉,"竟登出了我的真名字,那些混蛋!从此'逸漠'这两个字就不能见人……逸漠画出这样的画来。……嗨,真混蛋!真混蛋!……"

他觉得陈先生他们在故意破坏他。而那个剪和尚头的学生显然跟他们是一伙的。这次星期三在图画教室里——那个学生公然要求李先生再给点稿子哩。

"没有!"李先生冷冷地答,"我近来心境不好,什么也弄不出!"

一下了课——他就带着一种受了委屈的心情回到屋子里,在老炮台烟听子里拿出一支白金龙来,躺在床上抽着。一份当天的报纸簌地掉到了地上,他也没有去捡。这是他自己掏腰包定的一份报。学校里虽然有七八份报纸,可是全部陈列在阅报室里,总是好几十个人站在一起看。这个他可弄不惯。

学校里什么习惯都这么跟他合不来,好像故意跟他作对似的。厨子实在应当判他几年徒刑才对:老是那几样菜,老是那么淡而无味。逸漠先生不愿意在饭厅里跟大家一块儿吃,吩咐他们单开到他屋子里,他们就更加欺侮他,叫他一看见那份饭菜就生气。早起想要喝一点茶呢,总得费很大的劲才能够把校役喊来。而茶叶——他亲自去买来的,据说是顶好的祁门,泡出来只是一味的苦涩,没一点香味儿。

"真奇怪!"他把手里的烟一摔,"他们在这里居然生活得那样起劲,那样快活!"

他伸一个懒腰，起来呷了口冷茶，把茶杯生气地往桌上一顿。嗨，喝几杯去吧。于是锁了房门走出来。

找谁同去呢？又是老潘？——逸漠先生踌躇着。一想到那位校长先生，他就有一种很奇怪的感觉，仿佛刚刚吃过什么太甜了的东西，从食道一直到胃里都腻巴巴的很难受。

他这就放慢了脚步，装作散步的样子，装作是无意中踱到校长室里去的样子。

校园里的一排柳树开始在那里抽芽，给暗红色的云彩照着，望去就好像是一块弄脏了的绿色纱布。灰色校舍也仿佛给紫色的水冲洗了一遍似的，显出了一种怪不调和的颜色。

可是篮球场里发出了欢天喜地的叫声。还有些学生在那里起劲地唱《大刀进行曲》。教职员宿舍里也爆出了几个人的笑声，随后就飘出了一句话——"一般老百姓怎么会懂你这些抽象理论呢……"

这大概又是那位小个子陈先生！这大概又是在那里谈什么事务！

逸漠先生故意走近那热热闹闹的窗口，向里面瞟了一眼。也许陈先生会发现他，会请他进去坐坐。他步子放得更加慢，低着了头，好像在量这条小路的尺寸。有一刹那——他竟想要打破他的惯例，竟想要自动闯进陈先生屋子里去。

不过他没有停脚。

"为什么他们不来找我，倒要我去找他们！"

就这么着，这天晚上吃酒的时候，仍旧是那一味老菜——那个老潘。

"我这里真住不惯，真无聊！"他埋怨地瞅老潘一眼，仿佛这都是老潘害的，"我实在想要走。……但是走到哪里去呢？——别处没有朋友，生活又成问题。……活活把我卡在这里！……"

他一直没有写文章，也没有画画。他心境不好。自从认识了那位章先生，他向那位先生借来一册石印本的《石鼓文》①，每天就临临写写。

章老先生是个红光满面的老头儿，背有点驼，腿有点瘸。照逸漠先生看来，那个国文教员并不像老潘说的那么可憎。而且有些嗜好还跟他逸漠先生相同：也是喜欢买买碑帖，也是喜欢玩玩图章。他们在教员办公室彼此谈到各人对《泰山金刚经》②的爱好，简直非常投契了。

"这种石刻我已经搜罗到一千零五个字，"逸漠先生说，"易培基③也没有我藏得这样多。但是现在——"他深深地叹了一口气，"现在不晓得是烧掉了还是被日本人拖走了。"

"所以啰！"章老先生很快地接上来，轻蔑地眯着一双眼睛，"我也灰了心，近来也懒得去找这些东西了。当这个乱世有什么好谈的！这真是个劫数！有些人是唯恐天下不乱，硬要搅出这样一个故事来，唉！"

逸漠先生很有礼貌地微笑着，试着提出他的反驳来：

"然而人家来侵略我们，我们如果不抵抗……"

"嗯，抵抗！"那个把嘴角往下一弯，"抵得人家赢吗！抗得人家赢吗！徒然自讨苦吃！"

"那么我们难道让他们来占领中国啊？"

---

① 《石鼓文》，秦统一前刻石，在十块鼓形石上记述秦国君游猎事。书体为大篆，历代对其书法评价很高。

② 《泰山金刚经》，在泰山石经峪，摩崖刻佛教经典《金刚般若波罗密经》。字大方尺、书体楷隶参半，书法雄深，现多存八九百字。

③ 易培基，民国时人，曾任故宫博物院院长。

"倒也不是什么让……总之——总之——嗯，你打人家不赢，何必又自讨苦吃呢。你一打——牺牲反而大。……"

"怪不得老潘说他是汉奸理论！"逸漠先生想。

那位老先生一个嘴角上缀着一泡白沫，他用小拇指的长指甲把它掏掉，又愤激地说：

"比如——他们到的一些地方，先倒也好好的。然而后来来了游击队，又有了反日分子。好了，这样一来，他们自然就去搜捕，杀人，弄得老百姓不得安业，……游击队有什么用处呢！打又打人家不赢，这里闯一下，那里闯一下。等人家大队人马来了，他就一走了事。他们一搜索，这个地方的无辜良民倒弄得个玉石俱焚……"

"但是根据许多消息，老百姓倒是很欢迎游击队哩。"逸漠先生还是微笑着。他觉得这场辩论很滑稽，觉得自己是白费唇舌，可是他忍不住要说几句，"有许多地方的游击队，就是老百姓自己的自卫队：他们不甘心袖手看着自己家乡受糟蹋。"

"哼，自卫！哼！你有大炮没有？你枪械比不比得上人家？……自卫！自卫！——倒把地方上弄得乱糟糟的！"

"照你这样说法，那么我们老百姓就该在敌人统治之下当顺民，当汉奸了？"不过逸漠先生没把这些话说出来。于是他念头忽然触到那个周刊上的一篇《论某种汉奸》：这一定就是针对这位老先生的。现在他竟亲耳听见对方那些论调，这才感到了那篇文章的有力，而且非常痛快。

逸漠先生性急地点了一支烟，性急地坐到一张椅上。他觉得他自己的手指因愤怒而发抖，腮帮上也发起热来。就是站在为人类的立场上，他也该给这个姓章的一种反攻。他想要告诉对方一点普通常识，一点真正的事实：想要说明我们的游击战给了敌人一种怎样的打击,把敌人的后方变成前方。说明敌人占了我们几个大城市的没有用处。他觉得就是措辞不客气一点也不要紧。他甚至于不妨严厉地这么教训那个老朽:你应当晓得这是个苦难的时代,只要是个中国人,只要是个够得上称作人类的人,只要不是畜生——就该咬紧牙关去奋斗……

然而他没有开口。他不惯于跟别人在这类题目上争论。况且这些话并不是他独创的见解,叫别人听了会冷笑——

"哼,逸漠先生只会拾人牙慧!"

他还联想到服尔泰①一句话:"头一个拿花比女人的是天才,第二个拿花比女人的是白痴。"而他逸漠先生的这套理论呢——正是《论某种汉奸》那篇文章发挥过的,并且说得十分详尽,十分精到。

"那个周刊——章先生看不看的?"他问。

"白话文我看不懂!"

随后两个人都不言语了。逸漠先生想要走开去,可又觉得不大礼貌似的。他时不时对门口瞅一眼,希望有第三个人走进来——把这里的僵局打开一下。他发现别人正紧瞧着他手里的烟,叫他意识到了什么,这就掏出烟盒来敬了对方一支。

那位老先生点了火抽一口,又把这支烟伸得远远的——眯着眼睛看着上面的牌子。那张绷得紧紧的红脸也慢慢松弛下来,只是焦黄的手指还紧紧夹了纸烟,生怕它逃走似的,一抽起来就很响地吸一口气。

仿佛为了享用着别人的东西就不得不客气几句,章老先生就问到他一天要抽几支,接着又提到了酒。

"听说李先生也喜欢吃几杯?……"

---

① 服尔泰(Voltaire,1694—1778),通译名为伏尔泰,法国文学家、哲学家。

"是啊,"逸漠先生赶紧回答,"只是找不到一个酒友。"他用一种期待什么的眼色盯着对方。

"嗯,哪一天要请李先生到舍下去小酌一下。"

逸漠先生提议今晚权且去上一上馆子,章老先生可很爽快地又说:"今天我身上不便。……本是应该由我来做个小小的东,然而家里没有预备。"

然而还是给邀到了一家天津馆子里。李先生带了钱,在一起喝酒的朋友原不必讲什么客气的。

他们做了酒友。他们常常到那些小店去吃。章老先生总是"身上不便",并且也从来不邀请别人上他家里去。逸漠先生第一次到他酒友府上去,还是为了送还那册《石鼓文》。从下午五点钟谈到了七点半钟。女眷们在隔壁不安地叽里咕噜,有时候在门窗缝里张一张。临了还是客人把主人邀了出去,一到馆子门口——章老先生又忽而要打回头,因为他忘记了带皮夹子。

"哎,真荒唐!"这位老先生给邀着一拐一拐地走进这家馆子,一面埋怨自己,"本是应该让我来做个小小的东的。……"

这位老先生酒量很好,不动声色地把酒一杯一杯喝下去。同时不断地从逸漠先生放在桌上的那个烟盒里拿烟抽,一空了就马上喊茶房去买。说起话来还是那么有条有理,而且喝得越多,字音就吐得越慢,只是鼻子发紫就是了。有时候还用他那长指甲剔牙齿,然后往旁边毕剥一弹,在桌沿上抹几抹。

这么一个朋友——逸漠先生竟跟他结交上了,这可叫老潘吃了一惊:

"怎么,你跟章老先生还谈得来吗?"

"无所谓。"他说。他瞧瞧老朋友那张长脸,觉得对方似乎是用个校长身份来干涉他个人生活,他有点不高兴。他用一种很自信的神色说明了他的态度：

"朋友见解不同并不要紧。各人彼此不同，生活倒会丰富一点。要是有许多许多朋友，而意见都差不多，这单调不单调呀，我问你！……我跟章老先生呢——除开时事尽有得谈的：谈诗，谈金石书画……"

可是这几天逸漠先生自己也感觉得到——他跟他那位酒友已经渐渐谈不出什么劲儿来了。章老先生总是炫耀他家藏的东西：吴昌硕①刻过一副图章送他。他还藏了一幅倪云林②的山水，上面有张廷济③的题跋。总是这一套。

"他吹牛，"逸漠先生想，"怎么我到他家去几次都没有看见呢？"

他不言语，只把脸子埋到杯子上呷一口酒。他一下子又想起了他那个孩子气的女儿，闷闷地嘘了一口长气。

那位章老先生呢——似乎因为老是别人请他，他为了要报答别人，为了要尽他这个做酒友的义务，就不得不想出一些话来替别人解解闷。这就提到了学校里的事。他用种只可对自己人谈的那副机密脸相，告诉了逸漠先生许多秘密。

原来那位训育主任有"断袖癖"④。而那个体育教员竟跟一个校役的老婆有勾搭。这些事没一个人知道，只是瞒不过他姓章的。会计科的人很会揩油：发薪的时候扣除所得税，净用邮票来补足零头，就叫他们得了许多好处。

"李先生我告诉你，"他把脸子凑过去，让别人刚刚闻见他嘴里

---

① 吴昌硕（1844—1927），名俊卿，近代名篆刻家、书画家。
② 倪云林（1306—1374），名瓒，元代画家。擅长水墨山水画，意境清远萧疏。
③ 张廷济（1768—1848），字叔未，清代鉴藏家。
④ 断袖癖，好男风曰"断袖癖"，故事见《汉书》卷九三，《董贤传》。

那股臭味儿,"拿薪水呀——顶好是把所得税的数目先交给他们,你这就可以拿到一笔整的钱。我就是这个办法。我不要他们的邮票。"

说话的人停住嘴想了一会,脸子更凑近了些,逼得逸漠先生把身子往后一仰。

"潘校长很相信我。但是近来——他为那一群宵小所包围了。陈先生就是一个。李先生认不认得那个陈先生?李先生我告诉你,你须要小心些。他是一个反动分子,那个陈先生。"

接着紧抿嘴,点了点头,又重复了一句:

"反,动,分,子。"

这些秘密——逸漠先生认为是关于私人道德的事,他没有对谁提起过。

"唉,单调!"他只是埋怨着。为什么他朋友这么少呢?为什么他不得不去找那个老先生,像以前找老潘那样老是吃这一味菜呢?

他的经常喝酒,他的跟那位酒友厮混——现在好像只是一种不得已的义务,对自己非履行不可的一种义务了。

并且这种义务还增加了他的经济担负。回回是他请客。他出来的时候只带四百来块钱,如今已经花去了一百多。只有跟老潘一块吃喝才可以调济一下:总是老潘抢着会钞。

"让我来吧,"老潘常常说这句话,"你手头比较困难。"

于是到了这个星期六晚上——他竟谁都不找,一个人上小馆子喝了一斤半酒,一回来就躲到自己屋子里,把门上了闩。

那盏蓝泡子的电灯发着青光,跟柠檬黄的粉墙混成一种惨绿色。什么地方在那里打更,一下一下的梆声仿佛敲到了他的心脏上。他似乎还听见了那个更夫的脚步响——在那条又深又黑的巷子里发出了寂寞的回声。

逸漠先生照平素那么躺在床上，抽着烟。他近来每次喝了酒之后，总是很易感，很烦躁，再也没有从前在家里酒后那样飘飘然的快感了。心上时不时有什么东西在轻轻刺着似的，一路刺到了鼻尖上。他恨不得跳起来在地下打滚，随便抱着一个什么来痛痛快快哭一场。

从前他只是跟几个趣味相同的人做朋友。他没有帮助过什么人，也没有什么求助于人的。他从来连想象都想象不到的孤独的痛苦，现在可打得他好苦。

"除开老潘是个忠厚人——还肯照应之外，简直就没有一个朋友，"他很难受地喃喃着，"我人缘不好。"

想起他当"纯粹的艺术家"时候的那种孤高劲儿，他竟有点懊悔起来。可是——唉，以前怎么料得到会有这样的战事发生呢？如今可连那家至亲，那个丈人家跟他家的关系都弄不好。

他起来把小皮箱开了锁，拿出今天寄到的他太太的一封平快。老是那么一些话，老是诉苦。她甚至于警告他：在娘家这么住下去她准会吐血。

做丈夫的咬着下唇，红眼睛对窗子盯了一会儿。他把那封信揉成一个纸团，用力往地板上一摔。

"对我发这些牢骚做什么！哼，好像是我陷害她的！"

手里的烟掉到了地下，他弯身去捡的时候，连纸团子也给顺便捡了起来。他想到他家跟一般亲戚朋友合不来——多半要怪他太太的小气。他想起他太太每年亲自去收租的那种厉害劲儿。他还想起有一个老同学穷得向他通融十块钱，可给他太太否决了，虽然当时她很有充分的理由——

"接济朋友本是应该的，"她这么说，"不过接济到后来，就好像变成我们的义务了。要是有一次不接济他，反而招怨。所以还是不要有银钱来往的好。横竖我们自己过得过，不会向人家去告借。"

逸漠先生从前很感激他那个精明的太太，有时候自己还帮着出一点主意。现在他可认为一切的过错——全都在他太太一个人身上，以致害他到了这么一个地步。

于是他坐下来写回信。他用老潘送他的那支小紫毫，写着带李北海①笔意的一笔字。写得很慢，不断地抽着烟，像他写小品文那么仔细。他告诉他太太——他自己的生活很苦。然而在这抗战时期里，谁也得忍耐。

"我已说过多次，须忍耐，须忍耐。"

叹一口气，抽一口烟，手上的烟熏得他把眉毛轻轻皱着，一面又往下写。他说他岳家是一群庸俗的市侩，只知道个人利益的家伙。他为了怕他丈人或是舅子会拆信，还在信头上写了几个大字："私拆此信，即是禽兽"——下面来了一个"！"，随后又觉得这未免太火气，于是把这感叹号涂掉。

这晚他睡得特别不好。他在反复地想这个问题：

"这战事要什么时候才结束呢？要怎么样才可以快点得到胜利呢？"

他翻了一个身。下面的旧床绷子梗得他很不舒服，又翻了一个身。两手放在被窝里太热，伸出来可又太冷。他头部有点发烫，脑筋昏得很。他觉得他本来可以把这个问题好好解决的，他的思想本来可以顺着一条路前进的——如今这条路上可似乎有许多乱七八糟的东西把它挡住了。

忽然他记起欧文②的一篇作品：好像有一个什么人在个什么山

---

① 李北海，即李邕（678—747），唐代人，官至北海郡太守，世称"李北海"。善书，尤擅以行楷写碑，笔力沉雄，对后世书法影响很大。

② 欧文（Washington IrVing，1783—1859），美国作家。

洞里睡了一觉，外面的世界已经过了几十年。唉，要是他逸漠先生也能睡这样一觉……只要几分钟……醒来走出山洞一看——一个幸福的中国，一个苦斗了五十年的中国……

然而他又责备自己：

"这种想法太消极！"

不错，他应当拿出一点力量来。他应当去参加这一场苦斗，叫中国快一点得到解放。于是他想起了阿拉丁的神灯——只要这么一擦，就出现一个听他吩咐的无所不能的魔鬼。……一会儿又想起一些美丽的童话，一个天使答应他三个愿望。他这就把思绪整理一下，打算具体地提出这三个愿望，三个带积极性的愿望……

早上醒来已经十点钟。嘴里有点发苦。他记起晚上的那些幻想，逗得他好久睡不着，觉得很无聊。他伸了个懒腰，走去撕了一页日历。

"又到了星期日，唉！"

那位小个子陈先生一早就出去了，留了个条子叫校役送给他：关于那个周刊要讨论一下，希望他下午一点钟去出席。

"嗯，"他把纸条往桌上一扔，"又是事务，又是！"

阳光打南窗外射进来，影子在那里发抖。校园里的麻雀啾啾地吵着，好像要跟那些学生的嚷声歌声比赛一样。真不知道它们怎么这样高兴的！

逸漠先生一个人在屋子看看报，喝喝并不好吃的那壶祁门。他似乎为了一件什么事在这里跟一个什么人赌气，他谁都不愿意见面。

"失地里的那些老百姓——到底怎样生活法呢？"他问自己。

也许有人照样做买卖，有人照样耕地。要是他没有离开家乡的话，也许还照样收得到租，照样画他的画，刻他的图章：这些跟军事政治都不相干。只要不在小品文里面反日,大概不会受到什么干涉。

然而他失望地叹了一口气。他想起了关于敌人暴行的那些事实。

只有北平——仿佛没有这些事,他想。平津是和和平平失陷的,那里就能和和平平处下去。不是有些学者在内地住不惯,又回到北平去了?

逸漠先生啜一口茶,皱了皱眉。他把昨晚写的信抽出来看一看,然后往箱子里一锁:他决计不发出去。

"何必再责备她呢,她这样可怜!……"

木椅上坐得他屁股发酸,他往床上一躺。枕头边那只表在嘀嘀嘀地响着。他脑袋给一下一下地震动着,叫他疑心这响声是他自己的太阳穴在那里跳。他常常在离开太太的时候就专门去想些太太的好处,现在他正在记起她的能干,她对他的体贴,要是她看见他如今这种苦生活——唉!

"所谓敌人的暴行,大概都是局部的。"他对自己说。

可是他自己也很迷乱:不知道这句话是什么用意。他想象他太太和他小姐要是还在家乡里的话……他全身发了一阵冷。

他希望那些失地的被蹂躏——不如所传之甚。可是他又校正自己:他知道敌人如果很有纪律,老百姓也许不会这么坚决地起来自卫。

"而我们家乡呢——游击战打得很起劲。"他常常对老潘说的。

他又点了一支烟,叫校役来重泡过一壶茶。一面他还很仔细地整理他的思路,不叫它给别的岔开去。他脑子里像电那么闪了一下。很快地转了一个奇怪的念头——

"回家去看看吧……"

据说敌人占领的地方——起先很平静。可是因为有游击队，因为要搜索游击队，这就有了暴行。……他一下子记不起这是谁说的。这些似乎很有根据。……

等他记起这是章老先生的理论之后，他就像身子内部突然给人挖空了一样——突然感到了一种空虚，一种失望。他莫名其妙地愤怒起来，仿佛一个人上了当之后的发脾气，并且还带几成辩解的样子。

"汉奸汉奸！"他拿烟的手用力屈着，好像要抓个拳头而又被一个什么阻止了似的，"这个非肃清不可！下午开会一定要提出来，叫他们大家写文章来攻击他！……"

他用一种很仔细的姿势弄熄了烟蒂，然后把陈先生那张条子对折了又对折，弄成很小的一方，用手指在纸面上摸着。

不知道从什么时候起的——天上又有一朵朵的白云，怕人瞧见似的偷偷地流着。屋子里的太阳影子就一会儿隐，一会儿现。逸漠先生的脸子也一会儿黯下去，一会儿亮起来。

他搓了搓手，打算写一篇短文，要把章老先生那种思想结结实实攻击一下。可是他没有拿起笔来的意思，也没有动手去构思。不知道是怎么回事，他总隐隐地觉得他写这类文字是不很合适的：也许因为好久没有动笔就生疏了，也许是因为他心境不好，不过也许是因为——写出来怕人家会发现出他的一点什么，会发现他所攻击的那种东西——正是他不知不觉有了点儿的东西。

这里他从袖子里掏出手绢来抹抹嘴，闷闷地嘘了一口气。

"真的，一个太冷静的人，太会分析的人——往往是悲哀的。"

真的，他对他自己的分析未免太过火了点儿。于是他拼命去说服自己：他的不动手写那篇文章并不是别的，完全只是为了心境不好。

"嗨，心境真恶劣！"他坚信地反复了一句，"要回家乡去呢，除非是回去打游击，而这——我又办不到。艺术家是没有用的，没有办法。"

他放心地嘘了一口气。他反正解决不了这苦闷，就索性走到校长室去。他得想法子排遣排遣，好好地消磨这一天。他不能让自己的心境老这么恶劣下去。

可是老潘正在那里陪着一个客人。他们坐得很规矩，显然是不十分熟的，并且一定又是有什么事务。他们似乎正在谈着什么战时教育的问题。

这位逸漠先生带副潇洒劲儿随随便便一跨进房门，这里的严肃空气一下子可把他胶住了，仿佛他全身都凝固得成了滞巴巴的。接着他感到了一种失望。

"我来做什么呢？"他埋怨地想，"人家正在计议天下大事，你闯进来做什么！——你难道想找老潘去陪你吃酒吗？……"

他对老潘打了个莫名其妙的手势，一转身又走出了房门。他走得很快，不过连自己都不知道要往哪里去。脚步在小石子路上性急地沙沙沙响着，他的影子在地上轻轻颤动着，好像为了要拼命追着他而很有点吃力似的。

真的。找老潘喝酒有什么意思呢。人家一滴也不肯进口，并且时时刻刻怕他逸漠先生喝多了，似乎生怕自己多花了酒钱！

逸漠先生走出了校门。一想起昨晚一个人喝闷酒，他倒抽了一口冷气。他任听他那双脚往东走，任听他那双脚拖他往那个酒友家里去。

有些学生——三三五五地迎面走来，大概是回学校吃中饭的。逸漠先生低着脑袋装作没有看见。他总有点不大自然。总觉得有什么东西拖住了他，绊住了他：他下午有一个会。

听见后面有谁叽叽咕咕,接着哄出了一声笑,他吃了一惊,回头瞟一眼——那两个学生已进了校门。

"哼,星期日都不让我自由!"他在肚子里恨恨地说,"我偏不到会!我为什么要听那个姓陈的命令呢?……我不怕人家讲闲话:老实不客气,事务上的事我是弄不来的。各人有各人的生活法!就这样!难道找章老先生吃吃酒,就算犯罪呀?哼!"

于是他把步子加快起来。

(原载1938年11月1日《文艺阵地》半月刊第2卷第2期)

春 风

——写给石青

楔 子

早晨。太阳晒着挺舒服:不热也不冷。

有时候轻轻飘过一阵风。谁都摸不定它打哪儿来,往什么地方去。只是脸上有种软绵绵的感觉,像一块绒布擦过似的。

那条绿腻腻的小河就懒洋洋地皱了一下。

于是河沿上走着的人闻到了一种什么花草香,还夹着一种腥味儿。

有谁吐了口唾沫。接着一个先生就对这条河发了些议论:他认为既然办了这么一个学堂在这里,总得把这条沟修好些。

"我就跟佟校长讲过。他说——他说我们局长舍不得花钱。唉!"

他们没停步子。拉得很长的影子在赭色墙上掠着。

一个年轻点的冷笑一下：

"一个人总得知足呀。我们的子弟送到这里来读书，一个钱也不花，还想要这样那样的吗？"

走过那学校门口的时候——他们用力地对那扇灰色大门瞅了一眼。

这个看来跟赭色的墙壁很不相称。

那块招牌可又是白底子黑字的：

```
┌─────────────────────────────────┐
│  全省公                          │
│         春 风 小 学 校           │
│  路局立                          │
└─────────────────────────────────┘
```

门可还关着。好像不高兴别人谈论到它似的绷着脸，冷冷地瞧着他们走过去。

过了十来分钟才开开一小半，吐出一个吊眼疤孩子来——蹦蹦跳跳地跑了出去。

里面还是静悄悄的。只听见麻雀叫。

院子里那两棵桃花正在劲道十足地开着花：精神过于饱满似的——不时掉下几片花瓣来。有几片落到了走廊上，就显得特别鲜艳。

走廊叫作"整洁路"。灰色水泥地上缀着些黑点子。上星期六这里开恳亲会，校长佟老师叫校役长寿擦去这些黑疤疤的，可是用拖把来拖也没弄干净。这条路的尽头还堆着几张断了腿的椅子，这是那天恳亲会给踹坏了的。

墙上有几处铅笔印：一瞧就知道是有人懒得去借刀子削笔头，只在这上面把它磨尖。

高点儿的地方可就很干净：贴着课程表跟各位老师的值周表。

字都写得不坏,像教科书上的那么匀称。

可是顶后面那张就写得不高明。开头那个题目就来得歪歪倒倒,不过没有错字:

本校四周纪念恳亲会
计局长训话　　五年级级长任家鸿谨记

其实这全是金老师记的。标点点得很清楚,分段也分得很清楚:

各位家长!各位老师!各位同学!

　　今天是我们这个春风小学校成立四周纪念的日子,所以兄弟很为快乐,现在开这个恳亲会,请

各位家长!各位老师!各位同学!

来相聚于一堂,兄弟很为快乐。这个学校是前任刘局长手里办的,是本省

省长的面谕,要办一个学校,为全省公路局全体员工解决教育问题等因,所以不收学费,什么费都不收,书籍,笔,墨,纸张,什么东西都是由学校里供给的,这个学校原名全省公路局员工子弟小学校,后来改为这个春风小学校,这个"春风"就是"教育"的意思,古人以"教育"比之为"春风",今天兄弟还有一个新发明,兄弟是素来主张平等待人的,春风是平等待人的,无论大小,一律要吹到春风的,我们这个学校,有职员子弟,有工人子弟,大家一律读书,一律不要钱,大家都一律吹到春风的,我们要感谢

省长的恩典,相亲相爱,今天兄弟不知为什么?同各位家长!各位老师!各位同学!

在一起,心里很为高兴,所以来讲讲这个春风的新发明,不分彼此,相亲相爱,完了!

一

天气很好。一点云没有。太阳光把一天的蓝色洗淡了许多。

楼上像平日一样,邱老师拿着一本书可不去看,只靠着栏杆站着。那双粗眉毛紧紧皱着,右手托着腮帮,叫人当他是正害着牙疼。

孩子们在院子里玩着吵着,叫他耳朵里像有针戳着似的。

只有那个穿西装的孩子站在桃树下静静地吃着太妃糖什么的。旁边一年级的那个癞头眼巴巴地瞧着别人的嘴,自己的嘴里可只塞进一根脏食指。浅灰色的大布袖子上有一块补丁。

邱老师烦躁地想:

"哼,这个馋痨鬼!"

忽然,墙角落里发出了叫声笑声:原来五六个学生在抢着踢一个橄榄核。他们都脱得只剩一个小褂子,有几个还掉了扣子——让一条条的黑肋骨露到了外面。

于是楼上来了每天都有的那一手:

"不许吵!"

邱老师用那排大牙咬了会儿下唇,拿那本书在栏杆上敲着:

"余大昌,余大昌!你再叫!……进去!——不许你玩!……这小流氓!该死的东西!……你还站在这里!"

他一面顿着脚,连楼板都给震得哆嗦着。

一会儿他可又懊悔起来。干吗要发那么大的气,别人不是说他有心脏病吗?

他拼命调匀自己的呼吸,脸上装作没那回事的样子。腿子跨起来踱着,步子来得很慢。手捺在右边胸脯上:他记得心脏是偏在右边长着的。

院子里安静了许多。孩子们都害怕地瞅楼上一眼,就马上做出一副很规矩的派头。

可是他们脸上总露出了一股野相。

"唉,这家学校是白办的,这家学校!"

他眯着一双眼,鼻孔里吹了一口气。

等那位高个儿的丁老师到走廊上来晒太阳的时候,他就对别人发起议论来。

"我们这家学校真是没办法!"他叹了一口气,"不过你,要知道,我其实并不是悲观……"

这么声明了几句,他就把那本书卷成一筒——拿来打手势。胸脯拼命挺着,好像他在对几千听众演讲。

开头就谈到余大昌他们的脏衣裳:他把这分成五点来研究。每一点都有他独到的意见。说到了几句精彩的句子,他就得重复两三遍。

每逢他的视线一落到对手脸上,就忍不住想:

"这个鼻子长得多俗!"

不过他仍旧说得那么起劲:全校的人——到底只有这位丁老师领悟得到他的议论。

丁老师全神贯注地听着。有时候他得插句把嘴,一面在脸上做出一副逗人笑的样子——告诉别人他是在说俏皮话。据他说这是一种"维他命"。

于是他耸耸肩膀，下唇往外面一翻：

"哦，他们家庭教育太好啊：专门叫他们养虱子的。"

然后把大拇指顶到鼻子上，其余四个指头在空中招了几招。

他手指上老沾着些五颜六色的东西——不是碘酒就是红药水。

原来他是一个护士学校出身。他可喜欢别人叫他大夫。这么着他在这里除了教课——还担任上卫生事务。佟校长夸过他这一手的：嗯，要讲到打防疫针，种牛痘，那真是丁老师的拿手。

不过邱老师总是讨厌他的鼻子，就是发议论的时候也没放松。

踱到墙壁跟打转身，邱老师趁此狠命瞅他一眼，就在肚子里说：

"真古怪，他鼻子简直像个叭儿狗！"

嘴里可在报告一个统计：全校的学生——小流氓倒占了三分之二。这批家伙怎么教也教不好。他苦着一张脸，仿佛他在三伏天里晒着太阳似的，眉心里那撮汗毛就显得格外浓。

他挺有把握地下了个结论：没有家庭教育的——怎么受学校教育也没用。哼，还花这许多钱来替他们办学校哩！

"这个我无以名之，名之曰教育的浪费！"

把这句话重说了两遍，就庄严地看看那一位的脸。

丁老师摸摸下巴，深呼吸了一下。他有点替这位同事抱屈：一个师范科的高材生——毕业文凭是第一号，年纪又那么轻，可叫他去对付小流氓！

他觉得这里该说几句正经话。他把脸上装点得特别严肃，反而叫人疑心他是在开玩笑。嗓子提得相当高，表示他没有十二分失望：这学校里到底还有些很像样的孩子——穿得挺干净，懂得怎么叫作卫生。他们的父兄是规规矩矩的职员，给子弟们好好教养过来的。接着他又用一个医生的资格来苦苦地劝了邱老师一阵,因为一个害心脏病的可不能随随便便动感情。

末了他还加了点儿维他命:

"我们这个学校怎么是白办呢,嗯?要是不办,那你跟我的饭碗就都——"

两只手一摊,学着魔术团里的小丑那种派头,带七成鼻音说了一句——"凡尼尸①!"

于是静静地等着别人笑。

可是楼下忽然吵了起来:拍着手跳着,嚷成了一片,"任家鸿!""任家鸿!"

好像连粉墙连太阳也都叫着这个名字。

任家鸿挟着一个篮球走进大门来,跨着尺多长的大步子,那件花呢的春季大衣就飘呀飘的。

"任家鸿,我们打球,我们打球!"

"任家鸿,我也来一个!许不许?"

"嗯,你这个屁眼鬼!"任家鸿用十几岁孩子常有的那种嘎嗓子叫,"好,来来来!——把我大衣送到教室里去……喂,书包也拿去!"

丁老师两手搁在栏杆上,耸着肩膀,爱笑不笑地瞧着他们,一会儿又瞅邱老师一眼。

那个抿了抿嘴,他有桩事情想不透:任家鸿的父亲是局子里的技正,拿三百来块钱一个月。干吗要送儿子进这个小流氓的窝呢?于是很重地叹了一口气。

不过任家鸿全没顾到这些委屈。他仍旧穿得那么整整齐齐,头

---

① 凡尼尸:英语 Vanish 的音译,意为"没啦"。

发也梳得很光，玩得挺活泼。把球一扔给了那个穿鹅黄绒衫的同学，他自己就冲到了几个女生跟前——把钱素贞正踢着的毽子抢过来狠命踢了一脚。

那位女同学一扭，人造丝的新夹袍就闪了一下亮。她拿她平日唱《别特快车》的高音嚷道：

"要死了，你！杀头的！"

任家鸿打着哈哈，身子一旋，顺手在一年级的尤福林那个癞头上打了一掌——劈！

尤福林身子跌开了几步，捧着脑袋哭了起来。

这么着楼下就照例来了那么一套——吵嘴打架。五年级的尤凤英把尤福林拖到她自己身边，冲着任家鸿讲理。绷着她那张蜡黄的脸子。嘴唇愤激得发了白。

"哼，"邱老师瞪着眼自言自语着，"这简直是个泼妇！"

任家鸿可睬也没睬她，只笑嘻嘻地在打他的球。

不知道怎么一来——许多人卷了进去。钱素贞竟放下毽子不踢，冲到尤凤英跟前，两手叉着腰，嘴角往下弯着，脖子一挺一挺的：

"唷唷唷，稀奇巴拉！这样打一下就把你弟弟打死了，可是……唷唷，这个姐姐真了不起！怪不得老师说我们学校有个泼妇哩……"

"什么，什么……你们凭空欺侮人，你们……"

任家鸿正用劲扔出球去，满不在乎地插了一句嘴：

"打了癞头——我还晦气哩。我不叫尤福林赔偿损失还算是客气的。"

于是一些小流氓竟骂起他们来。余大昌也跑进了人堆里，挥动他那个满是黑垢的膀子叫：

"欺侮人，不要脸！真不要脸！——还当级长哩……"

这可逗得邱老师又发了脾气。他狠命顿着脚，拳头在栏杆上捶着：

"余大昌！余大昌！你你……滚进去……"

瞧着那个小鬼的的确确已经退了开去，他才拖着丁老师走进他们的房里。他嘴里还咬牙恨着：

"嗯，这种生活，这种生活，尽是些小流氓！混蛋！该死的东西！"

二

这房间铺着三张床，就显然很紧凑。中央摆着"品"字形的几张桌子，上面堆满着学生们的作业本。

房边一条铅丝上挂着些毛巾，有一条还在滴着水，把粉墙上也弄得湿漉漉的。那上面贴着的一张信纸给浸得变了色，红线糊成了一片。只有那些字还是很分明，很整齐，看来竟像是凸出了纸面似的。

> 鄙人因患沙眼，请勿用鄙人手巾，并原谅鄙人为荷！
> 　　　　金梦周启

这里只有丁老师钉着的几张风景明信片算是装饰品，其余的就全是些布告——都是那位训育主任金老师的手笔。靠痰盂的地方就有"请吐痰入盂以重卫生为荷"。门上呢——"闲人免进贤人进，盗贼勿来道节来"。

窗子旁边那张可是新贴的：

"鄙人就寝以后，请勿喧哗，以免妨碍鄙人睡眠为荷！"

下面照例签了一个名——总是用的草书，几乎叫人认不得，不过一颗图章盖得挺鲜明，旁边还有一圈油。

金老师桌边墙上也有一张他自己写的："训育主任席"。这条子很短：当时写好本来加了个感叹符号的，不知道为什么——贴上去的时候把它剪掉了。

桌上也粘着一张东西跟它瞟眼睛："非经鄙人允许请勿动用鄙人之书籍为荷"。接着是一条粗大的感叹符号。然后是签名式。最后是一颗私印。

邱老师瞧一眼那些字条，就得拿鼻孔哼一下：

"哼，这俗不可耐的家伙！"

现在那位训育主任正跟事务员皮老师吵着嘴：瞪着一双红眼，拍着桌子嚷着，他不相信学校里连两块钱都没有，这分明是同事想要排挤他。右手指指皮老师的脸，又使劲在桌上一拍。

那位事务员的长脸缩短了些，撑着的脖子也松了劲：

"怎么呢，怎么是我排挤你呢？"

不管他们怎么闹，邱老师可老一个不开口。没那回事似的点着一支烟，慢慢地翻开一册《英语周刊》来。

"嗯，要动武了，要动武了。"他想。

只有丁老师忙着替他们调解。他装着哈代那副脸子，低着嗓子告诉别人——发怒是不大卫生的。于是他拍拍金老师的背，耸耸肩膀说了句俏皮话：为了两块钱来生气可不大上算，害起病来得花好些钱哩。

"所以——本大医师有权禁止你们生气。"

接着他赶紧咬住自己的舌尖来忍住笑。

金老师可倒反来了劲：干脆骂起街来。胸脯子冲着对方挺着，嘴角边勾起两条皱纹——用力地迸出一个个字眼。他甚至于用了"劣迹"什么的这些词儿。声调带着威胁的成分：来不得他可以拿出点手段来，看他们还能不能在这学校里营私舞弊！

大家都知道他金老师是省署里的贝秘书荐来的。

于是那对方红着脸说：

"哎呀，何必动气呢。钱的话——'我总要设法呀。明后天给你好不好，迟天把总不要紧吧？"

"不行！"

"那……那……"

那位和事佬瞧了一会儿地板，猛地眼睛一鼓，窝着嘴叫了一声"哦！"就抬起脸来叫别人看他的面子息了怒，看他的面子。这里他指指自己的鼻尖，还声明他口袋有一块现洋——很愿意掏出来。

金老师并没转过脸来，只是——

"一块不够！"

事务员叹了一口气，右手打着颤似的摸着左手。

丁老师搔了搔头皮，就决计去问两位女老师去借借看。他在她们房里踮着脚尖走着，脖子一伸一伸的。接着把那两个吵嘴的事叙述了一遍，还装着金老师那副发脾气的脸嘴。

她们尖声大笑起来：这个搂着那个的腰，在床上直打滚。

那位男先生就更加卖力气，把全套都拿了出来。临走他还对她们作了三个揖，又立正着把两手举到额头边，然后再学着电影里的武士那么行了个礼。

不过金老师接着钱的时候还是绷着脸。掏出一个铜子来把那块现洋敲几下，对着窗子把那张钞票照一照，就一声不响地塞进了口袋。

丁老师耸耸肩膀：

"嗯，他气还没消哩。他肝脏一定有毛病。"

他拿出一副悲天悯人的眼色来瞧着那双红眼睛，有时候得瞟邱老师一下——好像怕这一位骂他多事似的。一面可又屏住呼吸，想听听那张厚嘴唇嘟哝着些什么。

邱老师把视线打书上移到事务员身上——瞧着他踮着脚走出门去，还晃过那张长脸来瞟金老师一眼。

"真是屡头！"邱老师把嘴一扁，"他一定是到厨房里去对长寿发脾气去了，哼！"

他知道丁老师动了动脸子要跟他说话，就赶紧收回了眼睛——装作专心看书的样子。一面摸摸自己的右边胸脯，静听着自己的呼吸。

那位训育主任还绷着个脸，翻着两片厚嘴唇——动呀动的，一看就知道世间万物都得罪了他。一上了课就更加容易动火，瞪着眼瞧着那班孩子——总巴不得挑出一点错处来。

"王乾生！"这位金老师走下了讲台，"我叫你回去把扣子钉好，为什么不钉好？"

过会儿他又咆哮着：

"老师跟你说话——你应当怎样？坐着说话吗！"

那孩子慌慌地站了起来。又黄又瘦，脸上干巴巴的——叫人疑心他不是个有血有肉的动物。

金老师瞧着他那副样子就格外生气。

"说呀，说呀！扣子为什么不钉的？你家里的人死光了吗……天生成的流氓坯！花子坯……说呀，说呀！"

这里他使劲扭着别人的耳朵摇了几摇。

"我……我……"王乾生拼命忍住哭，声音打着颤，"我妈没有工夫……她要……"

"嗯，你总有理。你总有理！你这！你这……"

啪！——这么劈了一个嘴巴，那孩子给打得倒到在了座位上。

"你这个流氓家庭！——你这个！"训育主任咬着牙，脸子发了白。这里他忽然在那张小矮桌子上捶了几下，震得他们的笔砚直跳着，"混蛋！——你这个混蛋！叫你坐着回老师的话啊……手伸出来！"

他随手拖来一块砚池，用着他全身的劲打着那个的手心。这教室里就响着一种紧张的，叫人感到压迫的脆声，还混着那种压得嗓子打颤的哭声。有时候那个小鬼忍不住用那只手来挡一挡，于是分明地听到了敲着骨头的那种又麻木又沉重的响声。

直到他膀子发了酸才放手。那双红眼睛还是突出着。

"不许哭……再哭！"

于是掏出一块手绢来揩揩左手，在学生座位中间巡行一遍，走到了那个西装孩子跟前他才平了气：

"曾珍，坐好。这样坐着背要驼的，晓得吧。"

他摸摸曾珍的腮帮子。

孩子们都静静地坐着，连外面的蜜蜂叫都听得见。

可是一回到了讲台上，金老师又发起脾气来：他怪他们算术本子写得太脏。

"施国兴！我叫你赔本子的——为什么不赔？学校里发了本子给你们，就让你们这样糟蹋，嗯？"

那个施国兴机械地站了起来，一点没表情地答：

"我爸爸没有钱，他不许我赔。"

"什么！"老师又瞪着眼，"没有钱赔本子——就该用心写呀。为什么弄得这么脏，嗯？你看曾珍他们的写得多干净！"

那孩子动着嘴嘟哝一句什么，似乎很怕别人听见。他知道曾珍他们换过了四五次本子，并且演草之后还经老师改正了才誊清的。

金老师暴跳起来：

"有你多嘴的……又不写好，又不赔本子，你倒你倒……真是流氓！——硬要绑到小东门去枪毙才好！来！"

他一下子找不到武器，就在别人脑袋上肩胛上死命送了几拳。为了那个小流氓竟挣扎了一下，他的手就下得更重了些。

接着把那些脏本子的主人都打了一遍。他们谁也不肯赔本子，让查学的看着叫老师丢脸。他们都是顽皮的，野蛮的。据他说来——他们父兄自己就是花子坯，就是流氓。他认为他们家长送他们进学校只是为了要捣乱，要叫老师们听局长他们的闲话。

这么着他就把一肚子的冤屈向他们肉体上发泄。

末了他喘着气说：

"听着，你们这几个——哼，小心些！警察正在那里捉流氓……枪毙！哼！你们专门在学校里捣乱……"

忽然，他瞧见门外有几个学生在张望着，就赶紧转过脸去：

"你们为什么不上课？"

"佟老师还没有起来。"

"那你们去自修呀，在这里看什么！混蛋东西！"

三

邱老师正在上二年级的国语。隔壁在打着人，这里就连话都听不见了。

他左手按着桌上那本书，右手摸着胸脯。嗓子并没提高，不然的话——怕对自己心脏不大好。

有时候他脑子里忽然闪到了别的事上去：

"真奇怪，那位金老师打人——竟成了一种癖好。"

可是这二年级的孩子也不怎么上轨道。他相信这是金老师教了那门算术——打人打坏了的。他跟丁老师谈过这回事，他提出了三点理由来证明这个道理：学生们一经打了手心，往后不打就管束不住。

于是他皱起眉毛，怨天恨地地叹了一口气。

至于他邱老师的赏罚——可很公平。不过有时候有点儿不便。去年暑假后他刚来的时候，骂过那个冒惠良几句，佟校长就带着五成抱歉五成不放心的神情对他说过：

"冒惠良倒是个好学生。责备太深了怕他那个。他其实是个有教养的孩子：他叔叔是文牍课长——计局长很信得他过。"

这一级里有教养的孩子不过八九个——干干净净的很讨人欢喜，的确不用严厉方法对付他们。

难对付的是其余那四十多个。

"他们简直是些祸害——折磨别人可贵的精力，折磨得别人害心脏病……唉，这种学校！"

一下子他忽然气都透不过来，老是想跳起来使一回性子。脸可死死地板着，叫人觉得到了满布着黑云要下雨的天气。

这么着又碰上了余大昌那个对头。

"余大昌！你在那里玩什么？来！站在这里！"

指指讲台旁边，然后把手又放到胸脯上去，晃着脸东看看西看看。

"黄超！你看着窗子做什么，黄超！"他拿黑板刷子敲敲桌子，"走过来！"

他死死地瞧了一会儿那小鬼的脸，就转身过去，使劲地在黑板上写了个"智"字：隆空隆空一阵响。

"什么字,这是?"

"智。"那个小声儿说。

他以为黄超准答不出的,好结结实实罚别人一下。现在这么一来——他老实吃了一惊,并且感到十二分失望。

"什么!?"他咬着牙叫。

那个小流氓当是自己答得不对,就害怕地推开手心来。

邱老师大叫道:

"这样做什么,这样做什么……奴性!天生的奴性……你分明不晓得你自己答得对不对,可见得你是瞎猜的……站在这里!"

黄超脸上可轻松了许多,站在那里对余大昌眨眨眼睛。余大昌两手闲着没事做,就掏着衣襟上的那个破洞:寸来长的口子慢慢给拉成了半尺多长的口子。

老师嘘了一口气,这才又往下讲。一句的末了一个字总拖得长些。

"这一课上面的小弟弟——是好孩子还是坏孩子?"

"好孩子!"下面一起答,也是把"子"字拖得相当长。

"为什么是好孩子?"

七嘴八舌地可嚷成了一片。

"一个个地说!"他拍了两下手,"会答的举右手。……举右手,不要举左手。王绍裘,听见没有——举右手,哪哪哪,这个手,这个手。康家祥!叫你举右手举右手!你连左右都分不清楚!简直是白痴,简直是!"

他为了叫自己免得再发一场脾气,就拣一个逗人爱的孩子来答这个题目。

答案完全是依照书本子上的:

"小弟弟洁净,看见老师说'老师早',小弟弟是好孩子。"

邱老师嘴角上闪了一下微笑，结紧着的眉毛松了劲：

"还有呢？"

"父亲给小弟弟的钱，小弟弟不用，小弟弟不许小妹妹骂仆人。小弟弟一天换一回衣裳……"

"仆人是什么？"

"仆人是勤务兵。"

这句话逗得老师笑了起来。他摆摆手叫那孩子坐下去。这就把嗓子提高了点儿——问他们自己骂不骂仆人，爸爸给的钱用不用。

回答的又是乱糟糟的听不清楚。里面有许多是——爸爸从来没有给过他什么钱。一个脸上长颗疮的小鬼就老实承认他用了钱：哥哥一天早晨给三个铜子，买个烧饼吃了才上学的。不过他们都不认识什么仆人。勤务兵是知道的：一年级里那个刘志成的大叔当的就是勤务兵。

可是另外几个孩子嚷着他家里有这个东西。

"我家里有，我家里有：就是王长发。王长发坏死了，星期一偷了哥哥两毛钱……"

"邱老师，我爹代我储蓄哩。"

"邱老师，邱老师，余大昌跟黄超对我们装鬼脸子，逗我们笑。余大昌还伸出舌头来哩。"

一下子邱老师脸上又变了颜色，拿黑板刷子把他俩打了二十下手心。然后长长地吐了一口气，用手按在胸脯上——他觉得自己的心跳得很厉害。

"折磨死我了，折磨死我了！——该死的流氓！"

他磨磨牙齿。他想他会大病一场，说不定竟就这么断了气。他那新婚的太太就得捧着一个大肚子哭着，告诉别人她没过过一天好日子：男人在生的时候只拿三十二块钱一个月，从没有干过什么大事。

这里他全身一阵冷，打了个寒噤。他觉得要对这个学校扔下一颗大炸弹才好。

下课的时候康家祥指着书上问他一个字，他就使劲劈了他一掌，两个脚跳着：

"该死的东西，该死的东西！上课时候你的耳朵在哪里，嗯……你你你！哼，你……唉，这倒霉的生活……我一定会生病，我一定会生病……"

于是捧着自己的胸脯，踏着很重的步子走了开去。

可是下面几堂课更加糟糕。小流氓难对付——那不用说。隔壁金老师照例又用拳头用砚池捶着大半班的孩子，进出了一种咆哮，还挤出一种紧逼着的哭声。对面女老师在教唱歌，她那嗓子高得实在受不住——叫人有一种嚼着酸梅子似的感觉。

还有是丁老师那副兴高采烈的嗓音，好像他刚刚和出了一副清一色。这就使这里孩子们的注意力分散了去，他们似乎在那里羡慕：上丁老师的课多好玩呀。

丁老师那个教室里——时不时哄出了笑声。

这么着丁老师就更加起劲，连眉毛眼睛都跳了起来。

"你们晓不晓得——'清洁'是什么？"这位丁老师把书擎得高高的，问了一句常常问的话。

全体照例答得叫人很满意："清洁就是卫生。"

丁老师点了点脑袋。

"对了，卫生。卫生是顶要紧的。譬如打疫针，种牛痘，都是卫生。一个人不种牛痘——应当不应当呢？"

"不应当！"

"哎，是的，不应当。不种牛痘的人就会像廖文彬一样成了麻子……廖文彬，你为什么不种牛痘？"

"不晓得。"廖文彬哭丧着脸答，拿袖子揩了揩嘴。

接着丁老师就指着廖文彬的脸说上一大套：好像那个小鬼犯了什么错事，该记一个大过似的。他一会儿耸耸肩膀，一会儿扬扬眉毛。末了他用两手乱点着自己的脸，窝着一张嘴：

"咦咦咦，都是麻点，都是麻点！哎呀，丑死了，哎呀，哎呀！"

下面哄堂大笑起来。还有人拍着手，顿着脚。

廖文彬可哇的一声哭了。

讲台上的那一位也学着他的：叫了一声"哇！——"然后拼命忍住笑，弯着两个嘴角，眼睛一眨一眨的：

"为什么哭呢，喂？你自己做了麻子还怪别人吗？"

又是一阵哈哈。丁老师摆摆手都拦不住，他只好挺着肚子等那么一会儿。脸上发着光。

"尤福林，"最后他叫，"你也配笑人家吗，你自己是癞头哇。跟麻子一样丑。咦咦，脏死了脏死了……"

他掏出一块纱布来遮住嘴，暗地里咯咯咯地笑着。一直等别人静了下来，他才装着一副正经面孔，照例问这么一句：这班上谁最清洁。

大家早已经摸熟了丁老师的脾气。

"林克武。"

接着——所有的视线像扔石子似的投到了林克武身上。

这个顶清洁的学生就赶快庄严着脸子，嘴也抿得紧紧的。眼珠子可在往左右瞟着。他坐得万分规矩：胸脯没命地挺着。脊背那里凹进了一大块，看去简直是个雕得不大高明的石像。

丁老师拿那块纱布来擤了鼻涕。他扬一扬眉毛正要往下说，忽然林克武叫了起来：

"稟老师，江日新对我眐眼睛！"

那位老师盯着江日新，翻出一片下唇，警告地摇摇头。

过会儿林克武又叫：

"稟老师，江日新的脏衣裳揩到我身上，脏死了！"

许多人都瞧瞧江日新，又瞧瞧丁老师。有几张脸上蒙着一副特别的神情——巴望着发生一点什么事。有一个还很响地咂咂嘴。

"嗯，江日新，又要打了吧？"丁老师欢天喜地地捞起了袖子，装个鬼脸逗别人笑。

不管那个脏孩子怎么声辩，他只顾自己往下说。

"你自己讲个价钱：打几下？什么？咦，我管你有意不有意，无意也要打。快说：几下？两下？咦咦咦，那太少了吧……"

他把价钱提高到十五下，才拿那黑板刷子动起手来。一面他耸耸肩膀，皱一下鼻子，说了句俏皮话——

"这是给小流氓的一种维他命。"

四

第四堂——邱老师没有课。

他在那间过路的厅上翻了翻报纸。想看看昨天来的《新闻报》，可是已经给佟校长寄回自己家乡去了。他指节在大菜桌上敲了几下，吸吸鼻子——他闻到了一种说不出的怪味儿。

这里是会议室兼图书室。靠墙放了一张柜子，堆满着书：全是省署的公报跟公路局的月报。此外还整整齐齐躺着三本《少年杂志》，这是任家鸿拿他叔叔读过的捐赠给学校的：两本是民国五年出版，还有一本是——民国八年。

邱老师深深地叹了一口气，觉得这里小得容身不住：四面的墙壁压着使他呼吸都不大灵便。

不知道什么时候飞进了一个蜜蜂，在空中打着旋，好几次冲到了玻璃门上又撞回来。那"嗡嗡嗡"的叫声显得又沉闷，又单调。

"唉，烦得要命，烦得要命！"邱老师脸上打着皱。

过会儿他用右手把着左手的脉。他全身软软的，感到刚跟人斗过一回拳那么困倦。可是他觉得心在怔忡着。脑子里老是转着那个念头，叫他越想越痛心：他难道永远这么埋没下去吗，永远吗？

那些同事们——倒应该过这种日子的。他们全是莫名其妙的家伙。他们只配对付小流氓。这里他又抽了一口气：觉得那三分之一的好学生简直是遭殃。

他把报纸一推，有一张飘到了地下也不去捡。手抚摩着胸脯，调匀了呼吸，他在劝着自己：往后该少动些气，为了三十二块钱扔掉了自己健康——那简直太值不得。

可是——可是——唉，人类的天性总是好美恶丑的。

他开开对院子的那扇门，眼睛盯着那个蜜蜂。一面在肚子里推敲着字句，把刚才那个问题分作三点来说明它。打这里又推论到他自己的情形：要绝对不跟小流氓闹脾气是办不到的，他天性就讨厌下流人，并且他嫉恶如仇。

耳朵边又嗡嗡地响了起来：那个蜜蜂并没飞出去。

好像怕它会叮他似的，轻轻地走出了门。他行了一下呼吸，就决计把肚子闷着的思想对丁老师谈一谈，

可是没办到：别人这一堂正有课。

"哼，不识好歹的家伙！"

一下子可不知道要怎么去利用这三十分钟。他走到了院子里又走进来。最后他才决定要晒晒太阳。他记得太阳有七桩好处：一，

有紫外光；二，杀霉……

他听见校长佟老师房里有了响动。还听见佟老师溜着个女人样的嗓子叫：

"小把戏！小把戏！"

这位晒太阳的老师就往那边横了一眼：哼，这么个好校长——睡到现在才起来！

那个小把戏端着洗脸水进房去了。这是个吊眼疤孩子，帮着他表哥长寿在学校里打杂的，一个月拿一块大洋。他上身穿一件臃肿的破棉袄，下面可是一条单裤。一进房摆好那盆水就低着脑袋往外走——竟忘了带走那把尿壶。

佟老师就拿指节在他脑顶上狠命敲了两下。

这些响声引动了几个学生走过来，在那房门口张头探脑的。

佟老师打嘴里抽出了牙刷，大声一叫：

"做什么！？"

"我们这堂常识……"

"你们自修！"

十分钟之后佟老师踱了出来，手里捧着一杯香片茶。据说他这是从天津学来的习惯：从前他父亲在那里开过一家皮货号的。

他喝了两口茶咂咂嘴，就跟邱老师谈了开来。他埋怨那位请假回去结婚的华老师——丢下一屁股功课叫别人代。这些功课全都排在上午，使他佟老师睡不成觉。

"你是晓得我的：我身体太坏，缺了觉就英雄无用武之地了。"

接着又谈到学校里经费不够。话里夹着许多成语，才说了一句"巧妇难为无米之炊"，一会儿不知道怎么一来又谈到了"完璧归赵"。

邱老师老瞧着他那张嘴。想道：

"怎么他那颗金牙齿变成紫铜色呢？哼，更显得市侩相！"

那个说话的人谈得很起劲，手不知不觉要打手势，茶水就泼了点儿出来。现在他扯到了金老师身上。他弯下腰去让自己跟邱老师靠近些，放低了嗓子，告诉别人——金老师家里虽然"一败涂地"，他可还有大少爷脾气。

"秉性难移，有什么法子！"

邱老师盯着对方的脸瞧着，忽然想起这位校长那晚喝醉了酒，叫长寿去请计局长的事来。别人没依他，他就像孩子似的哭着，他硬要跟局长去算账：他说他辛辛苦苦办这个学校，只拿了八十来块钱外开都还要受申饬……

那种疯头疯脑的样子大家都还记得。丁老师调好硼酸水喂他，他可扭扭丁老师的腮帮要去亲嘴。接着又含含糊糊地叙述——他碰见余大昌的母亲：虽然穿得不好，可倒还干净。她竟对他扯媚眼。他说这种人家里的妇女很容易就上手的，只要你给她一块钱，顶多一块钱。

这里邱老师微笑起来。他瞧瞧那个的嘴，又瞧瞧那个的手，就起了身。他怕别人把茶泼到自己身上。

"笑什么？"佟老师问，"笑金梦周跟老皮吵嘴的事，是不是？"

于是又在这件事上面发挥了许多话。邱老师觉得已经过了很长很长的时间，可是别人还没有住嘴的意思。他只好又坐下来，手揉着右边胸脯，老是叹着气。一直等到长寿来跟佟老师回话——他这才轻松了一点儿。

他转过脸去。他知道这校役又是向校长讨那六毛钱——上个月打牌的时候叫长寿垫出来买牛肉的。

佟老师又跟每天一样发了脾气：

"吓，区区六毛钱就值得这样天天来讨！我还赖你的吗！"

长寿就嘟哝着走到那间过路的厅里，拿起铃子狠命地摇了起来，震得别人耳朵都发胀。然后把那座挂钟拨快了十分钟。

这么着楼上地下都空隆空隆乱响起来。孩子们唱着歌，叫着，这里面还辨得出钱素贞那个顶尖的嗓子——在唱着《特别快车》。

院子里的一些麻雀都打了个寒噤，嘟的一声飞跑了。

丁老师耸了耸肩说：

"老鼠笼子放开来了。"

那位烫了头发的全老师就咧开她那张红漆似的嘴巴大笑起来。腰扭了一下，然后拿手搭到钱素贞肩上，也溜着嗓子唱：

"乖唉乖，特别快——嗳嗳嗳——"

邱老师攒着眉毛老是想发脾气。他用力踢开了自己坐过的椅子，踏着很重的脚步上楼去。一面用手堵着自己的耳朵。

厨房里发出了铁器碰铁器的声音，那股浓厚的洋葱味儿直冲着楼窗里飘进来。

"该死！又是洋葱！又是洋葱！简直是野蛮！"

楼下忽然哄出了大笑声。

他满脸不耐烦地走到廊子上的栏杆边，才瞧见丁老师在做着各式各样的滑稽脸子，把钱素贞往任家鸿身上推，嘴里叫着——"恋一个爱，恋一个爱！"

旁边许多小鬼拍着手跳着，嚷着一些什么。

钱素贞嘟着一张嘴。她一会儿顿着脚，一会儿又笑。可是她怕那件人造丝夹袍的开衩太小，挣扎得非常小心，只顺手把面前的几个脏孩子捶了几拳——他们不该笑她。

她脱开了身子往大门跑去，知道任家鸿还打算追她，就把脖子一扭，眼珠子一斜：

"唷，你要死了！尽欺侮我！"

佟老师只打着哈哈，说了句"两小无猜"。

两位女老师笑得脸都发了紫，拍拍丁老师说他缺德。

可是金老师没有在场。他照例在开饭之前要到厨房里去一趟：要是炖着什么荤菜，他就得留一大碗汤来喝，叫长寿加点开水到锅子里去。

长寿老婆常常对两位女老师说：

"金老师顶不要脸：吃了汤叫长寿挨佟老师的骂。换下来的裤子就那么脏。怎么好意思的嘎！"

"都是些无知无识的家伙！"邱老师撇一撇下唇就走进了房里。他不等小把戏来请他吃饭是不下楼的。

吃饭的时候又发生了每天准得发生的那套花头。佟老师开头喝了一勺肉汤，就发怒地皱了皱眉，摇摇脑袋。随即皮老师就大声喊了长寿来，于是校长骂长寿是贼坯——把原汤偷着喝光了。他一面嚷一面瞟金老师几眼。

"你怎么会没有偷？除非你赌个咒：偷了原汤喝的是王八蛋，是婊子养的！说呀，是王八蛋，是婊子养的！你怎么不赌咒呢……"

丁老师喝了一口汤，就装模作样地称赞这是很合卫生的：那个偷汤的家伙显然是怕大家油坏了肚子。

两位女老师就迸出了咯咯咯的笑声：全老师用块小手绢遮着嘴，楼老师可低下脸去——让自己的嘴仆在饭碗上。

只有金老师绷着一张脸在尽量吃饭，仿佛没听见似的。他把筷子勺子碰得很响，似乎在嚷着：

"你们都是亲戚同乡，都排挤我！好的，好的！我可不怕！"

邱老师也不睬他们，只顾自己慢慢地吃着。他认为一个人要有精神，多半要靠消化器健全。这么着他细细里嚼着，脸子微微地侧着,好像在那里欣赏自己那种文雅的嚼声。

五

下午要到一点四十分才上课。可是孩子们来得很早。这一段时间很热闹。老师们吃得饱饱的,并且这种天气还不必睡午觉,大家都挺有兴致。

任家鸿他们在玩着篮球,站成一个圈,占着大半个院子。剩下的地方让钱素贞她们踢毽子。有些孩子想占点地方来比玻璃球,于是发生了一点争执,可是马上给金老师解决了下来:

"不许!玻璃球是花子坯玩的——交给我!"

老师们跟前都围着那些讨喜欢的学生:他们都很光烫,有几个脸上还涂着雪花膏什么的。他们的家长多半跟老师们很谈得来,一到了过年过节就得送来一些月饼,粽子,装潢得顶漂亮的饼干,还有那些专门用来送礼的陈皮梅。

就是上星期开恳亲会的时候,他们还跟家长带了许多礼物来的。

于是老师们把这些孩子抱到膝上坐着,问着那天他姊姊为什么没有来,姊姊是不是已经进了高中。那个穿绿旗袍的是谁呢?有时候还问到他们的母亲,他们的表姊,甚至于舅母。

只有靠在邱老师身上的那个穆养浩——手里拿着一本儿童刊物。邱老师指指点点地教他认字,谈着里面的故事。要是这孩子插嘴,他就得微笑着听着,然后仔仔细细答复一下。他认为这是他应分做的事,并且也很有趣味。

末了他又对穆养浩说明这故事里所含的一个教训:哪,这个孩子因为勤俭——竟发了大财。那个可乱花钱,到底败了家。于是他问：

"一个人要不要勤俭呢？"

"要勤俭！"那个很干脆地答，"没有钱的人——都不会勤俭……邱老师，为什么他们不肯勤俭呢？"

邱老师可一把抱起这孩子来，还热情地闻闻他的脸。一面想着他自己要到个什么教会学校去教书才好，那里的孩子全都是这么可爱的。再不然他就该去考大学。接着他叹了一口气。

有几个小流氓在旁边瞧着他们，显得又好奇又害怕的样子。

大部分的学生只待在教室里：豁拳，叫，唱。余大昌站在讲台上，跟一年级的江日新逗着玩。

"江日新，天天吃狗屎。今天就吃了一泡。"

"噢！"江日新抗声说，"我今天没有吃！"

"今天没有吃，昨天是吃的，我看见的。"

"没有没有！昨天我也没有吃。"

"你还赖，你还赖：还是我拉给你吃的哩。我拉了一泡，你马上就吃掉了……"

邱老师可忍不住了跳起来：

"你这下流种！你这下流种！"

他进去一揪了余大昌就往院子里跑。那孩子一路上给拖得跌跌冲冲的，到墙跟前才让他站住。

校长把那杯茶加上了开水，喝一口摇摇头：他认为邱老师处置得太客气。接着他又表示奇怪——为什么教育当局不许老师打人，不然的话学校里可以定做几块板子。

"小流氓太多了：三分天下有其二，不打还行？"

这里丁老师插了一句嘴。他说要是把这些野孩子解剖起来，一定可以发见一条叫作"蛮筋"的东西。说了就扬扬眉毛，看看大家的脸。

可是谁也没有笑。两位女老师都在她们自己房里。

邱老师使劲把丁老师的鼻子瞅了一眼,这才又坐下来。

"唉,真是!"他摸着右边胸脯,触得到一根根的肋骨,"人家的鼻子干我什么屁事,我也要生气?"

太阳斜射了进来,窗门就在地下整齐地画着几个平行四边形的影子。灰尘在亮地里扬着,像烟那么一滚一滚的,简直叫人不敢呼吸。

外面那个篮球,给一下下拍在水泥地上,发出了一种又麻木又沉重的声音。脚板擦擦擦地响着。叫着:

"怕司,过来!怕一个司,喂!怕给我!"

皮老师抬着那张长脸,不放心地瞧着玻璃。

一二年级的几个小流氓在整洁路上跑着。不知道为了什么,他们总想打那玩篮球和踢毽子的两圈人中间穿过去。一跑到对面就得意地笑着,对这边的人点点脑袋。

任家鸿睁大了眼睛,嘎声叫:

"滚开,小鬼!"

可是给尤福林溜过去了。尤福林边跑边笑,到了对面才透过气来。于是冲着这边整洁路上装个鬼脸表示胜利,右手揩着墙——走了几步。

他们老是爱拿手去抹墙:粉壁下部——齐两三尺高的地方以下,就全是灰黑色的。

现在那个球正到了任家鸿手上。

"喂!"任家鸿身子转向了尤福林,手捧着球猛地一举。

对方那个癞头慌着一躲,大家就哄地笑了出来。

这么举了几下,尤福林可放了心,并且还打算再从那两圈人中间奔回来。

可是正在这个当口——突然——那个大的圆东西往他脸上射了过去。

这么一来就仿佛一下子翻倒了什么似的，几十个嗓子嚷成了一片：漫天漫地都塞满了这些叫声。

"任家鸿打人！"

"出血了！出血了！尤凤英！"

"打……打……"

有几个小流氓可在对着门嚷些什么，显然是想叫老师们来处置这回事。

一个窗口里——断了一根铁栅的那地方，猛地伸出一个脏脑袋来，叫了一声——

"任家鸿该打！"

又立刻缩进去了。

几位老师跑了出来。

"吵什么！吵什么！"

尤福林坐在地下哭着，淌着鼻血。满下巴都是殷红的，滴到了衣襟上，袖子上。脸上留下一个球印——一塌泥，糊得面目都瞧不清楚了。

他姊姊可抓住任家鸿的衣领，脑袋往他胸脯撞过去。

"我跟你拼命！嗯！我……"

任家鸿一面挣开自己的脖子，一面用左手死揪住她的头发。他右手抽空来对付敌人：拿出运动员的身手来打她的脸，搔她的脖子。

并且他还没忘记他平日对待女同学的法子：他就搔她胸脯那有点突起的地方，扭她的大腿，搥她的两腿之间。

孩子们全都拥着，叫着，乱挥着两个膀子。

钱素贞，也不可惜她那件人造丝旗袍，竟跑去揍着尤凤英，晃着两个抓成粽子形的拳头。她还叫着骂着。

"死不要脸！跟男同学……嗯！嗯……"

佟老师跳着脚，榨着那副女人似的嗓子叫着——嘴里那两颗金牙差点儿没掉下来。

可是谁也没听他的。

其余几位老师赶走那些拥着的小鬼，挤进去七手八脚的——好容易才拖开了尤凤英。

打架的人在喘着气。任家鸿的衣领给扯得不成样子，钱素贞的旗袍上也打了许多皱。

尤凤英脸成了灰白色，缀着一条条红的紫的，她全身在发着抖。

那位校长对她瞪着眼，嘴唇肉用力地缩着：

"流氓！泼妇！畜生……打架！打架！"

"我们给欺侮得够了！欺侮得够了！欺侮得……"

"欺侮得——你不来告诉老师！？"

尤凤英嘴角抽动了一阵，手抓着拳哆嗦着，瞧这劲儿似乎她又想要发作一下。可是一会儿她转过身子去，走了两步。她咬着牙嘟哝：

"告诉老师——告诉老师有用处就好了！"

这句话叫大家吓了一跳。

佟老师额上突出了一条青筋，连肺都要炸破的样子。他跳着脚，拳头在空中打着，不怕嗓子叫裂似的吼着：

"你说什么！你说什么！开除你！——马上开除！马上滚蛋！尤福林也要开除！皮老师皮老师！写布告！——开除他两个！马上

写！"

他往前冲了几步又打回来，不知道要怎么着才好。发白的嘴唇在动呀动的，鼻孔里咻咻地呼着气。有些孩子把嘴呀眼睛的都张得很大，傻了吧唧地瞧着他：他就大叫——

"滚开！"

一会儿他又冲进房里捶着桌子，催皮老师快点贴布告。

"嗯，嗯……混蛋！泼妇！真要——真要——嗯，真要送她去坐牢才好！"

其余几位老师都没言语，只是喝着叫那些拥在门口的学生走开。

邱老师瞧一眼金老师，又看看丁老师。他脸上没一点表情，右手照常在那里摸胸脯，听见校长那种喘不过气来的呼吸，他就对自己说：

"哼，蠢猪！为了这点小事发这么大的脾气！"

其实开除学生的事，每个月总得有这么几次的：这也许成了佟校长跟皮事务员的一种癖好。

到了一点半钟就把这件事正式弄好了。

于是丁老师苦着个脸去跟佟校长打个商量：想要叫校长往后别发脾气——因为从医学上的立场看来，这是于一个人的健康怪有妨碍的。

佟老师说：

"实在是忍无可忍。尤凤英的哥哥是搬运夫，你们想想吧！"

这里佟老师又把嗓子提高了起来。世界万物——他顶恨的是搬运夫。于是他又谈到那次他到汉口的事：嗯，那些搬运夫竟卡住了他向他要两块钱，找别的人来背行李呢——一个也不来。原来那批混蛋是"朋比为奸"的。

虽然这个故事说过许多次数,别人可还是注意地听着,邱老师还同情地叹了一口气。

只有金老师没理会,一个劲儿眨着红眼在看他的报。

说故事的那位瞟了金老师一眼,在肚子里嘟哝着:

"他难道也是跟搬运夫朋比为奸的吗?他那副恼羞成怒的神情。嗯!"

然后跟丁老师使了个眼色。

丁老师眉毛扬了一下:他认为别人是在向他要维他命。这就耸了耸肩膀,窝一窝嘴唇。接着又转过身去,装着卓别林的姿势往门口一摆一摆地走。两脚使劲拐成一个"八"字形,连膝踝都拗得发痛。他自己笑得直打颤,可是拼命忍着不叫高出声音来。

到了门口他就死命咬着舌尖忍住了笑,学着卓别林那股傻相——回过脸来这么瞧他们一眼。

可是谁都没有看见他。

六

邱老师下午睡了一觉。没上课,只叫学生们自修。

醒来的时候已经散了学。教室里桌子椅子空隆空隆响着:值日生在扫地。

许多孩子在唱着歌,一个个挟着书包往外走。钱素贞除了《特别快车》——别的什么也不唱,于是全老师在她自己房里和了起来。

邱老师打了个哈欠。

"哼,真奇怪!我就不懂——为什么教育当局一定要学校里设唱歌这门功课!"

太阳把玻璃窗照成了金色,影子闪呀闪地在发抖。

他又打了个哈欠。

"醒了吗?"丁老师转过脸来看看他。

这位没答腔,只静静地听着自己的呼吸,听着自己的心跳。眼对着书架上那只公用的闹钟,右手把着左手的脉。

丁老师只好又把脸掉转过去跟皮老师谈天了。

那位事务员正用肘靠在一张桌上,仆着上身在看着丁老师写什么。

闹钟嗒嗒嗒地响着,还夹着丁老师那支铅笔在纸上点画的声音。

"你晓得这是什么?"丁老师指指那张纸,热心地瞧着对方那张长脸。

那上面写的似乎是个"2"字。不过尾巴可拖得很长很长,还在上面打了一点。

那位事务员麻木地摇摇头。

丁老师侧过脸来害怕地瞟了邱老师一眼,才低声向别人说明着。字可咬得很含糊:许多音都给衔在喉管里没尽量放出来,仿佛怕外人听了去似的。

"这个字就是Quinine:医生开药方总是这么写的。哪,还有:你看——"

他偏着脑袋,舌尖顶在嘴角上,又写着"Tab. 20"下面还签了个名:"Dr. Johnson Tin."

"哈,真糟糕!"他下唇往外面一突,"人家总是叫我大狗头丁。大狗头——这就是这个字的译音。我只好怪自己:谁叫你当医生的呢……没办法,只好让人家叫我大狗头……大狗头丁!大狗头丁!大狗头……"

接着又是那一手:大拇指顶在鼻子上,其余四个指头在空中招了几招。

邱老师下了床，点着了一支烟。他想：

"凡是脸孔长得长的总是白痴。绝无例外。"

他拿过《英语周刊》来随手翻着。叹着气，埋怨自己一直没用功读英文。他该再多求点学问，在社会上多做点事。

那边丁老师不住地叽里咕噜，叫他十二分烦躁。他拖上拖鞋，决计下楼去避开他们一下，好让自己想一想。

有几个学生还没有走。他们挟着书包在院子里跑着，甚至于一面走一面踢石子。

邱老师皱着眉毛瞧瞧天，又拿手摸摸额头。

"哼，我能老埋没在这里吗……我应该升学。"

他叫自己别使性子，好好地把这个问题来研究一下。肚子里有条有理地计算着筹学费的事。嗯，这一共分五个步骤：第一他得留几个钱，第二呢他要省吃省用，第三是——那三十二块钱薪水里面该储蓄起十块钱来……

忽然，他又想：

"真古怪，怎么那些小流氓罚也不怕，打也不怕，还是那么混账呢……嗯，这是天性的恶劣。"

于是在肚子里把这句话重复了一遍。

他在桃树下站了会儿，踱进了那个过路厅上。

《新闻报》送来了不过十来分钟，可已经给佟老师拿到房里去了。

"我先前想着什么的？好像是……"

搔了搔头皮。他把本地报拿起来又丢掉，然后挺小心地站了起来，仿佛怕什么东西会碰坏他的胸脯似的。脚也踏得很慢很稳重，似乎要数一数这里到佟老师房门口到底有几步。

可是一下子他又踌躇起来。

他听见校长室里鬼鬼祟祟地在说着话。

"刚才金老师没跟你谈别的吗?"

"没有。"一听就知道是任家鸿那个嘎嗓子。

"那还好。我告诉你:以后你跟金老师谈天的时候要小心些。他是有病的。以后……呃,你晓得不晓得他生的是什么病?"

沉默了会儿。

"嗯,你看他的沙眼就晓得,他那个沙眼……晓得了吧?那就是因为他有那个病,那个……那个……唉,一种要不得的病——不可告人之隐。他是荒唐过的,一荒唐就会那个……晓得了吧……"

以后又谈到了任家鸿的父亲,还夹着佟老师的笑声。

邱老师胸脯那里紧了一下,感到掉了一件什么东西似的,他咬着嘴唇,在肚子里叫:

"哼,任家鸿偏偏相信这些市侩!这些这些……哼!"

似乎为了要给那些市侩一点脸色看看——他于是一直闭着嘴,一吃了晚饭就上了楼。

他知道他们一辈子不会有出路:真古怪,他们竟心甘情愿过这种刻板生活!——吵嘴,打小流氓,搓麻将!

"哼,都是蠢猪,都是蠢猪!"

书架上那只公用的闹钟嗒嗒嗒地响着,好像故意要惹烦他似的。那声音老是那么不快不慢,那么没有变化,把他们的时间一步步在一定的轨道上拖着走。

现在是八点五分。

那佟老师房里又打起牌来了。丁老师只要别人邀他一声,就马上跑了过去热烈地叫道:

"哈,好极了,我举双手赞成!还举一只脚!麻将这东西呀,你别小看它：打一回赛过照一回太阳灯哩。"

不过一到第二天就得告诉邱老师他输了两块钱。他原是不爱打牌的，可是他不能扫人的兴。

真是个俗家伙！只要看他的鼻子就晓得！

金老师虽然跟他们合不来，他可也来凑一脚。打不到一圈他就得嘟哝着：他知道别人在那里抬他轿子，在那里联合起来排挤他。好的，好的！然而他不怕！这么着他还是坐在那里往下摸牌。

此外就轮到那两位女老师。她俩老是合伙：一个上桌一个瞧着，一摸到一张好牌就尖叫了起来，平时可只拿鼻孔哼着歌，脚尖打着拍子。听到丁老师说话就立刻扭着腰大笑，仿佛这是她们的一种义务似的。

楼上就只待着邱老师一个人。他不想看书，也不高兴改本子。点着一支烟，右手撑在太阳穴上——他觉得这里有点发烫。

"这种生活真坑死人，唉……我一定要改变一下，一定……混在这里连自己也显得俗起来了。哼，简直是恶俗化！"

对于自己的前途——那可要分六点来研究。他抽了一口烟，右手移到了额头上，念头一下子又岔了开去：他觉得自己有点发热。

他倒到了床上，瞧着那盏十支光的电灯愣了好一会。于是又照例叹着气，摸着自己的胸脯，皱紧着眉毛。

"哼，该死的……一天又过去了！明天还是这一套，还是对付小流氓，开除学生！还是这一套！唉，永远是这一套！……"

（原载1936年2月1日《文学》月刊第6卷第2号）

儿女们

一

傍晚。屋子里已经黑得什么都瞧不见。外面刮着风,飞着满天的黄沙,大地给震得一荡一荡的。黑云堆成了一整片,像一块厚铁,渐渐往地面上沉:似乎已经盖到了屋脊上,再过一会就得把屋子压扁。

广川伯伯坐在锅子旁边,注意地听着外面。风大叫着掠过这些屋子,还夹着沙沙的响声——像有大块石子什么的落到地上,又像是有人走路。

"她回来了……"

他马上咬紧着牙。左边腮帮上抽动起来,他那张瘦脸就歪着扯着,仿佛有谁在他左耳上使劲拉着似的。一面伸长着脖子,把脑袋偏了一会儿,更起劲地听着。鼻孔里短促地吸了几下气,像要嗅出那走路的到底是谁。

屋子仿佛给飘到了天上，摇晃得叫人发晕。四面八方都吹哨似的，拖长着声音叫"呜——"，越叫越高，尖得刺耳朵。于是渐渐低下来，像有人在哼着。可是一会儿又高了上去。

没谁在走路。这世界上只有他一个人。

顺手把烟杆拿过来，可是到半路里——他忽然又愣住。一些泥屑掉到他身上也管不着，只侧着脑袋听着。眼盯在地面上，时不时对门口那儿瞟一下。

老是觉得有那烂熟的脚步声。要像往日那么着——越走近就步子越快，于是门一响：

"爹！"

广川伯伯就得抬起脸来，爱笑不笑地把嘴角动一动。

可是这回抬起脸来，只让左腮帮抽动几下。嘴里嘟哝着：

"三天了，三天了，小银儿这……"

锅里小半锅灰黄色的小米稀饭在冒着热气，滚着一个个圆泡。广川伯伯可只横了它一眼，没想到要吃。往日，只要家里能有东西进嘴，总是小银儿照拂他的。

"她在哪里，她在哪里？"这老头儿颤着两片干瘪的嘴唇，"小银儿跟黑二一样，跟黑二一样……他们毁了我……"

他手哆嗦了一会，又把烟杆放到原处。

风更紧了些，仿佛要把这地方连地皮卷去似的。

远远地有枪响——

"啪！"这声音像碰到了什么东西又弹回来，于是再来了一声——"啪！"

说不定土匪又在那里抢那汽车站，也许是抓到了几个乡人在打靶……

"这年头儿,这年头儿,唉……天翻地覆了……什么都倒过来了……这年头真是!"

这年头广川伯伯也变了许多:胡子一根一根成了白的,脸上的皱纹也深了——密密地一条挤着一条。他手指老颤着,用不起一点劲:几乎连纸都拿不起来。什么事都打不起精神,连脾气都不大发;想着黑二对他不孝顺,顶多只嘟哝几句。

"二十几岁了,什么都不上规矩:不学好……我知道你巴不得逼死我,我死了你才称心,你才……你尽丢我的脸。一年到头跟小倭瓜他们在一起,一批小人!不知上下,不知好歹……幸得小银儿没给你带坏。大才要回家了,叫他揍你一顿!"

不管黑二听不听,老头只一口气说着。他一个人在家里也老是这么自言自语,一面左边腮帮就一抽一抽的:他那年遇着龙风吹歪了脸,拿桃叶跟头发什么的诊好了,可是脸还有点不平正,左边还常常抽筋。越抽得厉害,话也就越多,于是又埋怨这世界变得太古怪,一天天只闹别扭。什么事都瞧着不顺眼,活到快六十岁的人,还给弄得不知道怎么过活。总而言之一切都颠倒了过来:儿子不听老子的话,小伙子不相信好人,就像廉大爷那么个活菩萨,他们也忌恨他。

"好话你们不听,好话你们不听,唉!廉大爷待人那么好……廉大爷从没亏待过你们呀……"

他老是说"你们""你们":他是站在廉大爷那一边的。

这世界上只有廉大爷顶懂得广川伯伯。广川伯伯虽然读通了书,考运可不好,一直没进过学①。自从廉大爷瞧见广川伯伯替别人做的一副挽联:就跷起个大拇指——"才子之笔!"马上请广川

---

① 明清科举时代,童生应试,取中秀才,入县学成为生员,叫作"进学"。

伯伯到他家里去教他几位侄少爷。现在那些侄少爷都进了洋学堂，再没理会这位老师了，可是廉大爷还把广川伯伯当朋友看待：家里有事的时候就让广川伯伯跟那些爷们儿坐在厅上吃酒席，不叫跟长工们在一块儿。

廉大爷只有一桩事干得不对——干吗要办那个汽车公司！汽车路一造，风水一破，就什么事都别扭了起来。

可是别人都羡慕广川伯伯跟廉大爷那么接近。

"广川伯伯，叫廉大爷给你们大才黑二找个差事呀。"

这两个儿子可没子儿给念书。大才推了几年手车，汽车一通，他那买卖便完了蛋。于是廉大爷把大才送到瑞州的汽车公司里做事——给客人背铺盖什么的。现在做了磅行李的：说是拿一件件箱子网篮到洋秤上去称。有时候也寄几个钱回家。他还讨了个媳妇儿。

黑二的事就没办法。廉大爷只摇摇脑袋——"难，难"，剥几下指甲，接着就告诉广川伯伯：大才还是硬插进去的。

"这全是看老兄的面子，要不然……呃，黑二的事慢慢再看吧。"

也许廉大爷嫌黑二不学好。这只能怪黑二他自己。黑二分租别人一点田，还老是骂街：一会儿跟师爷们顶嘴，一会儿突出双眼珠说廉大爷那家恒隆当准得放一把火烧掉。

"黑二你！开当店是做好事呀，他们……"

"好事！点一把香到廉大爷跟前去磕头罢，我看！"

就这么个蛮劲儿！

广川伯伯又嘟哝起来，左边腮帮抽得把肌肉扭成一块。他告诉黑二——谁也是折磨出来的：要是守点本分，规规矩矩做人，廉大爷准得提拔他。

"吃得苦中苦,方为人上人。只要吃苦……只要你学好,总会……唉,我本来还望着享点后福的哩,哼!"

接着又把这套话重复了四五遍,一直到吃东西的时候也还不住嘴。他拿打颤的手把黑色馍馍送到口里去:臼齿脱得只剩了一颗一天到晚见鬼地疼,他就用门牙和犬齿嚼着,上唇跟下唇磨呀磨的。一面尽嘟哝着,瞧瞧黑二又瞧瞧小银儿:他生怕小银儿给她这不安分的二哥带坏。

"大才是好孩子,可是没在我身边。我只靠小银儿……要是你跟你二哥学坏了,那我……"

可是孩子们总得有点别扭:小银儿埋怨她这门亲事。她不愿意嫁到那油坊里去。

"怎么!"广川伯伯眼睛睁得大大的,"那孩子不好吗——有吃有喝的?不害臊,女孩子说这些话……爹能害你吗……廉大爷好心好意做这个媒,是为你打算,是为的你……一个油坊小老板,家里有吃有喝,又肯学好,又是廉大爷族上的,别人还抢着要做亲哩。"

于是小银儿没再开口:到底她不比黑二。到十一月里给娶了过去她就能够安安稳稳过日子了,廉大爷还算是广川伯伯的亲家老爷哩。

"到那时候我到大才那里过活,随黑二去鬼混。我随你去干什么,可别说是我的儿子,别说是我的儿子,嗯……今年我跟大才去过年,我不管你……"

黑二笑了一声:

"得,叫小银儿嫁过去做个油葫芦吧。呵,多好!咱们都得沾上点油哩,滑不溜的……我啊,我可不认这门油亲!"

小银儿那天闹别扭准是跟黑二学的,准是跟黑二学的,唉!

到了前天,可一下子来了天大的别扭——

小银儿跑了！

"爹，小银儿跑了。"黑二满不在乎似的。

"什么？"老头儿打炕上跳起来，两手撑住上身，哆嗦得要倒下去。

"十一月里要嫁到油坊里去，怪腻的，她不干。跑了，往别处找活路去了。"

广川伯伯瞧着他的二儿子，似乎叫他别逗着玩儿。广川伯伯不相信这回事。可是广川伯伯心跳得连屋子都震动起来。

黑二的脸可正正经经的：

"瞧吧，我早说过，这门油亲咱们沾不上。"

沉默。

这屋子仿佛在翻筋斗，把广川伯伯摔倒下去，五脏六腑给捣得粉碎。

什么都完了蛋！就连小银儿也撇开了他！

"我死了罢，我死了罢……这世界，这……老天爷老天爷！真太……太……"

广川伯伯嘟哝着，等着。拿棉絮裹着身子，石头似的坐着，他听着外面，瞧着门口。他没淌眼泪，好几年来他眼眶没湿过一回。他只是心脏上一阵阵的痠疼，像有烧红了的针刺着似的，刺一下——他全身的皮肉就抽动一下。

大儿子没在跟前。二儿子这辈子没有了出息。他觉得全世界里只有他跟小银儿俩，可是……

这么大一个天下，就留了他一个人！

"她会回来，她会回来……天无绝人之路……"

"爹睡罢，唉！"

"我等着她，我等着她……她不能那么没良心，她不能——她不能……天无绝人之路。小银儿知道我的苦……"

黑二铲些马粪放到炕洞里着了火，瞧了瞧老头，着急起来：

"爹真是！睡吧，啧……着了凉可不是玩意账：咱们没半个镚子抓药。"

"她会明白过来，她会……"

这一晚小银儿没回家。

于是第二天，第三天。

两三天里广川伯伯的胡子似乎又白了许多，肚子饱饱的老不想吃东西。他冒着风出去到别人家里打听，还沿着汽车路一直走到汽车站，到那些茶店里走走，看听不听得着一点儿影子。

黑二可发了愁：

"别出去了吧，这么大风……找得着吗！小银儿这回在外面干得好了，往后也许还得当那个什么'人上人'哩。吃点儿吧，爹。"

老头儿用劲横了二儿子一眼，左脸上没命地抽动起来：

"小银儿在哪里你知道的，你一定知道。你要逼死我，你要逼死我，你是……你是你是……小银儿给你带坏了，给你带坏了：你叫她跑，你叫她你叫她……"

声音越说越高，炸破成了嘎嗓子，喘得上气不接下气。接着他全身都哆嗦起来，猛地举起了烟杆，在黑二脑袋上打了两下。

黑二不动，只眨眨眼睛，像有些沙土刮到了脸上似的。

"咱们不能把小银儿逼死呀。她一说起那油坊小掌柜，她就哭，往后要是嫁过去——想想她那日子！那小掌柜是……"

"你叫她跑的，是你！是你……"

许多人都瞧见这几天小银儿跟黑二说着哭着，他们兄妹俩成天捣着鬼。于是黑二往什么地方去了一趟回来，这天小银儿就跑了。出这主意的当然不止黑二一个，另外总还有几个人帮他们，不过大家都不能确定说出这些人是谁。

广川伯伯还是等着：听着外面的风，一有点别的响声，他的心就一跳。他眼睛一动不动地盯着锅子里的东西，嘴唇在颤着，脸子更歪了些。

"天翻地覆了，天翻地覆了……"

读过圣贤之书，在廉大爷府上教过馆，可是他的二儿子不上规矩，女儿——甚至于跑掉！他觉得小银儿比黑二听话，可是现在她跟黑二站在了一条线上。他们远远地离开了他，让这老头儿孤单单的没半个亲人。

"我要走，我要走。我去跟大才一块过活……"

风似乎要窜进屋子里来，刮得哗哗地响，接着就下雹似的一阵沙泥。

什么地方又来了枪声：啪——吧！

忽然广川伯伯生起气来，咬紧着牙，手也哆嗦得厉害了些。他喃喃地骂着小银儿：他觉得什么别扭都是小银儿闹出来的，说不定黑二那么没规矩倒是小银儿引坏的。要是她回来了。他就得——

"我揍她，我揍她，我攮她出去——不许她回家里！不许她……"

腮帮子抽得连左眼都一眨一眨的，眉心和嘴边上就痛苦地皱着。他闭了会嘴，把脑袋俯了下去：下巴搁在胸脯上。

外面脚步响。

广川伯伯一下子抬起脸来。身上仿佛流着一种什么东西——像是一阵热，又像是一阵冷。

要真的是小银儿回来了……

步子越响越近——给埋在风声里，听不出是谁的脚步。

他打了个寒噤。他希望不是她，又希望是她。

嚓嚓嚓的声音到了墙外,于是门一响——黑二。

"吃了没,爹?"

黑二站在黑地里显出一个模糊的轮廓,脸嘴一点也分辨不出,只瞧得见他那双眼睛在动着——看看锅子,看看旁边那两个冷得硬了的馍馍,又看看老头儿。他轻轻地嘘一口长气。

这晚广川伯伯只喝了点小米稀饭。黑二可大声嚼着,耳朵边那块栗子肉一起一伏的,一面说着外面的事:廉大爷怕土匪抢到这地段来,要大家派捐造门栅。

"他怕苏老八抢他汽车站哩……下了雪反正汽车走不了。刚才龙老头儿跟我说,下了雪不开汽车,哥哥说要回来瞧瞧,还带点儿东西。"

"大才要回来吗?"

广川伯伯想到大才那微笑的脸,心里轻松了点儿。于是他颤着手指拿过烟杆来,满满地装上了一袋烟。

二

第二天早半天,廉大爷府上的马爷来找广川伯伯:廉大爷请他去有话商量。

广川伯伯给谁打了一拳似的一阵难受,膝踝子差点没折下来摔一跤。廉大爷要跟他商量些什么——那谁也想得到。这是广川伯伯家里的丑闻,也是廉大爷族上的别扭。广川伯伯生怕别人提起这回事,他老是偷偷地瞅别人的脸嘴——想看出他们有没有装鬼脸。只要对方眉毛稍微动一下,广川伯伯全身的皮肉就紧紧缩了起来,鼻孔也给堵住了似的出不了气。要是那张脸没一点表情,广川伯伯可又觉得射来了一阵逼人的冷气,叫他狠命地打个寒噤。他仿佛老听见有人在他后面叽叽呱呱说着话，哼哼地夹着冷笑，谈他的黑二和小银儿：这老头儿还读过四书五经，可是教出这些个儿女来——全做些颠颠倒倒的事……于是广川伯伯就得瞟瞟这面，瞟瞟那面，用力地咬着牙——撑住劲儿不叫自己倒下去。

这回——廉大爷就得当面跟他提这件事！

可是广川伯伯当作不知道似的。他眼睛并不对着马爷，他嗓子变得古怪起来——仿佛站在风地里冷得直哆嗦的声音：

"商量什么事？"

马爷笑得满脸全是皱纹，像结着许多蜘蛛网。谁也瞧不出他笑得怀不怀好意。

"我不知道。呃呵。嗯，我不知道。您过去了就明白。"

外面风小了些，不过远处还低声叫着，仿佛有长途汽车跑过似的。黑云越堆越重，拼命往下沉，一个不留神就得塌下来。要是把膀子举一下，手指就仿佛能摸到那冰冷的云块。在这下面走着的人，那怎么也想不起这世界上居然还有一个太阳。

广川伯伯的一双腿也有云那么重，仿佛前面有人挡着他：走得怪费劲。他爬上那条汽车路，一面嘟哝着埋怨这条路难走。

"全变了，全变了，唉……从前是……从前是……这世界要变到什么样儿呢，这世界……天气也不对了，路也不对了，这真是……"

路沿着山丘一起一伏。望着前面的高处，路似乎已经到了尽头，可是前面又是一段从低到高的路：这么一段一段的，都是上面狭，下面宽，像倒叠着许多漏斗。这么一过了汽车站，穿过几家店面，往东北角儿一拐，就瞧见了廉大爷的屋子。

广川伯伯打了个寒噤。他忽然希望这条路加长——要长得一辈子走不到。他有点怕起廉大爷来。

对面一阵风，广川伯伯赶紧把脸侧过来一下。路边的低洼里那些小屋显得更小：广川伯伯的家也在那里面。汽车路堆得像城墙那么高，一下雨下雪就得有水滚到那些屋子里去。

"风水破了，风水破了，唉……什么都完了，全都七颠八倒……我是个孤老儿，我是……连廉大爷也瞧我不起了……"

这回廉大爷得对他说些什么呢，往后还把不把他当朋友看待呢？——"唉！"

一进了廉大爷的屋子，他心就乱跳起来。

廉大爷在新造的"菩提小筑"里。于是广川伯伯小心地进了那扇圆洞门。走过佛堂的时候他瞟了那边一眼，瞥见五姨太在敲着木鱼念经。广川伯伯就低着脑袋，像到了大成殿①似的，一步步踏着走廊到靠东的厅子上。

那块寸多厚的棉门帘一掀，就听见廉大爷沉重的话声，似乎嘴里有一大口痰：

"确乎如此，确乎如此：天门口是个要隘，非造门栅不可。一夫当关，万夫莫摧。这是——呃哼！"

瞧瞧厅子上所有的人，廉大爷又把这话说了一遍。

这里人很多：纪议员，六舅太爷，施圣人。廉大爷起劲说了几句，就住了会儿嘴瞧着他们：像想要他们喝一声彩。接着他手指东划西地告诉别人：他这回赶回家来是专门为了造门栅的事。

"这干系着地方上人的生命财产，非问不可。汽车公司还有很多事要亲自去办的，然而为了地方上，这是——权其轻重，当然回来办这个。为了大家的生命财产，公司倒了也在所不惜。"

广川伯伯放心了点儿：廉大爷只谈着防土匪的事，不会扯到那

---

① 曲阜孔庙的主体建筑，是供奉"大成至圣文宣王"孔夫子塑像及祭孔的殿堂。

乱子上去。可是把眼睛扫远了些,他身子就往下一沉。

油坊亲家也坐在这里!嘴闭得紧紧的,似乎在用心听廉大爷他们说话。他旁边坐着那位小老板——谁也不相信这小伙子是在油坊里长大的:那么黄瘦,背驼得像个猴子。眼珠老偷偷地瞟这个一眼,瞟那个一眼,仿佛做了坏事怕别人揍他似的。鼻孔里响出了一种声音:"哽!"过不了一会又是——"哽!哽!"

六舅太爷抽着洋烟:烟味儿跟新漆味儿混合着。

廉大爷可说到了苏老八那股土匪的厉害,到一个村子就洗一个村子,还有许多不安分的家伙入了他们的伙。他们到处放火,把什么都抢得精光。年轻力强逃得掉的都逃走,逃不掉的就——

"逃不掉的就杀——见一个杀一个。逃不掉的都是些年老长者。"

大家就轻轻叹了一口气。

"确乎如此。"廉大爷加了一句,瞧瞧大家,用力点两下脑袋。

广川伯伯左腮帮又抽动起来。长长地嘘一口气,可是胸脯还那么紧紧地不舒服。

"唉,一点不错,一点不错:世界真是变了……"

"然而还不仅此哩。"

那些土匪还把人凌空吊起来问他要钱。这里廉大爷打了个手势,指指天花板,就细细叙述那些吊人的方法:把人凌空吊着还不算,还在他脚上戳一个洞,拿麻绳穿进去,麻绳下面吊着一个百来斤重的铜鼎。

"于是乎问你要钱。如果你不给,就尽是这么吊着。过了七天七夜,你再不给钱,他们就用红铁烫你的脊背,然后在烫破的地方撒一把盐。真是惨不忍睹……如果我们不防……"

"怎么能够不防。这批土匪太猖獗了。"施圣人脑袋画了个圈。

"唉，他们还把人家的祖宗牌位扔到茅房里，拿《论语》《孟子》撕碎了去出恭！"廉大爷的眼睛移到了广川伯伯脸上，又那么点点脑袋，"总之，是家家抢，家家杀！是可忍，孰不可忍！"

"是而可忍，孰不可忍！"纪议员应声虫似的说了一句，就咬了咬嘴唇，绷着脸。

于是沉默。大家脸子绷紧着，互相瞧瞧。还有几个叹了一声。

广川伯伯嘴里吃着东西似的，把牙齿磨了几下。他想象到苏老八那伙人把他抓住，黑二可早就逃掉了，于是他脖子上吃了一刀。他们还拖住了小银儿……

"她在哪里，她在哪里？也许已经……"

幸得廉大爷打定主意要在天门口造门栅。廉大爷说要造得像城门一样，只要两个团丁把守就尽够对付了的。不过钱就花得多了些，不比那些木门栅。这是大家的事，照老规矩派捐。

"这真是众志成城了……"

"众志成城，众志成城！"又是纪议员，不过这回他脸子绷得没那么紧了。

广川伯伯把视线打廉大爷脸上移开，扫了大家一眼，又回到了原处。他嘴唇动一动想说什么，可是没发出声来。

那些人都没言语，像在回味廉大爷刚才那些话。

佛堂里笃笃的木鱼声闷闷地响着，听来仿佛是好几里路外面发出来的。

这边暂时只有油坊小老板的鼻孔里有点声响："哽！"——"哽！哽！"

廉大爷的眼珠子在移来移去：一落到广川伯伯身上，广川伯伯就心头一紧，可是又觉得有了点儿安慰似的。

"要是他提起那回事呢？"广川伯伯就简直不知道这难关怎

过法。

这回廉大爷他们又开了口——谈到了汽车公司。

广川伯伯把手抹一下下巴,放到太师椅的把手上。他左眼眯着瞧着廉大爷,忽然感到了失望:他自己也莫名其妙——干吗要巴不得别人早点提到那回事。

可是,总有这么个时候的。于是廉大爷碰一下广川伯伯的膀子,叫他跟他到厢房里去说话。

"小银儿回来了没有?"廉大爷小声儿问,很切己的样子,似乎问到了他自己的女儿。

"没有。唉,这世界我真看不顺眼。廉大爷,我真看不顺眼。连小银儿都变了……"

廉大爷叹了一口气,闭了会儿嘴。

"我们是通家:老兄的事我是极其关怀的。可是可是——唉,你亲家今天特为来问我有没有这回事。你叫我怎么说呢?真是不幸,于你于我都……而这门亲事又是我做媒的。而我又忙得很,为了地方的事。……不然,我可以派人去找小银儿……"

广川伯伯眼睛对着板壁上挂着的画,嘴角上抽动得更快起来。他不知道要怎么着才好。手这么放着似乎哆嗦得比平日还难受,可是移开了也不合适。腿子直发软,像不是自己身上的东西。他咬紧着牙,忍住肚子的一件什么东西不叫迸发出来:全身发着热。

对面那个闭住了嘴,仿佛想得很远。时不时摇摇脑袋,鼻孔里伤心地嘘着气。

"唉,人心大变,人心大变。"廉大爷又摇摇脑袋,声音提高了点儿,就像刚才那么着——嘴里似乎有一大口痰,"确乎如此,'这世界真看不顺眼'。像你我这样……唉,人心大变。这真是!——唉,连自己的亲生儿女都靠不住!"

忽然，广川伯伯全身跳似的动了一下。他的心事只有廉大爷懂得。天下这么大——只有廉大爷一个人知道他的长处，也知道他的苦处。于是他紧盯着廉大爷那双小眼睛，手渐渐伸过去好像要触到廉大爷身上——可是在半路上停住了，没命地颤着。他觉得要对廉大爷痛哭一场才舒服。他眼眶发了红，喘得差点没晕过去。

"亲生儿女……亲生儿女……"

广川伯伯脸上抽动了一下，全脸的皱纹就深深地结了起来，仿佛身上什么部分忽然一阵疼似的。闭了会儿嘴，那些皱纹才慢慢放浅了点儿。

"我是——我是——"他仰着脸瞧着对方，像在求救，"我是个孤老儿，我是个孤老儿……"

"呃呃，这个呢，我看是……"

"黑二不学好，廉大爷您知道的，不学好。小银儿本来听话，这回又——嗯，她又给黑二带坏了，小银儿给黑二带坏了……我是个孤老，我是个——没一个亲人，身边没一个亲人。廉大爷您给我想想，唉，小银儿竟是黑二叫她跑的。黑二知道小银儿在哪里，黑二是……"

"什么？"廉大爷眼睛里发起光来。

"黑二叫她跑的，这黑二……"

廉大爷刚才那副愁眉苦脸一下子给扫得干干净净，全身都来了劲儿：谁也想不到变得这么快。他叫着说：

"那叫黑二找她回来，叫黑二找她回来！"

佛堂里的木鱼响忽然停止，五姨太的尖嗓子嚷起来：

"死不要脸，明明是要找回小银儿来想上手！哼，瑞州有了两个姘头不够，又来……"

廉大爷脸发了紫，就更提高了嗓子：

"马上找回来,于老兄的面子也就……限他明天找回来,明天!好,就这样吧……"

于是把广川伯伯拖回到厅上。

木鱼声音重新响着。可是过了会又停住,五姨太嚷了几句什么,越说越快,谁也听不明白。这么吵了分把钟,就安静起来了——笃笃笃笃笃……不过敲得比先前重了些。

广川伯伯走出廉大爷那里的时候已经到了中午。廉大爷一直送他到圆洞门口。

"不错。"廉大爷下巴那么一点,眼也闭了一下,"门栅是大家的事,捐款请老兄准备准备,也请开导开导地方上的人。"

"是的,是的。天门口的门栅……唉,这世界真颠倒了,廉大爷,真颠倒。要是不造门栅——嗯,那不堪设想!全地方的人命——这是大家的性命,大家的性命。是的,是的……"

廉大爷挺着腰站在圆洞门里,把双小眼睛盯在广川伯伯那顶深蓝色的风帽上,又渐渐往下移,瞧着那件油腻腻的老灰布皮袍——这皮统已经传了三代,平日不轻易穿的。

"这个,这个这个——"

住了会儿嘴,廉大爷侧过一小半脸去瞟了那佛堂一眼。然后他告诉广川伯伯:门栅得造得坚固,宁可多花点钱;至于每家摊派多少,今晚就叫人来估了价再摊。乡下人没读过书,什么事都不讲理,广川伯伯得开导开导他们——让他们知道厉害。他嗓子里咳了两下,又瞟了那佛堂一眼,于是小声儿叫广川伯伯把跑掉的人找回来:黑二应当明白道理,明天就交出小银儿,要不然——

"要不然大家脸子都下不去。"

至于廉大爷现在的脸子——那可是绷住的。

广川伯伯又嘟哝起来,左边腮帮一抽一抽的——脸上的皱纹就拼命闪动着。

"我真难受，我真难受，唉……黑二不上规矩：一天到晚——黑二是——黑二净跟小倭瓜他们瞎混，正派人的话一点不听，一点不听。我这么老了，我这么……"

可是那个打断了他的话：

"总之——这两件事就奉托了。"

拱拱手，掉转身走了进去。

广川伯伯一面走着，一面还是自言自语着。手捅到了袖子里，可是怕弄了那些大毛，就又把手抽出来。

"他们那些小伙子——唉，他们跟正派人结了仇似的。廉大爷放债他们要骂。廉大爷买了赵六家的山地他们也要骂。开当铺也要骂。做了好事他们不知道，做了好事他们不知道……要是地方上没有廉大爷——真不知道要闹成什么样子！黑二前生跟我有冤仇，唉，连小银儿都给带跑了。……你们想逼死老头儿，我知道，我知道，你们想逼死老头儿。唉，这个世道，这个世道！"

要跨出大门的时候闭了一会嘴：他手撑在墙上，费了顶大的劲才把颤着的腿搬出了门外。门槛有尺多高哩。

外面的冷气紧逼着他。他嘴唇麻木起来，牙齿冷得发痛。把嘴一闭住，可是透不过气来：他就张开一小半，一面吐着浓烟似的热气，白胡子上结着一粒粒的小水珠。

那双腿子越走越重，脚趾断了似的疼，怎么也走不热。手捅到袖子里去又拿出来，过会儿又忍不住要捅进去。嘴唇轻轻动着：他不嘟哝就不大舒服。

黑云又往下沉了许多，可还没下雪。只有东北角的地平线上——云薄了点儿，画着一条灰白色。

"这日子过不了，这日子过不了，这简直是！"

他就简直想不透——现在这批不学好的小伙子到底是什么东西投胎的。就连廉大爷……

广川伯伯常对黑二他们解释：并不是廉大爷赏识了他的学问他才感恩图报。廉大爷读过书，明白道理，肯给地方上出力，谁都知道他是个善人。

"你们什么事都是颠倒的，什么事都是颠倒的，唉！"

可是黑二老是跟小倭瓜他们打在一块儿。

可不是——广川伯伯一走近自己家里，黑二跟小倭瓜他们又在那块坪上哇啦哇啦吵着，打架似的。

"他有钱干吗他不造门栅，要派咱们捐！"

"我可不怕抢，我家里……"

黑二把帽子拿在手里，脑顶上在冒气。腰带也解了下来搭在右肩上：

"什么，就是他怕抢他汽车站。他怕土匪——可叫咱们摊钱！"

"黑二！"广川伯伯用力叫，可是叫得声音不大。

"他有钱他一个人造就得了。咱们连稀饭都喝不饱，干咱们什么事！"

广川伯伯又叫了几声黑二，别人可没听见。他想走过去把黑二拖出来，揍这家伙几拳——给他点教训。可是两脚像在地下生了根，不能移动一寸远。他睁大了眼睛，瞧瞧黑二，又瞧瞧小倭瓜那些人的脸。

他们仿佛没瞧见广川伯伯，只是红着脸，骂着廉大爷十三代祖宗。小倭瓜那椭圆形的脑袋光着，在许多红脸里一上一下，嘴里喷着唾沫星子。

"他敢！——他来派捐就揍他一家伙！"

"不缴！不缴！"

接着七八张嘴都说起话来，还夹着娘们儿的尖声。他们一面打架似的吵着嘴，一面翻出了廉大爷从前做的事。声音顶高的是赵六嫂子，叙述着廉大爷连吓带骗地捞去了她家一块山地。一面说一面眼泪鼻涕都流到了下巴上，于是指着那条汽车路不断地骂，嗓子渐渐带了嘎声。

"该活剐！下油锅！——仗着势欺侮我们！"

"×你奶奶，要不是廉大剥皮，咱们也不会到这步田地。……"

"勒死他这兔崽子！"

几个赶过车的就更起了劲：他们从前还过得去，现在可挨了饿。

小倭瓜把脑袋又一伸，一口唾沫射到了地下：

"田大瘸子呢？你瞧！"

那几个可还谈着没修汽车路时候的生活。只有赵六嫂子听着小倭瓜说田大瘸子的事：她一面擤着鼻涕，一面插几句嘴。

广川伯伯眼前浮出田大瘸子的影子——一拐一拐地晃着。

"怪他自己，怪他自己……谁叫你欠了钱还逞强？唉，欠了钱不算，还守着那块地不走。可怜，可怜……可是谁叫你自己不安分。"

田大瘸子借了廉大爷一笔钱，押下那块地，过了期没还，廉大爷当然得收了那块地；可是叫人去掘白薯的时候，田大瘸子一个劲儿不叫掘，这还怪别人吗——"唉！"还打了架。于是给抓去吃官司。廉大爷好心好意借给他一笔钱，可遭了这么回事——

"以怨报德，以怨报德……"

忽然，一个雷似的嗓子盖住了一切：

"田大瘸子老实！要我啊，哼！这回他来派门栅捐我就给一个——嗨，瞧吧！"

这是黑二！

广川伯伯打了一个寒噤。像会有什么大东西打到身上来似的，他赶紧躲进了自己的屋子——打亮的地方一走到黑地里，眼前就旋转着一个个的星星。他在屋子里乱踱着，要叫自己听不见外面人的说话，可是，那些声音老是挤进里面来。手脚软得像饿了那么七八天，肚子里的东西似乎在翻上翻下。左边腮帮结结实实在抽动着，连脸上的皮肉都抽得发酸。

他竟忘记脱下这件皮袍去换上那件破棉袍。

"怎么办呢，怎么办呢，唉……我只好死。我看不来。老天爷，老天爷！到底怎么一回事，到底是？"

牙齿用力磨着，听得出咯嘞咯嘞的响声。

准得有个大祸事会到来，可是他没工夫去想这祸事是什么。他觉得他的世界更小了些，那个别扭一来——他和他的世界就得压成粉碎。他往哪里也躲不了，这屋子可靠不住：说不定那炕边就伏着个什么东西，一个不留神就得冲出来抓住他。

于是他坐到了一张凳子上，没命地喘着气，皮肤有成千上万的小针戳着似的——麻不像麻，疼不像疼。

"什么都完了，什么都完了，唉！害死我！……"

屋子仿佛在荡着，叫人晕得要呕吐。接着渐渐侧得厉害了些，脚下面这块泥地旋到了天上去。广川伯伯坐不住要掉下来，全身用一用劲，于是什么都又回到了原位。

外面有个尖声嚷起来，哭丧着腔调，一串串的话像淌水似的，怎么也听不明白。

广川伯伯眼盯着那扇门，离他视线集中点两三寸远的地方，有个黄色亮点子在滚着——他把眼睛移到那上面去，可是它又跟着移开了：还是离着两三寸远。

"下雪了,下雪了。"有人咕噜着。

老头儿忽然想起了一件事,就脱下身上的皮袍收起来,换上那件棉袍。手颤得插不到袖子里去,他足足穿了五分多钟。

往日老是小银儿帮他穿这件棉袍。……

"这孩子没良心,这孩子!我要杀死她……"

可是等黑二一进到了屋子里,老头儿又像要拼命似的冲到黑二跟前——要他把小银儿找回来。他哆嗦得骨髓都在波动着,没命地喘着,上气不接下气地说着。廉大爷问他要人,小银儿再不回家的话——大家的面子都不好看。老头儿自己也惦念着女儿,现在他身边没半个亲人。

"要是她回来——我不责备她,我不责备她,唉,我只要——让我再看她一眼。廉大爷叫你去找,廉大爷叫你……"

"爹真是,嗨!"黑二扶着老头儿要他坐到凳上去,"你干吗要到廉大爷那儿去!问我就是:叫廉大爷问我要人吧,我交给他!"

"你简直……你简直……"

"不关你的事,爹你不用管。我去回廉大爷的话,我去!"

"哼,你去回话!你是……"

广川伯伯眼睛突了出来,牙缝里发出咝咝的声音。他眼睛四面扫着,停到了那根烟杆上,就用劲地把它拿起来。

儿子站在那里没动,愁眉不展地瞧着老头儿,鼻孔轻轻嘘了一口气。

忽然,广川伯伯又把烟杆放下来,倒下去似的往凳上一坐,咚的一声响。两手捅在袖子里,肘撑在自己膝上,手拱得高高的,让额头俯着搁在那上面。

黑二问:

"爹不舒服吗?"

沉默。

广川伯伯觉得他一辈子什么都完了蛋：不知道为什么反而没先前那么难受了。他心里空空洞洞的，什么也不怕，什么也不想。他静静地坐着，仿佛在等着什么似的：也许是等大才回家，也许是等别的什么——连自己也不知道的东西。

第二天一早，廉大爷府上的马爷又到了这里：把伞倚在门边，拍拍身上的雪，就问小银儿回来没有，一面偷着瞅黑二几眼。

黑二哑了哑嘴，带七成鼻音说：

"等着吧。"

那个笑着，脸上皱纹结得密密的：

"您家亲家说的，说的……"

嘴里"呃呵""呃呵"干笑了几声，吞吞吐吐说上老半天，才叫人听明白是怎么回事：那位油坊亲家说过——别的事他不管，一到了十一月初八就抬着红轿来接新娘子。

"好吧，就这么着，"黑二说，"下月初八叫那掌柜来接吧：新娘子我们有的是。"

广川伯伯只抽动着左腮帮，脑袋俯着——下巴尖子搁在胸脯上。别人说话他似乎没听见，他自己也不插半句嘴：这些事他现在全不管了，全不管了，"唉！"

那位马爷一连来了好几次：天天在这时候进门。他问小银儿的消息，还告诉他们——门栅捐派到广川伯伯家里是六块大洋。

"六十块好不好？"黑二正正经经地问。

"黑二哥说笑话。呃呵。黑二哥是——喳，黑二哥……"

"谁说笑话！廉大爷要派我们六百块也有：没有——叫廉大爷啃我骨头！"

拍拍自己的肩胛骨。

马爷还是笑着,眼珠瞟来瞟去,不敢盯到黑二脸上。于是他身子转向着广川伯伯,开口提到了小银儿。

忽然,一个大东西挡在了马爷和广川伯伯中间:那是黑二。

"嗨,马爷,话得说明白。我跟你说过:小银儿的事爹管不着!问我——有话就跟我说!我不许你跟我爹说什么!我老实告诉你:你别当老头儿好欺侮,你们要仗着势捣麻烦——那你想错了点儿,嗨……往后你们廉大爷有什么话,叫他找黑二!——黑二站在这儿!"

"黑二你!"广川伯伯叫,"你说话更没一点分寸了!"

马爷可笑得更厉害起来,露出一排紫色的牙床。他还调停那爷儿俩,说黑二哥只是性子躁了点儿,其实是难得的好人。这回黑二哥似乎还没懂得廉大爷一片好心,要不是廉大爷,那边男家还得闹得凶些。于是又"呃呵"笑了一声,偷偷地瞟黑二一眼。住了分把钟嘴,咽下一口唾沫,又主张顶好是把小银儿早点找回来。那位油坊亲家说过:要是找不回来,那下聘的五十块钱就得请广川伯伯还他,他好拿去缴门栅捐。

"得。"黑二说,"他要人就交人,要钱就交钱:凭我的!说定个日子叫他来拿吧,我等着。"

沉默了两三分钟,马爷慢慢把身子转向了广川伯伯。他刚一张嘴,黑二可一把拿起门边的伞,抓住马爷的衣领往门外走。

"来,咱们在外面说。别麻烦我爹。"

下一次马爷一进门,黑二就揪住他往外走,不许他待在屋子里。

"黑二哥,廉大爷请广川伯伯过去有话说:门栅的事也得商量商量。还有是……"

"我去!上回你叫爹爹去我不在家,不然的话我不让我爹去!"

广川伯伯坐在锅子旁边,摇摇地把烟杆拿到手里。左腮帮抽着,左眼不住地眨着。他什么也想不透,老是当自己在做梦:他希望那什么大祸事一来,就醒在床上。这几天脑子里也糊里糊涂的,就是要想些什么也想不上来。吃东西也似乎没吃到自己肚子里。早上起来穿了衣,瞧瞧自己身上,忽然感到了奇怪:怎么一来着上了这些衣裳的,他记不起还是自己动的手,还是别人替他穿的了。他忘记了小银儿:仿佛觉得她还在家里。半夜里远远的枪声也没叫他害怕:只不过像放放鞭炮,天地响。土匪的事没放在心上,连造门栅的事也忘掉一大半。管他什么乱子……总而言之,总有个时候他会打个哈欠醒过来。他只念着大才。

"大才怎么还不回来呢,大才怎么还不回来呢?……"

他把烟杆塞到嘴里,吱地吹了一下。

外面——黑二和马爷的步子响,踏在雪地上嚓嚓嚓的,渐渐地,声音变小了下去。

广川伯伯愣了会儿。

"怎么,他们竟走了……"

咯嗒!——烟杆不知道怎么一来掉到了地下,叫他吓了一跳。于是小心地把它捡起来。

这么愣了好一会,忽然,广川伯伯跳了起来,疯了似的抢出门去:门一开——风卷着雪片直冲进来,他几乎跌退了几步。可是他用了死劲顶出去,一口气爬上汽车路,连门也没带关。

地面上全堆着雪。没有了路,没有了屋子,只是拱拱洼洼的一片白色:脚一踩上去就陷下半尺来深。雪片密密地飘着,像织成了一面白网,丈把远外就什么也瞧不见,只有灰色的底子上飞着成千上万的白点。雪落到广川伯伯身上,有几片落下的时候还有弹性似的跳一下。

广川伯伯没带伞,也没着上那件皮袍。他忘记了冷,也不知道自己走着什么地方,像有鬼附在他身上似的。衣裳上胡子上全是雪。

可是雪更密了些:似乎要把这世界埋起来。

这老头儿自己不知道走了多少路。他仿佛记得摔在雪地里过,什么时候他可又爬了起来。像有人推着似的,他直往前面跌跌倒倒地走:两脚仿佛不是踏在地面上,只是凌空飘着的。

到廉大爷府上的时候,仿佛只走了一分钟,又仿佛走了几百年。

那厅上又坐着那位油坊亲家。廉大爷和黑二站在那里。他们见了广川伯伯,都吃了一惊。

广川伯伯腿子发了软,倒退了几步,脊背撞到了柱子上——留下了一大片湿的。他耳朵里嗡嗡地叫着,眼面前还瞧见那些雪片飞着,打上面飞下来,又打下面飞上去。一会儿忽然一个热东西烫着他的嘴唇:一碗酽酽的茶。

"干吗跑来呀,爹?"

"广川伯伯跑辛苦了。"

"歇歇吧。喝这碗茶,广川伯伯。"

广川伯伯眼睛一张,瞧见许多眼睛盯着他。

他们的脸色都不大好看,似乎吵过了嘴。黑二脸发红,眼睛也发红。胸脯一高一低的。不过在他爹跟前——拼命忍住了不叫自己喘气。

"爹真是!"

方砖地上有许多水,流到了砖缝里,就很快地一直浸开去,那方格子线就显得格外分明。

马爷端着那碗茶,一面叫广川伯伯喝几口,一面还那么笑得一脸都皱着,不过嘴角在哆嗦:笑得怪吃力的。他时不时拿眼睛去瞟廉大爷,可是廉大爷没在意,只是在跟广川伯伯说着客气话——请他好好坐一会。声音没往日起劲,嘴唇也发了白色。

佛堂里五姨太又在敲木鱼,很规则地笃笃笃笃。可是力气用得似乎不大匀:一会儿响些,一会声音小了下去。

广川伯伯休息了很久。黑二把他身上的雪拍去,衣裳可还是湿的,在冒着热气,大家瞧着他,又互相瞧瞧,谁也不言语,都希望别人先开口来打破这难受的沉默。

可是连佛堂里的木鱼都沉默了下来:五姨太在嘟哝着骂着。

廉大爷苦一苦脸,咬着嘴唇到了佛堂里:

"呃,还吵什么呢:我已经决意不去找小银儿了。"

"哼,你要是再管闲事,再要去找小银儿——我可不答允!"

"哪里哪里!他们不过是要找回那下聘的五十块,还了就了事。我们是商量门栅捐。"

男的瞧着她的脸色,想等她说句把话,可是她没理会,又敲起木鱼来。他这么愣了好一会,才懒懒地拖着一双腿回到厅上。

大家的眼睛迎着他黑二在微笑,眼皮还挤了一下。

那位油坊亲家忽然站了起来,走在廉大爷跟前。他脸上的皮肉永远不会动的:绷得像扎了绳子。

"大爷您说句公话,那下聘的五十块……"

廉大爷跳了起来:他把一肚子气趁机全发到了厅子上。这些事他再也不来过问了。他为了要调停两家子的事,费了那么多心血,可是黑二一个劲不讲理,怎么也不肯交出小银儿来。油坊亲家老是要找人,再不然就追那五十块钱。这别扭怎么也闹不清。

"我不管。钱——你自己去讨。我不管。我只要你缴清那四十五块门栅捐:明儿派人来拿。你们呢,"脸子转向了广川伯伯,一面把眼睛瞟了黑二几下,"你们是六块。"

油坊亲家脸上的皮肉还是一点儿不动。

"我哪儿来的这么多现钱!他们那五十块不还我——我可缴不了。"

可是廉大爷不答茬。他反背着两个手,在厅子上踱来踱去,遇到有水的地方他就绕开几步。嘴里大声地发着牢骚。接着他很响地叹了口气,反复地说着:

"我不管,我不管!"

于是客人们都走出了廉大爷府上。

黑二扶着广川伯伯回家,广川伯伯左脸抽得比往日更厉害,嘴里不住地嘟哝着。什么事都坏在黑二手里,连小银儿也变坏了。

"越来越不成话,越来越不成话,唉……天天跟小倭瓜他们在一起,你们还说,你们还说,唉,连造门栅的事你们都要骂,你们都要骂。真不知道是何居心,真不知道……"

可是广川伯伯在顶难受的时候,来了一件叫他觉得舒坦点儿的事——

大才这天下午回了家,还带来了两块钱。

广川伯伯心跳着,脸渐渐向大才凑过去。手伸了出来要去摸到大才身上,可是哆嗦得再也举不上了。他喘着气,嘴拉开得大大的。

"你可知道小银儿……?"

三

大才比黑二矮这么两三寸,脸子比以前白了些,瘦了些,颧骨就显得有点高。他只是一个人回家,没带他媳妇儿来。两兄弟模样差不多，下巴都长得很阔。可是脾气不同：大才不像黑二那么多嘴。他一坐下来就把眼睛瞧着地下，想着什么似的，一面把指节捺得咯嘞咯嘞地响。

广川伯伯眼睛生了根似的瞧着他大儿子，嘴唇颤着：他有无穷的话要对大才说，可是一句也说不出来。

在这世界上——他到底还有一个儿子：这儿子能够孝顺老头儿，听老头儿的话。广川伯伯身边到底来了一个亲人。于是他全身都发了烫，有股气逼住他似的，弄得鼻尖直发痒：他就拼命眨着眼睛，手指也兴奋得颤着。他仿佛漂在大海里攀着了一根木头：以后的日子还有一线亮光。小银儿和黑二都站得离他远远的，跟他作对，可是他现在到底有了一个帮手。

"黑二也好，小银儿也好，都不是好东西，哼！你回来得正好。"

他嘴呀眼睛的全往左面扯，腮帮抽动一下，它们就震一下。他嘟哝一会，就磨一会牙，告诉大才——黑二做的那些混账事。什么乱子都是黑二闹出来的：好人的话不听，一年到头跟小倭瓜他们鬼混，说着不三不四的话——连廉大爷主张造门栅他们都要七嘴八舌。

"天门口造门栅是防土匪，防土匪，可是他们——他们竟说廉大爷不该……不该……"

大才坐着一张矮凳子，两手撑在膝踝上。

"这些事您别操心了吧，爹。"他说，"黑二也有这么大了，他有他做人的道理：让他混去吧。儿子这么大了谁还管得了？"

"不过——不过——门栅的事……"

黑二搔搔头皮，用鼻孔嘘了一口气，插进嘴来：

"我不说过吗：廉大爷怕抢——他自个儿去造个门栅就得了，

派咱们什么捐!"

"他自己造!他自己造!"广川伯伯磨磨牙,眼睛扫来扫去找他的烟杆。可是一会他又安静下来,"这是地方上的事呀。土匪一来大家都遭抢,大家都过不了日子……"

"哼,抢,咱们有什么给他抢?——仰天躺着有个鸟,扑着睡连个鸟也没。抢?"

老头儿狠狠地横了黑二一眼:

你瞧,你瞧!——这么不明理,这么不明理,唉……我知道你要逼死我,我知道……土匪来了见人就砍,见人就斫——你们年轻的逃得了,让我给土匪砍死,让我给……"

黑二笑着,把右手抓着自己的左胳膊:

"爹你别听那些个胡说!见人就砍,他还得定打几把刀来砍哩;他不怕砍钝了刀吗。爹你真是!"

"黑二!"大才低声喊了一声,装了个嘴脸,黑二就没往下说。

广川伯伯又嘟哝起来,他老是怕土匪来了砍他,把他吊起来向他要钱。土匪总得防:要不然谁都遭劫,连四书也拿去上茅房。这么说着他就兴奋起来,声音提高了许多,手颤着乱动着,还咬着牙。

"我怕土匪,我怕!我怕……反正你们年轻人逃得掉,你们就不管我……"

"唉,真是!"黑二忍不住说,"咱们有钱缴门栅捐吗?"

老头儿眼睛睁大着对着黑二,嘴里咝咝地响着,嗓子也发了嘎声。黑二全是故意胡说八道:家里虽然穷,可是这六块钱门栅捐怎么也得缴。大才带回了两块钱,还有那件皮袍也可以卖掉;六块钱不怕筹不出。门栅是大家的事,谁也得捐;谁的性命也是要紧的。

"是啊,性命要紧,缴了门栅捐就没有吃的,咱们性命!"黑二瞧了大才一眼就住了嘴，站到老头儿身边，手扶到老头儿肩上。

"唉，歇一会儿吧。都是黑二不好，别再那么……"

"爹您别管这些事吧。您也上了年纪，黑二不学好，随他去，这些事让我来对付，您别管那么些。有吃就大家吃一口儿。"

广川伯伯瞧了大才一眼。他气渐渐消了下去，不过他不肯去歇歇：大才要扶他的时候他摇一摇脑袋，只伸出膀子来似乎要什么东西。于是黑二抢着拿来那根烟杆，装着一袋烟点着给他。

安静了这么十来分钟，兄弟俩互相打打眼色，走出到外面来。

雪下得小了点，轻飘飘地落到他们身上。

黑二抓起一把雪来，拿在手里搓着，小声儿问：

"小银儿在那边好不好？"

"对付劲儿。现在算是学手工，到了明年许能赚几个工钱。"大才用力地捻着手指，咯嘞咯嘞响了一阵，"她还想念书哩，城里有不要钱的学堂，晚上念书。"

"呵！"

"小银儿跑了爹很生气，是不是？"

黑二把雪团子扔掉，搓了搓手，轻轻地嘘一口气。

"爹真是！——跟他说不明白。"

"别跟他说了吧。"大才又捻捻手指，可没捻出响声来。

"可是……"

他们往前面走了几步。黑二掸掸衣上的雪，随手拈下一点雪花，用手指把它搓化。然后把手撒了两下，抬起脸来往下说：

"爹只相信廉大爷他们是好人：给骗了还不知道。你瞧这回那什么门栅捐吧！"

"爹是念的那些个书——全是帮那伙人的书。"

"嗨，真坑死人！大家要像爹一样，廉大爷不坐了天下吗。"

哥儿俩在雪上踏着。一片白色里有一条给许多人踏过了的槽,弯弯曲曲扭到前面,像一条黄蛇:新的雪片落到了那上面,就褪成了淡黄色。

"往后别跟他说什么了。"

忽然老远地有个粗嗓子打断了他:

"大才哥!"

"呵,苏哥儿!你好!"

苏哥儿一张尖脸,腰有点驼,又黑又瘦,那模样跟他那粗嗓子怪不相称的。他仿佛有急事似的,向他俩招着手,嘴里哇啦哇啦,说得很快,谁也听不明白。那张尖脸一晃一晃的,衬在雪地里显得分外黑:他似乎因为别人没听清他的话——就更加发急。两手招了会儿又乱指指,一面气喘喘地走近来。他在说着对付门栅捐的事。

"大才哥回来更好了。门栅捐,大家商量商量,明儿那些舅爷就得捐上门来!"

他喷着唾沫星子,话还没说完,就揪住两兄弟的膀子走。

可是不凑巧:黑二瞥见汽车路上有个高个儿走来——油坊掌柜。

"慢着!"黑二转身就跑,迎着那个人。

那位油坊亲家站住,似乎吃了一惊。可是他脸上的皮肉还是一丝不动,绷得紧紧的。

"找你爹。"

"找我就是。我知道,你要那五十块钱。"

前面大才和苏哥儿也站住往这边瞧着。苏哥儿又粗声说着什么,手指指汽车路,又指到了天上。大才往这边移动了两步,苏哥儿也跟了两步,嘴里淌水似的嚷着,一直到大才对他摆摆手他才住了嘴。于是他把嘴张得大大的,嘴角上有一小堆白沫,眼睛也尽量睁着，瞧着黑二和那油坊亲家：似乎苏哥儿到这时候才知道黑二干吗要忽然跑开。

油坊掌柜石头似的站在那里，眼盯着黑二的眼。

"我要缴门栅捐。那五十块钱马上就得还我，不然的话到下月初八就来接新娘子，到那时候还钱可得要五分利息，我先告诉你。"

"好，连本连利还你！要不然你剐我的肉去卖，总得比大肉贵两子儿一斤哩。"

"黑二哥您得明白事理。人是不回来的了，还是马上还钱……"

黑二把两手叉在胸脯上：

"马上吗，得，你跟我来！"

黑二打算要走的样子，眼盯着对方——意思想要他跟着来。

"找你爹说话……"

"那不行！"黑二往前跨了一步挡住他。

大才走了过来，他说没钱也没办法，不过往后总有一天得还清：这不是吵嘴的事。他措辞很客气，可是脸像对方那么绷着，声音硬得铁似的。

"我们过的什么日子您是知道的。大家客气点儿，逼得太紧了也没什么好处，是不是？"

他们站在那里一动不动，两方的眼睛互相射着。等到油坊老板走了，大才黑二才跟苏哥儿往那边跑去。

"瞧着吧！"油坊老板咬着牙，在雪泥槽里走着。这笔钱他得请廉大爷来催：廉大爷做了媒就是做了中人，而且有这么大势力，不怕他们不还。要是讨来了，宁愿给廉大爷一个回扣。于是第二天趁大才黑二不在家的时候，马爷找到了广川伯伯，把脸凑近广川伯伯的耳朵，一面笑得满脸都是皱纹。

"廉大爷请您去有话商量。"

广川伯伯站了起来，茫然地瞧瞧四面。想要大才跟他一块去，可是大才出去了。他张张嘴要喊，可是又怕黑二听见了也要跟着去，在廉大爷跟前没上没下地丢老头儿的脸。他找了一会儿什么，就用手解棉袍扣子，要去换上那件皮袍——皮袍可没了影子。

"一定是黑二藏起来了，一定是黑二藏起来了，唉！他怕我去缴门栅捐，他怕我……"

这么着又把棉袍扣起来，只好就穿着这件出门：回来的时候沾上些雪点，化成水浸到了棉絮里，连骨头都要给冰得发疼。

"黑二这混蛋，黑二这混蛋……"

广川伯伯这回埋怨黑二的——还不是那件皮袍的事。黑二做的那些坏事叫广川伯伯走上了绝境，使广川伯伯没脸子见人：就连顶懂得他的廉大爷，今天也变了脸！廉大爷没请他坐，也没叫人端茶出来。当着油坊亲家和马爷他们的面，对广川伯伯冷冰冰的。说起话来就像吩咐长工们的那么个口气。

"喜期是下月初八，小银儿是找不回来的了。到那时候闹得吃官司，要你还那五十块钱是要算利息的。我以为大家抓破了脸也不好看，故此出任调人。下聘的五十块——迟还不如早还，彼此都留面子。而且你亲家要缴四十五块门栅捐，你也要缴六块。现在决计如此——把你亲家的门栅捐拨到你身上：你只要拢共缴清这五十块。懂吗，拢共五十块！算起来你还少缴一块钱：这一块大洋我给你贴。……好，说明白了：就这样。以后你跟你亲家就没有交涉，只是我跟你的事。懂吗，我跟你的事。总之，这五十块都是你该缴的门栅捐，非缴不可的。非缴不可！不缴就是破坏冬防——就是通匪！"

"不过……不过……"广川伯伯脸上一阵阵发烫，舌子打着结似的。他一下子想不出话来说，只觉得那什么大祸事就得临到了他身上,他要向廉大爷求救。

可是廉大爷拱拱手打断了他,又像是有个东西衔在嘴里的声音,脸子冰得射出了股冷气——叫广川伯伯打了个寒噤。

"抱歉之至:纪议员在东花厅等着有要紧事商量。请便吧。"

脸一撇就摇摆着走了开去。

就这么打发广川伯伯回了家。

"完了,完了,唉!我这辈子全完了,我这辈子!"

广川伯伯坐着发愣。左腮帮像有只粗手在用力扯着似的,抽动得非常难受。左眼给拉得一眨一眨的——眨一下,眼角的皱纹就跳动一下。脸子歪得不像广川伯伯,只像是个陌生人在装鬼脸。嘴里的唾沫似乎给抽尽了,干得发苦。棉花上透进来的冷气直往身上刺,连骨髓都痒疼起来。他简直不能够相信刚才的事是真的:这怎么能够?连廉大爷都瞧他不起!他一辈子只有廉大爷这么个知己,可是这回——那张脸绷得没点儿笑意,说起话来斩铁截钉的,"就这样!""请便罢!"没留一点地步,没留一点地步,唉!广川伯伯也读了一肚子书,知道礼义的,可挨了这么一副脸嘴!广川伯伯还是他的西宾,在他家坐过馆哩。广川伯伯就觉得全身的皮肉在渐渐融化,蜡似的越变越软:廉大爷那张冰冷的脸在他眼前一晃,全身就又一阵软。

"这怎么能够呢,这怎么能够呢?"

他希望这是个噩梦。也许呢——刚才到廉大爷府上去的是另外一个人,不是他广川伯伯。

脚冷得发疼,似乎脚趾都掉了下来:这双脚到廉大爷那里去的时候踏过雪地的。

廉大爷那张一点不客气的脸子又一晃,广川伯伯给打了一拳似的全身一震。

他这辈子什么都完了：连廉大爷都没把他放在眼里。这全是黑二害的：儿子不学好，叫老头儿丢脸——到哪里去也难做人。

"这黑二！——这活冤孽！"

他磨着牙，眼睛得突了出来，用劲太厉害，全身都发着抖。他被黑二埋到了黑坑里，叫大家把唾沫吐到他脸上：黑二不让他干干脆脆死，只使他在这世界上受活罪。

"他好忍心，他好忍心……"

没命地喘着气，脑袋不由自主地微微动着。脖子有点酸疼——似乎撑不起这干枯的脑袋。他就把脸伏到了手上，可是手也哆嗦得托不住。他怎么也得报这个仇：他要把黑二打个半死，也要把小银儿打个半死。什么乱子都是他俩闹出来的。谁都笑他，谁都跟他别扭，廉大爷还向他追那五十块钱——这算是门栅捐，今天就派人来取，不缴就是通匪！

突然，广川伯伯仿佛从梦里醒了过来似的，身子震得摇了一下，就站了起来。顶要紧的还是这五十块钱的事：把什么都卖掉也不打紧，只要缴清这笔款子。他四面瞧着，往炕那边走了几步，然后转身向门口走去，可是到了门口又打回头。他要找大才回来——跟大才谈这件事：全世界只有大才还能跟他说话，只有大才是他的亲人。他得叫大才想法子筹这五十块钱，叫大才替他出一口气——把黑二小银儿揍死。

他愣了那么一会就开门走出去。

天还是那么重重地直往地面上沉，仿佛全宇宙的云都聚到了这里。瞧来似乎它永远不打算晴，一个劲儿飘着鹅毛大的雪片，要把这高高低低的大地压平。广川伯伯一点不冷，只冲着白色网子里走着，胡子上睫毛上落下了雪片——像几点白纸灰。

村子里正热闹着：三个五个聚在一块，说着门栅捐的事，红着脸喷着唾沫。

广川伯伯一连走了好几家，直到了苍大叔那里才瞧见大才。

他们许多人在嚷着吵着。苍大叔摇摇脑袋叹着气，摆摆手叫他们别吵，一眼瞧见了广川伯伯，就迎上了一步。

"广川伯伯来得好。广川伯伯您瞧，"苍大叔又转身向大家摆摆手，叹了口气，眉毛皱得格外深，"咱们怎么闹得过廉大爷！你们年轻伙子——唉，你们不想想廉大爷多大势力！"

"苍大叔真是！"黑二叫，"蚂蚁还抬活蜈蚣哩——只要人多！"

"这逼到了咱们头上，咱们还不吭气……"

"这么捐，那么捐，捐你妈的！"

"他怕抢，他有钱：造门栅干吗派到咱们头上！"

"×你妹子！"苏哥儿嗓子更粗了些，舌子结得说不出话来，"那些舅爷——×你！咱们是好欺侮的，是不是？"

苍大叔又摆摆手，可是大家都静不下来。他只好把声音提高，像个女人似的嚷着：

"这不是办法，这不是办法！廉大爷那么厉害……"

"那就让他派捐吗！"

"吃的喝的全没有，还派什么捐！"

大才脸上青筋突了出来，嘴里喷着唾沫星子：

"不缴！不缴！"

怎么，连大才也混到他们里面去了！广川伯伯睁大了眼瞧着大才。

"大才，大才……"

可是大才没听见，尽在嚷着些什么。广川伯伯拼命地喊，嗓子发了哽。忽然，面前那些人全模糊了下去，渐渐变成了一些金花银花在打旋——一会儿旋近，一会儿旋远。耳朵里听着他们哇啦哇啦吵着的声音慢慢地远下去远下去。他身子摇摇的，两条腿撑不住劲一溜，倒到了一个人身上。

"广川伯伯晕了！"

接着就一阵乱：几只手扶着他，几张嘴在他旁边说着话。

雪地上忽然起了一阵紧急的步子响，嚓嚓嚓几声——一个人打白茫茫的雪网里冲了出来。

"小倭瓜回来了！"

"小倭瓜！"有人喊，"那边怎么样了？"

小倭瓜那椭圆脑袋发了紫，热气直冒，嘴里喘不过气来：

"全老二给抓去了，全老二！"

"什么！"

于是一下子一点声音没有，谁都绷紧着脸听着小倭瓜。小倭瓜把紫脑袋着急地一晃一晃的，两只手乱舞着，说得上气不接下气。派捐的带了几个团丁，派到了全老二那里，全老二没钱，他们催，两边都骂了起来。他们说全老二破坏冬防——"通匪！"给抓去了。

大家又高声吵起来，什么也听不清楚。谁都是用了全身的力气在叫着，青筋在红黑色的脸上显得格外分明。许多脑袋乱晃着，手乱舞着。

可是小倭瓜跳起来摇着手——叫大家别嚷。

"派捐的已经往咱们这儿来了，咱们怎么样？咱们得有个办法……"

"不缴！不缴！不许他们来！"

大才跑到了小倭瓜跟前——那里地方高些。他叫：

"咱们到青龙桥去拦住——不让他们进来！咱们得评评这个理！"

"青龙桥去！走！"

"咱们得叫他放掉全老二！叫他……"

许多身子都动起来了，又吵得什么话也听不见。苏哥儿把他那尖脸一晃，腰伸直了一下，张大着嘴高叫一声什么，就到屋子里去拿出一面破锣敲着，一面驼着腰跑着。锣声一阵紧一阵地响，急得叫人不相信这是用人的手敲出来的。一口气——锵锵锵锵锵锵锵……震得连心脏都哆嗦着。同时雪地上就响着乱七八糟的脚步子。

广川伯伯觉得大地在痉挛，一抽一抽地动着，过会儿就得裂成粉碎。他两只脚似乎凌了空：也不知道什么时候给大才黑二拖回了家。

"大才，大才……"广川伯伯眼睛瞧着地下，左腮帮拼命抽着。他熬住疼似的咬了一会牙，猛地抬起了脸，颤着的两手一把抓住大才的衣襟。"大才你不能跟他们学，你不能……你想想，你想想，你是——廉大爷待你那么好……"

"爹你不知道，"大才很快地说，"你受了他的骗……我不过不说。我在瑞州过了一天好日子吗？他们待我们——嗯，我们比牲口还不如！"

"门栅捐总要缴，门栅捐……"

苏老八一跑了进来大家就得遭殃：拿四书上茅房，把祖宗牌位扔到粪缸里，村子里的人跑不掉的都得杀，还凌空吊起来问他要银子钱。门栅怎么也得造，饿死了不在乎——这笔捐总得想法缴出来。

黑二嘘了一口气，皱着眉毛：

"咱们有什么给他抢的！廉大爷怕别人抢他汽车站，叫咱们大家捐钱，这也是孔夫子说的吗！"

造门栅是大家的事，门栅……你们有眼不识好人……"

大才一面要扶老头儿坐下去，一面想说服他。廉大爷有的是钱，他要是在瑞州那靠家儿身上省下十天钱，就能造两个门栅。他们几家子怕抢，可仗着势叫没吃没喝的也派钱，缴不起的就是通匪，这么着廉大爷是好人吗？大才说得流水似的：门外脚步响得越急，他也就说得越快。

"大才！大才！"——外面叫。接着小倭瓜他们把门一推走了进来，可是站在那里愣住了。

广川伯伯不肯坐下去，还抓住大才的衣襟：

"我们穷是命里注定的，命里注定……门栅捐总要缴，门栅捐总要缴。我们是命苦，这是命。不要那么怨天尤人……"

"怎么来了'命'！"黑二显得很着急，右手在自己左胳膊上用劲抓着，"干吗要'命苦'一辈子，你不叫咱们做'人上人'了吗！"

老头儿横了他一眼，牙缝里又咝咝地响着。他眼发了红，脑袋轻轻转动了几下，就瞧着他大儿子。他抓住大儿子不放手，全身都颤着，肚子里像有个什么热东西要进出来。于是鼻尖子一阵疼，多年来没淌过的眼泪流到了抽动的脸上。

"大才，大才……我只有你这一个儿子，你不要跟他们去，你不要……大才，大才，我求求你，我求求你，你不要跟他们去，你不要跟我作对。大才！唉，我是……我是……大才你……善心人总有好结果的，善心人……廉大爷是为了地方上……门栅是大家的事，门栅是……大才……唉，我只有你这一个儿子，我只有……"

"爹你别管这些事吧，去歇一会儿去。"

"大才！大才……"

可是大才到底跟他们走了。他跟黑二扶老头儿上炕去躺着，就走了出去：门给带关一下，可是弹了一下又开开来。于是一阵乱步子响。

地下那些掸下来的雪点化成了水点,还杂着许多泥脚印。雪片打门外飘进来,落到这些湿泥上就变成了黄黑色。

外面那些人嚷着,步子响着:一会儿就远去——听不见了。

"祸事来了,祸事来了……"广川伯伯颤着嘴唇,心脏上一阵刺痛。

黑二小银儿都撇开了他,他只有大才这么一个儿子,只有大才是他的亲人,可是也跟他们走了。他全身像给什么缚得紧紧的,五脏都给压得裂了开来。他不知道这会儿左腮帮上有没有抽动:只是皮肉全发麻,就是有人砍他一刀也不知道。这世界上真只剩下了他一个人,什么一线光也没有,只他一个人走着——越走越狭,仿佛在个牛角尖里,什么路都断绝了,挤在漆黑的尖子里吃苦。

"这辈子什么都绝了路,什么都绝了路……连大才都跟我作对,老天爷!老天爷!"

他拿哆嗦的手一把抓住被絮,嘴也咬着被絮——用门牙和犬齿死命地磨了起来。

(原载1934年12月16日《文学季刊》第1卷第4期)

图书在版编目(CIP)数据

张天翼小说 / 张天翼著. —杭州：浙江文艺出版社，2018.4
（名家小说典藏）
ISBN 978-7-5339-5238-9

Ⅰ.①张… Ⅱ.①张… Ⅲ.①中篇小说—小说集—中国—当代②短篇小说—小说集—中国—当代 Ⅳ.①I247.7

中国版本图书馆 CIP 数据核字(2018)第 049590 号

责任编辑　冯静芳　谢园园
装帧设计　刘　俊
责任印制　朱毅平

张天翼小说

张天翼　著

出版	浙江文艺出版社
地址	杭州市体育场路 347 号
邮编	310006
网址	www.zjwycbs.cn
经销	浙江省新华书店集团有限公司
印刷	杭州富春印务有限公司
开本	650 毫米×970 毫米　1/16
字数	250 千字
印张	20.75
插页	2
印数	1—6000
版次	2018 年 4 月第 1 版　2018 年 4 月第 1 次印刷
书号	ISBN 978-7-5339-5238-9
定价	**39.80 元**

版权所有　违者必究
(如有印、装质量问题，请寄承印单位调换)